गीताश्री

गीताश्री पत्रकार एवं लेखक हैं। अब तक उनके सात कहानी-संग्रह, छह उपन्यास और स्त्री-विमर्श पर चार शोध-पुस्तकें प्रकाशित हैं। उन्होंने कई चर्चित किताबों का सम्पादन-संयोजन किया है।

वर्ष 2008-09 में उन्हें पत्रकारिता के सर्वोच्च पुरस्कार 'रामनाथ गोयनका सम्मान' से सम्मानित किया गया। 'बेस्ट हिन्दी जर्नलिस्ट ऑफ़ द इयर' समेत अनेक प्रतिष्ठित पुरस्कार उन्हें प्राप्त हैं।

1991 से 2017 तक सक्रिय पत्रकारिता के बाद फ़िलहाल स्वतंत्र पत्रकारिता और लेखन।

ई-मेल : geetashri31@gmail.com

कामनाओं की मुँडेर पर

मध्यवर्गीय दुःस्वप्न, दुरभिसन्धियों, अभाव और आकांक्षाओं की कहानियाँ

गीताश्री

राजकमल पेपरबैक्स

राजकमल पेपरबैक्स में
पहला संस्करण : 2025

राजकमल पेपरबैक्स : उत्कृष्ट साहित्य के जनसुलभ संस्करण

राजकमल प्रकाशन प्रा. लि.
1-बी, नेताजी सुभाष मार्ग, दरियागंज
नई दिल्ली-110 002
द्वारा प्रकाशित

शाखाएँ : अशोक राजपथ, साइंस कॉलेज के सामने, पटना-800 006
पहली मंजिल, दरबारी बिल्डिंग, महात्मा गांधी मार्ग, प्रयागराज-211 001
1, अनमोल सोराबजी सन्तुक लेन, धोबी तलाव, मरीन लाइंस, मुम्बई-400 002
वेबसाइट : www.rajkamalprakashan.com
ई-मेल : info@rajkamalprakashan.com

विकास कंप्यूटर एंड प्रिंटर्स
ट्रॉनिका सिटी-201 102
द्वारा मुद्रित

मूल्य : ₹250

KAAMNAON KI MUNDER PAR
Stories by Geetashree

ISBN : 978-93-6086-069-1

प्रशान्त कश्यप और रश्मि पांडेय के नाम

क्रम

अफ़सानाबाज़

"कश्मीर सल्तनत का वारिस यूसुफ़ शाह चक एक बार घोड़े पर सवार होकर जूनी यानी हब्बा के गाँव से गुज़र रहा था कि अचानक हब्बा के गाने की आवाज़ उसके कानों में पड़ी...'चारा कर म्याँ...'

उस वक़्त हब्बा एक खेत में केसर के फूल चुन रही थी। उसे देखकर शहजादा फ़िदा हो गया। शहज़ादे ने उससे महल में चलकर रहने की पेशकश की, जबकि वह एक शादीशुदा स्त्री थी। फिर भी...और हब्बा एक दिन..."

"हम्म...दिलचस्प कहानी...फिर...," उँगली के दर्द को सहते हुए इतिशा ने कहा।

"बहुत दर्दनाक अन्त है इति मैम...'

"मुग़ल बादशाह अकबर ने यूसुफ़ शाह को धोखा दिया। जब उसने दिल्ली बुलाया तो वह राज़ी-ख़ुशी जाने लगा। हब्बा तब उसके जीवन में आ चुकी थी..."

"यूसुफ़ शाह दिल्ली जाने की तैयारी कर रहा है। बादशाह अकबर ने बुलाया था। वह मना नहीं कर सकता था। जंग में शिकस्त के बाद शहज़ादे के पास कोई और चारा न था। बहुत भारी मन लिये यूसुफ़ ने हब्बा से विदा ली। हब्बा उसे रोक रही है...उसे कुछ ठीक नहीं लग रहा है। यूसुफ़ नहीं मानता उसकी बात और चला जाता है। हब्बा का दिल टूट जाता है। वह आख़िरी दिन था जब हब्बा ने अपने प्यार को देखा था, फिर कभी अपने

प्यार से न मिल पाई। जाने वाले लौटकर नहीं आते। जिसे रुकना होता है वो रुक जाता है, अपने प्यार की ख़ातिर। यूसुफ़ शाह ने हब्बा की बात न मानकर बड़ी ग़लती की थी...बहुत बड़ी...उसे रुक जाना चाहिए था...लम्हों ने ख़ता की, सदियों ने सज़ा पाई...सुना होगा न आपने..."

"चार सौ सालों से हब्बा दर्दनाक गाने गा रही है...'मैं जवाँ हूँ...तुम मुझसे इतनी दूर हो...जबकि हम एक-दूसरे को बेतरहा चाहते हैं...भला किसने सोचा था, हमारी दुनिया ख़ाक में मिल जाएगी...' "

वह गाने लगा था...कंठ सुरीला और सुर सधा हुआ था। इतिशा कुछ देर के लिए दर्द भूल गई थी। कथा सुनाते हुए लगातार हिलाल शाह उसकी कनिष्ठिका उँगली और हथेली को सहलाए जा रहा था।

वह टंगमर्ग की ऊँची पहाड़ी पर चढ़ने की कोशिश में नीचे लुढ़क गई थी। उसके साथ ही पहाड़ी पर दौड़ते हुए हिलाल भी चढ़ा था, वह तेज़ी से चढ़ता चला गया, इतिशा बीच में ही लुढ़ककर नीचे गिर पड़ी। ऊपर से हिलाल ने देखा तो घबरा गया। उसी तेज़ी से नीचे दौड़ता हुआ उतरा, मानो ऊँचाई नहीं, कोई पक्की सड़क हो। हिलाल ने जब कहा था कि वह दौड़ते हुए पहाड़ पर चढ़ जाता है तब इतिशा ने उसे चुनौती दे दी और वह दौड़ा पहाड़ी पर, सच में वह भेड़ों से ज़्यादा फ़ुर्ती और आराम से चढ़ाई कर रहा था। न गिरने का भय, न हाँफती हुई काया...एक जगह रुककर ऊपर से उसने आवाज़ लगाई—"आ जाओ मैम! ज़्यादा हार्ड नहीं है चढ़ाई। आप आराम से चढ़ जाओगे। कोशिश तो करो..."

इतिशा को लगा, वह चुनौती दे रहा है।

"नहीं...मैं नहीं चढ़ूँगी...गिर पड़ूँगी। बहुत चिकने हैं रास्ते..."

"अरे मैम...सूखे भी हैं। आप देखकर आओ...नहीं गिरोगे...मैं लेने आऊँ आपको!"

इतिशा ने इनकार में हाथ हिलाया। पीठ पर बैगपैक लदा था, हाथ में मोबाइल, स्पोर्ट्स जूते थे, इसलिए फिसलने का ख़तरा कम था। उसने मोबाइल से पहले हिलाल की तसवीर खींची और फिर अपना सेल्फ़ वीडियो

बनाते हुए हुए पहाड़ पर चढ़ने लगी। हिलाल की तरह आसान न थी उसके लिए चढ़ाई, तनिक दूर में हाँफने लगी थी। मगर वीडियो बनाने में मज़ा आने लगा था। एक-एक क़दम सँभलकर आगे बढ़ाती, फिर मोबाइल को पैरों के पास से घुमाते हुए ऊपर पहाड़ की तरफ़ ले जाती। मोबाइल कैमरे को ऊपर से फिर नीचे लाते हुए क़दम बढ़ाया और एक चिकनी चट्टान पर पैर रखे। पैर हल्का मुड़ा, और धड़ाम। नीचे की तरफ़ उलटा लुढ़कने लगी। ख़ुद को सँभालने की कोशिश की उसने, कोई पेड़ पकड़ ले या कहीं हाथ से रोक ले। दाएँ हाथ में मोबाइल था, उसे बचाना था। इस कोशिश में देह का सारा भार बाएँ हाथ पर पड़ा और छोटी उँगली बुरी तरह चोट खा गई। जब तक हिलाल आता, उसे उठाता, उसने मोबाइल को देखा, उसे तो कुछ नहीं हुआ न। ऊपर से हिलाल जाने कैसे उड़ता हुआ झट से उसके पास पहुँच गया था। उसे बहुत पछतावा हो रहा था कि उसकी वजह से यह सब हुआ। वह बार-बार माफ़ी माँगता रहा। इतिशा जबरन मुस्कराने की कोशिश कर रही थी। गिरना हमेशा बुरा होता है—चाहे नज़र से गिरे या पहाड़ से।

गिरने से चोट लगती है तो इतना दर्द होता है, बयान नहीं किया जा सकता। बहुत से लोग उसकी नज़रों से गिरे थे, उन्हें भी चोट लगी होगी। क्या उन्हें भी इतना ही दर्द हुआ होगा? उनके सीने में दिल होगा तो दर्द लाज़िम है। उसने हमेशा ख़ुद को गिरने से बचाया है। दूसरे गिरते रहे हैं। अब आज़माना छोड़ दिया है, गिरे हुए लोगों की स्मृति से भी कोफ़्त होती है मानो किसी स्वादिष्ट खाने के बीच नीबू का कड़वा बीज आ जाए।

"आह..." कराह निकली।

द्रंग झरने के पास एक बड़ी-सी चट्टान पर बैठी वह रो रही है, दर्द से, असहनीय दर्द हो रहा है। वहीं बैठकर हिलाल उसे हब्बा की कहानी सुना रहा है। पहाड़ी से लुढ़ककर नीचे खुरदुरे पत्थरों पर गिरी थी, शायद घुटने भी छिल गए थे। जींस ऊपर से टाइट थी, वहाँ खोलकर नहीं देख सकती थी। उसे अपने रूम तक जाना था ताकि चोट का सही-सही पता चले। लेकिन

बावरा हिलाल उसे उसी चट्टान पर बिठाकर झरने की कहानी सुनाना चाहता था। वह दर्द में डूब रही थी।

कई दिनों से इन वादियों में घूम रही थी, पहली बार चोट खा गई। वह भी हिलाल के चढ़ाने पर, उस पर ग़ुस्सा भी आ रहा था। मगर जिस तरह से वो उसकी उँगली को सहला रहा था, उँगली पीछे खींच लेने का मन न हुआ।

हिलाल ने ही पूछा, "गेस्ट हाउस चलें क्या। वहाँ तेल गर्म करके उँगली में मसाज कर दूँगा, कल तक एकदम फिट हो जाओगे आप..."

चट्टान से उठी, हिलाल का सहारा लेकर, घुटने का दर्द चिलक उठा। वह लड़खड़ाने लगी। हिलाल ने उसे थाम लिया। उसे सहारा देते हुए गाड़ी तक ले आया। वह आँखें मूँदे रही। हिलाल उसे ऐसे सहेजे रहा, जैसे कोई नायाब वस्तु उसके हाथों में पड़ गई हो।

गेस्ट हाउस काफ़ी ऊँचाई पर बना हुआ था, जहाँ ठीक उसके सामने द्रंग झरना पहाड़ों से गिरता दिखाई देता था, एकदम पास और नीचे द्रंग नदी बहती थी। हाहाकारी झरने और उफनती हुई नदी के शोर से भरा हुआ यह एक निर्जन, अलोकप्रिय इलाक़ा था। झरने के पास, नीचे खाने-पीने के दो छोटे ढाबे जैसे दिखाई देते थे, जहाँ पर्यटक कम, स्थानीय लोग ज़्यादा चलते-फिरते दिखाई देते थे। गेस्ट हाउस के आसपास न कोई घर था और न होटल। कमरे में रात-भर फ़र्श के नीचे से पानी की आवाज़ आती थी। खिड़की से झरने का शोर भीतर तक उतर आता था। हिलाल यहाँ का केयरटेकर है। वह गेस्ट हाउस के छोटे-छोटे चार हट्स की देखरेख करता है। ऊपर से शान्त, ख़ामोश झील-सा चेहरा, लेकिन गहरी और खोई हुई आँखें। गोरा, लम्बा चेहरा, छरहरा बदन। वह आम कश्मीरियों जैसा ही था। इतिशा को वह शहरी कश्मीरियों से भिन्न लगा मानो उसने भीतर की सारी मासूमियत को सँजोकर रखा हो और उसे अपने चेहरे पर इश्तेहार की तरह टाँगकर घूमता हो। क्या सच में इतना भोला है भीतर से या कोई मुखौटा लगा रखा है? मन में सवाल उठते थे। वैसे तो कई बार दिल टूटने के बाद अब हर लड़के के चेहरे पर मुखौटा दिखाई देने लगा था उसे। वे होते कुछ और, बताते कुछ और, और

बाद में निकलते कुछ और हैं। दिल्ली की भीड़ से निकलकर यहाँ आई तो उसे एकान्त और सुकून तो मिला था लेकिन हिलाल की कुछ बातों ने उसे विचलित कर दिया था। पहले तो उसे लगा कि वह केयरटेकर होने के नाते ख़याल रख रहा है। लेकिन जब वो सारा वक़्त उसी के साथ बिताने लगा तो उसे संशय हुआ। जाने कब वो केयरटेकर से उसके गाइड में बदल गया था और ज़िद करके उसे पहाड़ों पर घुमाने लगा था। ऐसी जगहों पर लेकर गया जहाँ आम पर्यटक नहीं जाते, न ही उन जगहों के बारे में कुछ जानते हैं, न ही किसी को दिलचस्पी होगी। उन जगहों के क़िस्से भी थे उसके पास और सुनाता भी उतनी ही मोहकता से था। कहवा बनाते हुए, या उसके लिए खाना परोसते हुए, कॉटेज के बड़े से लिविंग एरिया में हुक्के का इन्तज़ाम करते हुए, शाम को बाहर बोनफायर के लिए लकड़ियाँ जुटाते हुए, वह दिलचस्प दास्तानों से भरा होता था। उसके पास मस्ती की नायाब योजनाएँ होती थीं जो इति को पसन्द आने लगी थीं।

जब भी इति को चुप या उदास देखता तो वह कोई कश्मीरी लोकगीत सुनाने लगता।

'छू मए बाले तमन्ना...'

गाना सुनकर इति को दर्द से थोड़ी राहत मिलती है। वह पूछती है, "तुम कितना अच्छा गाते हो...क्या यहाँ के लोक गायक हो।"

"अपने लिए गाता हूँ...दर्द को हमेशा नज़्म बना देना चाहिए, उसकी तासीर कम हो जाती है। हब्बा सारी ज़िन्दगी दर्द को गाने में ढालकर गाती रही—'मैं दुखियारी उसकी तमन्नाई हूँ...मैंने उसके लिए फूलों का गुलदस्ता बनाया है...मैं मदिरा लिये उसके इन्तज़ार में हूँ...जाने वह कहाँ-कहाँ भटक रहा होगा...' "

"ये क़िस्से...कहाँ से लाते हो...?"

"हम कश्मीरियों की ज़बाँ पे हैं। वैसे भी मैं यहाँ के एक-एक पेड़ को जानता हूँ, वे मुझे जानते हैं। एक-एक पहाड़ी, नदी, छुपे हुए झरने, पानी के चश्मे सब मुझे क़िस्से सुनाते हैं। इन क़िस्सों में ख़ूब नहाया हूँ..."

उससे बात करते हुए इति का अपने ठंडे कमरे में जाने का मन न हुआ। कमरे में छोटा-सा हीटर रखा है, जो देर से गर्म करता है। इति ने ग़ौर किया, गेस्ट हाउस की लोकेशन शानदार है, किन्तु देखरेख ठीक नहीं, न ही ख़ास सुविधाएँ हैं। एकान्तवास के लिए ठीक है और हिलाल जैसा केयरटेकर हो तो सारी वस्तुएँ हाज़िर हो जाती हैं। हिलाल मालिश करते-करते उसके और पास आ गया था। उसकी देह-गन्ध आई। कुछ-कुछ ऊद के इत्र सरीखी गन्ध। लगता है इत्रों का शौक़ीन है। इति ने अपनी हथेली अपनी जाँघों पर रखी, तो हिलाल ने भी बेतकल्लुफ़ी से अपना हाथ उसकी जाँघ पर रख दिया और उँगली अपने हाथों में लेकर हौले-हौले मालिश करने लगा। ऐसा लगा, वो आज दर्द को ख़त्म करके ही रुकेगा। जाने क्यों इति को लगा, वह अपने किसी गोपन और अनकहे दर्द को उसके दर्द के साथ राहत देना चाहता है।

इति ने हिलाल को ग़ौर से देखा जो आँखें झुकाए उँगलियों को देखकर मालिश कर रहा था। उसकी घुँघराली लट माथे पर झूल आई थी। फुदक-फुदककर पहाड़ों पर चढ़नेवाला एक हमउम्र लड़का उसकी सेवा में लगा हुआ था।

हिलाल ने अचानक चेहरा उठाया, इति सकपका गई। मानो चोरी पकड़ी गई हो।

"मैं आपको ऊपर पहाड़ी पर सनसेट दिखाना चाहता हूँ। वहाँ आपको एक नई चीज़ मिलेगी। कोई टूरिस्ट वहाँ आता-जाता नहीं। चल सकेंगी आप..."

"ऐसा क्या है...?" पूछते हुए इति के होंठ काँपे। उसके चेहरे पर सूर्यास्त-सी सिन्दूरी आभा थी।

कुछ देर बाद हिलाल ने ही पूछा, "आपके घुटने छिले तो नहीं! अगर ज़ख़्म हो तो मैं दवा का लेप लगा दूँगा। आप चेक कर लो...अगर ठीक हो तो हम सनसेट देखने चल सकते हैं। ज़्यादा चढ़ाई नहीं है...अल्लाह क़सम..."

वह हँसता भी है। क़सम खाते हुए अपना कंठ छूता है। उसकी गोरी कलाइयाँ दमक उठती हैं।

समझ नहीं आता कि कोई चोट लगने के बावजूद फिर घूमने निकल

सकता है या कोई चोटिल व्यक्ति से घूमने की ज़िद कर सकता है! ऐसा हिलाल ही कर सकता है! जाने क्या-क्या उसे दिखाना होता है! उसे अपने एकान्त का साथी अपने-आप मिल गया। आसपास घूमने की जगहें क्या पूछीं कि वह साथ हो लिया। और तब से साथ ही है।

इतिशा के चेहरे पर आए भावों को वो पढ़ लेता है।

"अल्लाह क़सम...मैं वो जगह दिखाए बिना जाने नहीं देना चाहता था। आप दो दिन बाद चली जाएँगी। इसीलिए...और घूमने से आराम मिलता है, सच्ची! आप देख लेना! मैंने जो तेल लगाया है, वह असर करेगा..."

इति समझ गई कि वह उसका ध्यान दर्द से भटकाना चाहता है। हल्की-हल्की टीस के बावजूद वह तैयार हो गई थी। उँगली दब गई थी, हड्डी नहीं टूटी है, मांसपेशियाँ खिंच गई होंगी। कल तक दर्द ठीक नहीं हुआ तो कल दिल्ली पहुँचकर डॉक्टर को दिखाएगी।

सारे रास्ते हिलाल कुछ-न-कुछ बोलता ही रहता है। कभी किसी पेड़ के बारे में तो कभी भेड़ों के बारे में। दूर कहीं घाटी से धुआँ उठता दिखाई दे तो उसके बारे में। मानो उसको सब पता हो और वो सब जानना इति के लिए बेहद ज़रूरी हो। बीच-बीच में सवाल भी पूछता। एक हफ़्ते में वो बहुत खुल गया था। कभी-कभी इति को लगता, वह हिलाल के लिए सिर्फ़ एक कान बन गई है, जिसे वह सब कुछ बता देने को उतावला है। लगातार सुन ही तो रही है उसे।

हिलाल की बातें सुनकर इति ने मुस्कराकर दाएँ-बाएँ देखा। साँझ पहाड़ों से नीचे उतरने लगी थी। बनजारे-चरवाहे हाँक लगा रहे थे, विचित्र-सी आवाज़ में। कुछ ज़्यादा ही सन्नाटे में डूबी हुई साँझ थी। हवा थमी हुई थी और शाखों पर परिन्दे ऊँघने लगे थे। उन जीवित पहाड़ी रास्तों पर चलते हुए उसे अपनी रूह की आवाज़ सुनाई देने लगी थी। उसके ऊपर उदासी फिर से हावी होने लगी थी। हर तरफ़ चुप्पी देखकर उसका मन अचानक घबराने लगा था। हिलाल भी ख़ामोशी से साथ-साथ चल रहा था। शायद वो भी उदास न हो कि दो दिन में इति चली जाएगी। कहाँ सोचा था कि एकान्त

में ऐसा कोई सहचर मिल जाएगा जो उसका इतना ध्यान रखेगा। उसने ही तो अपने ऑफ़िस के कश्मीरी सहकर्मी आसिफ़ सुहाफ़ से कहा था कि मुझे एकान्तवास करना है। कोई परिचित चेहरा नहीं चाहिए। यहाँ तो ऐसा सहचर मिला है जिसकी बातों से लगता है, कई जन्मों का परिचित और शुभचिन्तक है। कमरे के अलावा कहीं पीछा नहीं छोड़ता। कमरे में भी उसका बेड लगाता है, हीटर चलाता है। कम्बल खोलकर फैला देता है। सारी सुविधाएँ चेक करता है। फिर निकलता है। कई बार उसे उलझन होती है, मगर वह जल्दी निकलता ही नहीं, मानो किसी-न-किसी बहाने उसके आसपास रहना चाहता हो या चाहता हो कि इति मैम रोक लें। उसे बैठने को कहें, बातें करें। उसके भीतर बातों का, क़िस्सों का ख़ज़ाना भरा है, जिसे वह इति के सामने ख़ाली करना चाहता है। कुछ और भी कहना चाहता है...कह नहीं पाता। थकी-हारी इति उसे जल्दी विदा करना चाहती है। अपने कमरे में बैठकर खिड़की से बाहर अँधेरे में डूबे द्रंग झरने का शोर सुनना चाहती है। दो घूँट रम के भरना चाहती है। कमरा बन्द करने के बाद भी कई बार हिलाल बाहर से आवाज़ लगाता है, "आपको कुछ चाहिए तो नहीं मैम...मैं बाहर ही हूँ...ज़रूरत हो तो आवाज़ लगा देना।"

हौले से 'नहीं...थैंक्यू' बोलकर गुम हो जाती है अपने ख़यालों में। लेकिन रास्ते में चलते हुए हिलाल का चुप रहना मुश्किल है।

"इति मैम...वो देखिए...सामने।"

सामने बड़ी-बड़ी चट्टानों से बना प्राचीन खँडहर था। वैसी खुरदुरी, ईंटों जैसी चट्टानें अब देखने को नहीं मिलतीं।

"हम थोड़ी देर वहाँ बैठें। वहीं बैठकर मैं आपको इसका क़िस्सा सुनाता हूँ..."

खँडहर के पास बड़ा-सा घास का मैदान था, वहीं पास में एक चश्मा था, जिससे पानी की पतली धारा बह रही थी। घास गीली थी, हिलाल ने अपनी जेब से रूमाल निकालकर बिछा दिया और उसे बैठने का इशारा किया। ख़ुद भी धम्म से वहीं बैठ गया।

"वो देख रही हैं न, बड़ी-बड़ी ईंटों-सी चट्टानें...सोचिए, किसने इन्हें काटा होगा, कैसे यहाँ तक ढोकर लाए होंगे और कैसे निर्माण किया होगा। स्थानीय लोग बताते हैं कि पांडव जब अज्ञातवास में थे, तब इसे भीम ने बनाया था। घना जंगल था, कोई आबादी नहीं थी, इस पहाड़ी पर पानी बहुतायत में है, वे यहाँ रहे काफ़ी मुद्दत..."

"भीम ने बनाया, ये कैसे जानते हो...यक़ीन से कैसे कह सकते हो?"

"मैम...लोग बताते हैं कि बहुत ताक़तवर था भीम। उसके अलावा कोई इतना भारी पत्थर नहीं उठा सकता था..."

हिलाल बहुत उत्साहित होकर बता रहा था। उसकी आँखों में उदासी को काटने वाली रोशनी चमक उठी थी।

"आई डोंट बिलीव इन सच स्टोरीज़..." इति हँसने लगी थी, "तुम कहोगे कि वहाँ जो गड्ढा खुदा है...वो भी..."

"क्या जाने मैम...तब खुदा था...या अब खुदा। गर ख़ुदा होता तो क्या ऐसे हालात होते..."

"तुम ख़ुदा में यक़ीन नहीं करते?"

वह हैरान हुई।

"आप सोच रही होंगी न कि ये सच्चा मुसलमान नहीं है। सच कहता हूँ, मेरे लिए तो मेरा ख़ुदा उसी दिन छिन गया जिस दिन पहली बार क़यामत आई थी और मैं गर्भ में था..."

वह चुप हो गया। कुछ और कहना चाहता था, लेकिन ख़ुद को रोक लिया। इति ने अन्तिम शब्द पर ग़ौर किया और उसे और जानने की उत्सुकता हुई, लेकिन हिलाल का ज़र्द चेहरा देखकर हिम्मत न हुई। उसने इन्तज़ार करना मुनासिब समझा। कोई दर्द है जो आवेग के साथ बाहर आना चाहता है। फ़िलहाल उसने बातचीत का रुख़ बदला।

"अरे वाह...ये तो शायरी हो गई। ग़ालिब की याद दिला दी तुमने...न था कुछ तो ख़ुदा था, कुछ न होता तो ख़ुदा होता..., ये शेर सुना है?"

वह चुप रहा।

"एक बात बताओ हिलाल...क्या तुम सबको इसी तरह, इतनी मुहब्बत से घुमाते हो...ऐसे ही क़िस्से सुनाते हो?"

उसके मूड को अनदेखा करते हुए इति मुस्कराई। वह मज़ा लेने के मूड में आ गई थी।

"मैम..."

उसके सुन्दर, गोरे, दढ़ियल चेहरे पर उदासी का घना कोहरा छा गया। जैसे अकस्मात पहाड़ी रास्तों पर धुंध उतर आए।

पल-भर में चेहरे की रंगत बदल गई। वह सहज हो गया।

"मैं सबको नहीं, तनहा ख़वातीनों को अपनी सर्विस देता हूँ...वो दूर-दराज मुल्कों से आती हैं, मैं उन्हें लेकर ट्रैकिंग पर जाता हूँ...उनके साथ महीनों पहाड़, जंगल में गुम हो जाता हूँ...उनसे ख़ूब बातें करता हूँ...उनकी भी सुनता हूँ...जब वे लौटती हैं तो लौटता हूँ...कुछ तो हर साल आती हैं, वे मुझ पर भरोसा करती हैं। बस ऐसी ही है मेरी ज़िन्दगी..."

"क्या...?"

"सच में।"

इति ज़ोर से ठहाका मारकर हँस पड़ी।

"मेरा अफ़साना सुनोगी आप? मगर एक शर्त है, आप भी अपनी दास्ताँ सुनाओगी...हिसाब बराबर।"

"ठीक है...लेकिन यहाँ नहीं...बोनफायर के पास बैठकर। यहाँ मैं कुछ देर ख़ामोश रहना चाहती हूँ। मुझे थोड़ी देर अकेला छोड़ दोगे। फिर चलते हैं वापस..."

हिलाल आज्ञाकारी बच्चे की तरह उससे छिटककर दूर चला गया और खँडहर के पास जो छोटा-सा चश्मा बह रहा था उसके पानी से वह खेल रहा था। कुछ चरवाहे वहाँ आ गए थे, उनसे बातें भी कर रहा था। इति ठंडी शाम को पहाड़ पर उतरते महसूस कर रही थी। उसके भीतर भी यही स्याह अँधेरा उतरने लगा था, जब उसने अपने प्रेमी आलोक से ब्रेकअप करने का फ़ैसला लिया था। जैसे-जैसे दोनों क़रीब आते गए थे, उनमें वैचारिक टकराव शुरू

हो गए थे। एक-दूसरे को जानने लगे थे, एक-दूसरे पर अपने विचार थोपने लगे थे। आलोक शादी के लिए जल्दबाज़ी कर रहा था जबकि इति उसे टाल रही थी। आलोक इसकी वजह पूछता, वह हिचक जाती।

कहती, 'मुझे थोड़ा और वक़्त चाहिए।'

आलोक कहता, 'कितना? देखतीं नहीं, हम दोनों की एक्सपायरी डेट क़रीब आ चुकी है। तीस पार कर चुके हैं हम।'

वह चुप लगा जाती। आलोक चिढ़कर कहता, 'तुम शायद मुझे परख रही हो। वक़्त क्यों चाहिए तुम्हें...बेहिचक कहो, मन में क्या पक रहा है?'

मन ही तो नहीं खोल पा रही थी। मन-ही-मन अपने भविष्य की योजना बना चुकी थी, जिसमें आलोक फिट नहीं बैठ रहा था। मन खोलने से पहले उसे एक बार परख लेना चाहती थी। एक दिन हिम्मत करके उसने आलोक को बता दिया, 'मैं मुल्क बदलने की सोच रही हूँ, आई मीन...कनाडा सेटल होने के बारे में सोच रही हूँ। कम्पनी भेज रही है मुझे। क्या तुम वहाँ साथ चल सकोगे? अपना सब कुछ यहाँ छोड़कर...मेरे लिए?'

कुछ देर सन्नाटे में डूबा रहा आलोक।

इति ने फिर एक प्रस्ताव दिया, 'तुम चाहो तो हम शादी नहीं करते, रिलेशनशिप में रहते हैं और अपने करियर पर फ़ोकस करते हैं। आई मीन...'

'ओह...तो तुम्हें मुझसे ज़्यादा उस जगह से प्यार है।' आलोक ने उसकी तरफ़ तंज का तीर फेंका और चुप हो गया।

उस दिन के बाद से वह महसूस करने लगी थी, आलोक उससे दूरी बना रहा था। फिर दोनों कटने लगे थे एक-दूसरे से। आपस में संवाद कम हुए और फिर मिलना-जुलना बन्द। इति को महसूस हुआ कि आलोक ने ही उसे डंप कर दिया है। इस अहसास ने उसका दिल तोड़ दिया था। उसे पूरी उम्मीद थी कि आलोक उसकी ज़िद मान लेगा। उसके सपनों का साझीदार बनेगा। लेकिन वह तो उसे डंप कर गया, बिना लड़े, बिना बहस किये, बिना किसी शिकायत के। बस एक अन्तिम मैसेज भेजा था जो अनपढ़ा रह गया था। दोनों ने एक-दूसरे को ब्लॉक कर दिया था, हर जगह से। मैसेज

भेजने के थोड़ी देर बाद पहले आलोक ने उसे ब्लॉक किया, फिर इति ने उसे हर जगह से ब्लॉक कर दिया। अपने टूटे और आहत दिल के साथ उसे कुछ समय दिल्ली से दूर किसी अनजान जगह पर रहना था। होटल में नहीं, होम स्टे जैसा कुछ या कोई गेस्ट हाउस हो। उसके परिचित ने यह जगह ढूँढ़कर दी थी, जो एकदम सुनसान थी। वह अकेले रहना चाहती थी, लेकिन क़िस्मत में अकेलापन नहीं लिखा था। यहाँ आते ही हिलाल गले पड़ गया था जो उसे एक पल भी अकेला नहीं छोड़ना चाहता था। इतने क़िस्से सुनाता रहता है। नई-नई जगहें दिखाता रहता है। शायद वो इति को कुरेदता है कि वह अपना दर्द बयाँ करे। उसे आलोक से जुड़े क़िस्से सुना भी दे तो क्या वह समझ पाएगा? है तो आख़िर एक पुरुष ही न। स्त्री हो या पुरुष, हमारा होना ही हमारा पक्ष तय कर देता है। हिलाल से क्या उम्मीद और उसे क्या सुनाए कि उसकी माँ उसका विवाह नहीं करना चाहतीं, वे विवाह के नियंत्रणवादी और एकाधिकारवादी चरित्र से डरती हैं। उसकी पाँचवीं पास माँ ने अपने पति को छोड़कर इसलिए उसे नहीं पढ़ाया कि वह उनकी तरह अपनी ज़िन्दगी, अपनी स्वाधीनता के लिए संघर्ष करते बिता दे। उसे क्या बताए कि उसकी माँ ने कैसे लड़कर घर छोड़ा था, सिर्फ़ बेटी को पढ़ाने और उसका करियर बनाने के लिए। उसकी गँवई माँ ने उसकी आँखों में सिर्फ़ उड़ान के सपने भरे थे, विवाह के नहीं। उसके प्रेमियों से मिलकर वे ख़ुश होती रहीं, मगर उनकी आँखों में ख़ौफ़ भी झाँक उठता था। वे रोकती न थीं, बस उसके पंखों की धार तेज़ करती रहती थीं। इसलिए उसने कनाडा की बड़ी कम्पनी का ऑफ़र स्वीकार कर लिया था। माँ की अनिच्छा के बावजूद आलोक को साथ लेकर जाना चाहती थी। लेकिन आलोक ने बिना उसका पक्ष सुने दूरी बना ली। ये सारी बातें हिलाल कभी नहीं समझ पाएगा। एक अजनबी गाइड से इतनी निजी बातें क्यों करें। मन-ही-मन तय कर लिया कि अपने बारे में कुछ भी नहीं बताएगी। वो अपने बारे में बताना चाहे तो सुन लेगी।

अँधेरा घिरते देखकर हिलाल ने उसका हाथ पकड़ा और संग चला।

सारे रास्ते वह कुछ गुनगुनाता रहा। धुन बहुत कर्णप्रिय थी। ठंडी हवा तेज़ थी। एक हाथ से मोबाइल का टॉर्च जलाए हिलाल उसे राह दिखा रहा था। जब दोनों गेस्ट हाउस पहुँचे तो वहाँ यासिर ने आग जला रखी थी। सूखी लकड़ियाँ चट-चटकर जल रही थीं। उसके आसपास बैठने का पूरा इन्तज़ाम कर दिया था। कई मोढ़े लगा दिये थे। आग के पास ही एक टेंट लगा हुआ था। जाते समय तो नहीं था वहाँ पर। अचानक टेंट देखकर चौंकी।

हिलाल ने उसकी आँखों में सवाल पढ़ लिये थे।

उसने इशारों में बताया कि वह आज की रात टेंट में गुज़ारेगा।

फिर उसने इसरार किया, "आप रहेंगी तो दूसरा लगा देंगे। एक बार अनुभव तो लीजिए मैम...सारी रात आग जलेगी। सर्दी क़तई नहीं लगेगी।"

"आप यहाँ बैठिए...मैं अन्दर जाकर यासिर की मदद करता हूँ। फिर हम यहाँ आराम से बैठकर क़िस्से कहेंगे-सुनेंगे। मेरा एक सिंगर दोस्त आनेवाला है, वह आपको 'अल आरिफ़ा' का 'वाख' गाकर सुनाएगा। मैं उसके क़िस्से सुनाऊँगा..."

"ये क्या है...?" उसने 'अल आरिफा' या 'वाख' पहली बार सुना था।

"आकर बताता हूँ..."

वह अन्दर चला गया। यासिर के साथ मिलकर उसने कुछ स्नैक्स तैयार करवाए, पानी, गिलास सब लेकर बाहर आया। तब तक इति आग सेंकती रही। ऊपर आकाश से ठंड गिर रही थी, नीचे आग उसे सेंक रही थी। उसने पहली बार आग के बारे में सोचा। नीचे शोर मचाती नदी और द्रंग झरने के बारे में सोचा। चीड़ और देवदार के वृक्षों के बारे में सोचा। ज़िन्दगी ने घुमाया तो बहुत, मगर कहीं ठहरकर प्रकृति के बारे में सोचने का मौक़ा ही कहाँ दिया। पहली बार उसे लगा कि वह आज़ाद चीज़ों की संगत में है। ये हवा, नदी, आग, घास, आकाश, तारे, वृक्ष...अलग ही दुनिया है, लोगों की अपेक्षाओं और सवालों से दूर। तानों, उलाहनों से दूर। इतनी आज़ादियाँ हैं कि उसे किसी की याद नहीं आ रही है। न माँ की, न आलोक की, न उन प्रेमियों की जो जल्दी विदा हो चले, न पिता की जिनके आतंक से मुक्ति

के लिए माँ ने भीषण संघर्ष किया था। यादों ने इस घड़ी मुक्त कर दिया है। मुक्ति का पहला पाठ माँ ने पढ़ाया, जो उसके लिए आत्म-बन्ध बन गई थी, और इस वक़्त इन मुक्त चीज़ों के साहचर्य ने उसे पूरी तरह खोल दिया। उसने मुक्ति की साँस ली।

उसने चहककर हिलाल को आवाज़ लगाई, "तुम्हारा दोस्त कब आ रहा है...वो तुम क्या सुनवाने वाले हो?"

हिलाल ने पहली बार इति की चहक सुनी थी, पूरे एक हफ़्ते में।

"मैम...वो आज रात हम दोस्तों का टेंट में रात गुज़ारने का प्रोग्राम है, थोड़ा देर से आएगा। आप चाहो तो देर तक हमारे साथ बैठ सकती हो। अल्लाह क़सम...आपको बहुत मज़ा आएगा। सब शरीफ़ दोस्त हैं मेरे... आपकी न, बहुत क़दर करेंगे।

और 'वाख' सुनकर तो आपको बहुत मज़ा आएगा...हमारी ललद्यद उर्फ़ अल आरिफ़ा का लिखा सुनाएगा, उसे हमारी भाषा में वाख कहते हैं... गूगल सर्च कर लो न...वहाँ बहुत जानकारी मिल जाएगी आपको।"

"नहीं, मैं बस गायन सुनकर सोने चली जाऊँगी। मैं देर रात ऐसी किसी महफ़िल में नहीं बैठी। तुम लोग मज़े करना..."

"आप डर रही हैं...कहीं दहशतगर्द न निकलें..."

हिलाल ज़ोर-ज़ोर से हँसने लगा।

"हाँ, मुझे भय होता है। मेरे दोस्त ने यहाँ भेजते हुए कहा था कि शान्त, सुरक्षित जगह है। मैं यहाँ देर रात अनजान लोगों के बीच, नहीं...सॉरी हिलाल...बुरा मत मानना...तुम्हारी बात और है। थोड़ी देर बैठो, फिर मैं चली जाऊँगी तब तुम उन लोगों को बुलाना...मुझे मिलना भी नहीं।"

इति को झुरझुरी हुई। अब तक बेफ़िक्र होकर घूम रही थी। जाने क्यों उसे घबराहट हुई। उसने सुना था कि जिस इलाक़े में टूरिस्ट ज़्यादा होते हैं, वहाँ आतंकवादी फटकते तक नहीं। कुछ नहीं कहते उन्हें। यहाँ तो टूरिस्ट इक्का-दुक्का ही हैं। ऑफ़ सीजन में कम ही टूरिस्ट आते हैं। हिलाल उसका भय भाँप गया। उसने मोबाइल पर किसी को फ़ोन लगाया, कश्मीरी भाषा में

कुछ कहा। ऐसा लगा मानो उन्हें मना कर रहा हो। इति आग की तरफ़ देख रही थी। उसके पास आकर हिलाल ने कहा, "मैम...मैंने उन्हें रोक दिया है। सिर्फ़ एक सिंगर दोस्त को बुलाया है। आपको गायन सुनवाऊँगा। आप जितनी देर चाहें, यहाँ बैठ सकती हैं। जब मन हो, आप कमरे में चले जाना।"

हिलाल उसके पास ही बैठा रहा। कुछ बात करना चाहता था।

"मैम...यहाँ जो भी टूरिस्ट आते हैं, सबसे पहला सवाल पूछते हैं, इधर आतंकवादी तो नहीं आते, कहीं इधर ही तो नहीं रहते। कई तरह के सवाल... इन सवालों से हमारा पीछा नहीं छूटता।"

अनजाने ही इति ने हिलाल का हाथ पकड़कर पूछा, "सच कहो, क्या तुमने आतंकवादियों को देखा है कभी...कभी मिले हो...?"

इति जानती थी कि वह बचकाने सवाल पूछ रही है।

"वे कोई अलग थोड़े न होते हैं मैम...मेरी ही तरह होते हैं। मान लो, मैं ही हूँ।"

हिलाल के स्वर की तिक्तता और तकलीफ़ दोनों महसूस कर रही थी इति।

हिलाल ने अपना हाथ उससे छुड़ाकर आग में और सूखी लकड़ियाँ डालीं। आग तेज़ी से भड़क उठी। उसकी लपटें ऊपर उठने लगी थीं। चारों तरफ़ उसका उजाला फैल गया था।

हिलाल ने उसे घूरा तो वह घबरा उठी। उन आँखों में जो था, उसे वह शब्दों में नहीं बाँध सकती थी, न समझ सकती थी। जब अपना दिल दुख से भरा हो तो दूसरों के दुख नहीं समाते। पहले अपना दिल दुख से ख़ाली करना पड़ता है, तब दूसरों की तकलीफ़ें छूती हैं।

"आप कश्मीर को कितना जानती हैं! आप तो टूरिस्ट हैं। टूरिस्ट आते हैं, चले जाते हैं...उन्हें कहाँ फ़ुर्सत कि वे हमारे ज़ख़्मों को देख सकें।"

इति का फक्क पड़ा हुआ चेहरा देखकर हँसा हिलाल।

"अरे मैम...डरिए मत। मैं नहीं हूँ आतंकवादी...होता तो क्या ज़िन्दा होता। या आपके साथ ऐसे बेफ़िक्र घूम रहा होता।"

"मैंने कहा था न, अपनी कहानी सुनाऊँगा...ये कहानी उदास करने वाली

है। आपको उदास नहीं करना चाहता। आप ख़ुद उदासी का लोड लिये घूम रही हैं...दर्द बहुत भारी होता है न मैम। पीठ पर बोझ की तरह पड़ा रहता है... जैसे कूबड़। हटा ही नहीं पाते कई बार। बस उसे अनदेखा करते चलते हैं।"

इति की बोलती बन्द थी। जाने क्या भयावह सच उसके सामने खुलनेवाला था। उसके भीतर की पीड़ा भीतर ही पिघलकर बहने लगी थी।

"मैम...कुछ लेंगी? सिगरेट, अपनी ड्रिंक्स या कहवा...जो भी मन हो! थोड़ी-सी पी लें, ठंड भाग जाएगी।"

"तुम कहाँ के रहने वाले हो हिलाल...?"

बमुश्किल इति ने पूछा। कहीं से भी सामान्य बातचीत का सिरा पकड़ना चाहती थी ताकि इस तरह की दुखद बातें कम हों।

इति से बिना पूछे उसने रम का एक पैग बनाकर उसे थमा दिया। कुछ पल इति देखती रही गिलास को और बिना चियर्स किये, गटाक। हिलाल उसे देखता रह गया। उसे लगा, कुछ नर्वस हो रही है।

उसने भुने हुए चिकन के टुकड़े उसकी तरफ़ बढ़ाए।

"तुमने बताया नहीं, कहाँ के रहने वाले हो हिलाल?"

"कुपवाड़ा का नाम सुना है आपने! मेरे गाँव का नाम कुनन गाँव है। बहुत फ़ेमस है मैम...यहाँ से बहुत दूर है।"

"अच्छा। तुम वहाँ क्यों नहीं रहते, यहाँ क्यों चले आए...घर में कौन-कौन है?"

"घर में कौन-कौन..." पूछते हुए स्वर थोड़ा मद्धिम हुआ। घर के बारे में पूछना बहुत पर्सनल होता है। किसी से भी पूछने से हिचकती है।

"एक बात पूछूँ...आप किसी फ़ौजी की बेटी तो नहीं हो न?"

"नहीं, क्यों...?"

"मेरे गाँववाले फ़ौजियों से नफ़रत करते हैं। मेरा बड़ा भाई भी करता था। मेरी अम्मी आज भी उनका नाम सुनकर तड़प उठती हैं।"

"ओह...क्या तुम भी...? क्या हुआ था। भाई था...मतलब?"

"मैंने आतंक के माहौल में ही जन्म लिया। जब पैदा हुआ तो चारों

तरफ़ सिर्फ़ खून-खराबा था। इतनी हत्याएँ देखीं। आज 33 साल बाद भी घरवाले उस ख़ौफ़नाक मंज़र को नहीं भूले हैं। 1991 में मेरे गाँव में फ़ौजी कार्रवाई हुई थी। सर्च ऑपरेशन चला। चरमपंथियों की शिनाख़्त परेट हुई..., सब समझ गए कि 'क्रैक डाउन' हुआ है। यानी उन दिनों आतंकवाद चरम पर था, उसे दबाने के लिए फ़ौजी कार्रवाइयाँ इसी तरह होती थीं। घरों में घुसकर उनकी खोज होती थी। मेरे गाँव में तबाही हुई। हमारी ख़वातीनों के साथ बलात्कार हुआ। घर के मर्दों को अलग कर दिया गया था। फ़ौजियों ने हमारे घरों में घुसकर जो हैवानियत की..."

"ओह...तुम तब कितने बड़े थे? तुमने अपनी आँखों से देखा था ये सब?"

"मेरे चार साल के भाई ने देखा था ये सब। मैं अम्मी के पेट में था... उस हालत में भी उन्होंने मेरी अम्मी के साथ..."

"हिलाल..."

दर्द से दोहरी हो गई इति। वह बिलख उठा था। वह अपनी बाँहों में भरकर उसे दिलासा देने लगी थी।

"रहने दो ये बातें हिलाल...मत याद करो। वो दौर बीत चुका... भूल जाओ।"

"भूल जाता मैम...अगर मेरा भाई न मारा जाता। मेरे अब्बा उसके गम में न मर जाते..."

"छोड़ो न...हर दास्ताँ दुखान्त ही होती है हिलाल...मुझे नहीं सुनना, बस करो।"

हिलाल उसकी बाँहों से आज़ाद हुआ और उसकी हथेलियाँ थाम लीं।

"मेरे अब्बा ने कभी आतंकवाद को बढ़ावा नहीं दिया। वे ग़रीब किसान थे, हमारे फलों के बाग़ीचे थे। हम सब उसी में ख़ुश रहते थे। लेकिन एक रात दर्जन-भर आतंकवादी हमारे घर में घुस आए, हमसे जबरन खाना बनवाया। मेरा बड़ा भाई पाँच साल का था। उसने मुझे बताया था कि आतंकवादियों ने खाते समय जब सारे हथियार एक तरफ़ रख दिये तो भाई ने एक बन्दूक

उठाकर उन पर तान दी। उसने हैंड्स-अप बोला तो सारे आतंकवादियों ने खाना छोड़कर हाथ ऊपर उठा लिये थे। बच्चे के हाथ में बन्दूक देखकर वे सब उठे और मेरे भाई को बहुत मारा। बाद में मेरे पिता ने भी मेरे भाई को मारा। किसी तरह जान बची हम सबकी। लेकिन कब तक बचती। एक रात ख़ौफ़नाक तबाही हुई। हम जैसे लोग दोतरफ़ा मारे जाते हैं। मेरे बड़े भाई ने सोलह साल की उम्र में ही फ़ौज के ख़िलाफ़ हथियार उठा लिये। उससे अम्मी-अब्बू की हालत देखी नहीं जा रही थी। मैं बहुत छोटा था। मेरी अम्मी ने मुझे फूफ़ी के गाँव यहाँ भेज दिया। मुझे वहाँ जाने की सख़्त मनाही है। मुझे पता चला है कि अम्मी की दिमाग़ी हालत ठीक नहीं है। वे रात होते ही चीख़ने लगती हैं...भाई भी एक दिन मारा गया। अब्बू को उसकी लाश तक न मिली।"

इति सन्नाटे में डूब गई। आग की लपटें मन्द पड़ने लगी थीं कि यासिर ने आकर उसे लहका दिया।

"मैम...हमारे क़िस्से यहाँ टूरिस्ट ख़ूब सुनते हैं, फिर चले जाते हैं अपने रास्ते। हमारी तकलीफ़ें वहीं पड़ी रहती हैं। ये बड़ा जज़्बाती बन्दा है...इसके साथ बहुत बुरा हुआ है इसलिए रो पड़ता है। छोड़िए न मैम...गाना बजाऊँ! आप डांस कर सकती हैं...आप यहाँ घूमने आई हो। हमारी दास्ताँ सुनकर अपना दिल न दुखाओ..."

उसने हिलाल के कन्धे थपथपाए।

"कोई बात नहीं यासिर जी, कह देने से दुख हल्का हो जाता है...मैं आपके दुख दूर तो नहीं कर सकती...लेकिन सुन तो सकती हूँ...हमारे शहर में तो सुननेवाले भी नहीं मिलते। वहाँ सबकी पीठ दुखों के बोझ से झुकी हुई है...सबको कन्धे की तलाश है...तभी तो हम भागकर वादियों की शरण में आते हैं...सोचते हैं कि यहाँ के लोग हमसे ज़्यादा सुखी होते हैं लेकिन यहाँ तो..."

ठंडी साँस लेकर चुप हो गई इति। वह तो सरकार और उसके दावे का भरोसा करके कश्मीर आई थी। बड़े-बड़े सरकारी कटआउट दावा कर रहे हैं कि कश्मीर में अब सब सामान्य हो गया है। हालात सुधर गए हैं।

धारा 370 हटने के बाद सब सामान्य है। घाटी में शान्ति है। बेधड़क कहीं भी घूमा जा सकता है।

इति उन लड़कियों में से थी जो देश की बहुत मामूली-सी ख़बर रखती थी। लेकिन दुनिया में कहाँ क्या हो रहा है, उन हलचलों पर उसकी विशेष नज़र रहती थी। कश्मीर के हालात के बारे में वह उतना ही जानती थी जितना कोई भी सामान्य पर्यटक।

अखंड भारत का राग गानेवाले एक टीकाधारी दोस्त बजरंग तिवारी ने उत्साह में भरकर उसे बताया था कि कश्मीर में हालात सुधर गए हैं, सरकार के इस फ़ैसले से घाटी के लोग ख़ुश हैं, युवा बहुत प्रसन्न हैं कि उन्हें रोज़गार मिलेगा। घाटी से युवाओं का पलायन रुक जाएगा। बड़ी-बड़ी कम्पनियाँ बस वहाँ जाने ही वाली हैं। कश्मीर अब हमारा है...

वादी में कुछ दिन गुज़ारने के बाद इति को समझ में आया कि सिर्फ़ दावा जताने से कोई अपना नहीं होता, उसे अपना बनाना होता है। कोई भी हमारा कैसे हो सकता है, जिसे अपनेपन का अहसास कराए बिना ही 'हमारा है' का दावा ठोक देते हैं। और यहाँ तो वैसा कुछ भी नहीं है जैसा दावा सरकार कर रही है। यहाँ मामला एकदम अलग है। कुछ भी इन्द्रधनुषी नहीं। जीवन के वही विद्रूप रंग अब भी बिखरे हुए हैं। पढ़ा-लिखा नौजवान रोज़गार के अभाव में गाइड बना बैठा है। भीतर-भीतर कोई आग अब भी सुलग रही है। कुछ भी नहीं बदला, न हालात न विचार।

"तुम कुछ सोच रहे हो हिलाल?" वह धीमे से फुसफुसाई।

"जी...मैम..."

"आप कश्मीर के बारे में क्या सोचती हैं?'

आयँ...इस वक़्त ऐसा सवाल। और क्या जवाब चाहिए उसे। इति ने उनींदी आँखों से उसे देखते हुए कहा, "मुझे कश्मीर से प्यार हो गया है... सच में जन्नत है ये। धरती का स्वर्ग!"

इति ने वही घिसी-पिटी किताबी बात दोहराई। उसने यही सुना और पढ़ा था अब तक। उसे लगा, हिलाल ख़ुश हो जाएगा कि उसके कश्मीर से

सब प्यार करते हैं। लेकिन यहाँ तो उलटी तीखी प्रतिक्रिया हुई।

"प्यार तो आपकी सरकार भी करती है कश्मीर से, पूरी अवाम करती है...यही तो दुख है मैम कि आप सब कश्मीर से प्यार करते हो, हम कश्मीरियों से नहीं।"

वह कुछ पल रुका।

"अवाम से ही मुल्क होते हैं न मैम, अवाम का दमन करके मुल्क को ख़ुशहाल कर लोगे क्या?" इतना कहकर वो इति की तरफ़ शिकायती निगाहों से देखने लगा।

इति अवाक्। क्या जवाब दे। कितनी बड़ी बात कह गया। वह किसलिए भाग रही है। उसे भी कोई रोक रहा है...वह भाग रही है, जगह से ही तो भाग रही है। उसे एक ऐसे मुल्क की तलाश है जहाँ अतीत को भुला सके। इस खींचातानी में दो दिल टूटे, एक टूटा दिल लेकर वह भटक रही है।

"ये कैसा मुल्क है हमारे लिए, जहाँ हम जेब में अपना आधार कार्ड लिये घूमते हैं...अपने लोकल मार्केट तक नहीं जा सकते बिना उसके, क्या पता कहाँ धर लिए जाएँ...कहाँ तलाशी हो जाए..."

हिलाल उत्तेजित होकर उठने लगा था। इति ने उसका हाथ पकड़ लिया। उसके भीतर कुछ सवाल उठने लगे थे। कुछ सवाल उससे पूछना चाहती थी, लेकिन नहीं पूछती है। सबके भीतर अनगिन ज़ख़्म हैं, ऊपर से लोग अलग दिखाई देते हैं। भीतर युद्धस्थल है जहाँ अरमानों के रक्तरंजित शव पड़े रहते हैं।

वह लौट रही है...वह लौटना ही चाहती है। लौटते हुए वह हिलाल से आख़िरी सवाल पूछना चाहती है। वही सवाल जो कल भी उसकी बातचीत सुनकर उठे थे, मगर पूछ न पाई थी। शायद वो जवाब न दे सके। ज़ख़्मी व्यक्ति मरहम चाहता है, सवाल नहीं। और इस ज़ख़्मी से तो इसका ख़ुदा भी छिन गया है। ये कहीं फ़रियाद भी नहीं कर सकता। फिर जो सवाल हैं, वो अतीत में जाकर जवाब ढूँढ़ने वाले हैं, और हिलाल उसके लिए तैयार न होगा। ऐसे में उसके साथ बेरहमी होगी। हो सकता है, उसका सवाल भी सतही हो। आधी-अधूरी जानकारी से उपजा या किसी प्रोपेगेंडा से प्रभावित।

अवाम की बात से उसके दिल में लहर उठी थी, उसे कुछ विस्थापित लोग याद आए जो राजनीति के शिकार होकर अपनी जगहों से मरहूम कर दिये गए थे और बदनाम यहाँ की बची हुई क़ौम हुई थी। इति को जैसे अपने ही भीतर से उन सवालों का जवाब मिला। वह नहीं पूछती है। बात बदल देती है। हिलाल गुज़ारिश करता है, "आप अपने मुल्क पहुँच जाएँ तो ख़बर दे दीजिएगा।"

वह सुनती है। एक जुदा सवाल करती है।

"मेरा मुल्क?" वह तो ख़ुद अपने लिए मुल्क की तलाश में है। सबका अपना-अपना मुल्क होता है। जैसे आलोक ने उससे पूछा था कि इंडिया क्यों छोड़ना चाहती हो? वह चुप लगा गई थी। उसे अपने पिता से अपनी माँ और ख़ुद का पीछा छुड़ाने के लिए मुल्क बदलना आवश्यक लगा था। मुल्क बदलने के बाद उसकी माँ को शायद वो फ़िज़ा मिल सके, वो सारे सुख, जो मौजूदा मुल्क में नसीब न हो सके। जीवन-भर उसके लिए लड़ती रहीं। अब वक़्त है, वह माँ के लिए लड़े। उन्हें साथ लेकर दूर निकल जाना है।

आलोक ने उससे जो सवाल पूछा था, वही सवाल वो हिलाल से पूछना चाहती है, "क्या यह तुम्हारा मुल्क नहीं? मुल्क बदलने से क्या आन्तरिक तकलीफ़ें ख़त्म हो जाती हैं, क्या अतीत पीछा छोड़ देता है?"

आलोक ने भी यही सवाल पूछा था, जिसने उसे निरुत्तर कर दिया था—'माँ का अतीत बुरा है, तो अपने भविष्य से क्यों खेल रही हो इति?'

आलोक के ख़याल को उसने झटक दिया। अभी उसे यासिर से सवाल पूछना था। वह सवाल करते हुए यासिर की ओर देख रही थी। जवाब भी यासिर ने ही दिया—

"आप भी तो आज़ादी ही चाहती हैं न बीबी। मैं वाक़िफ़ हूँ, आज़ादख़याल औरतें, औरतों की आज़ादी के लिए लड़ती हैं। हमें भी आज़ादी चाहिए।"

वह चुप थी। कुछ सवालों के जवाब नहीं होते। एक जगह होती है जहाँ सिद्धान्त ही सिद्धान्त के आड़े आ जाता है।

"हम लोग बक्करवाल बनजारों के नाम लिखे गए बेपते के वो ख़त हैं

जिनको बन्द डाकखाने में ही पड़े रहना है। ऐसे ख़त हैं जिनको सुना तो गया, समझा नहीं गया। कई परदेसी सुनते हैं, समझता कोई नहीं। हम तकलीफ़ की इबारत बनकर ख़त के पन्नों पर क़ैद रहेंगे, हमेशा।" इति को चुप देखकर हिलाल ने कहा।

अन्तिम बार उसे हब्बा की आख़िरी दास्ताँ सुनाना चाहता था। यूसुफ़ शाह के इश्क़ में वह बावरी बनकर जाने कहाँ गुम हो गई कि उसकी क़ब्र तक का पता नहीं...वह भी अपनी जगह से बिछड़कर किसी और मुल्क पहुँच गई थी। इति को हिलाल के भीतर कहानी पूरी करने की छटपटाहट दिखाई दे रही थी। एक अफ़सानाबाज़ इनसान अपने अफ़साने सुनाने के लिए कान ढूँढ़ता है। जिनकी ज़िन्दगी दर्दनाक अफ़सानों से भरी हो, वे चाहते हैं कि कोई उन्हें सुने। इति ने हिलाल और यासिर को देखा, जो अपने लिए स्थायी पता ढूँढ़ रहे थे।

विदा के समय हिलाल ऊपर से कितना सामान्य दिखने की कोशिश कर रहा है। उसके भीतर जो उथल-पुथल मची होगी, उसे भाँप सकती है। कैसे समझाए कि हिलाल मियाँ, कोई अफ़साना कभी मुक़म्मल नहीं होता। जीवन अधूरे अफ़सानों का दस्तावेज़ है।

इति को अचानक रूमी की पंक्तियाँ याद आईं और उसने उन्हें बुदबुदाकर मानो अपने-आप से ही बात करते हुए हिलाल से कहा, "अगर दुनिया का घर अँधेरा है, प्यार खिड़की बनाने का एक तरीक़ा खोज लेगा। हिलाल तुम्हारे नाम का मतलब है नया चाँद, नया चाँद जो उम्मीद लेकर आता है।"

सुनकर हिलाल ने सूनी आँखों से इति की आँखों में देखा, इति के अन्दर कुछ गहरे तक उतरता चता गया।

"फ़िलहाल तो इस चाँद के पास कोई आसमाँ नहीं है...कोई पता-ठिकाना नहीं, उसे ख़ुद पता नहीं कि वो ज़मीन का है कि आसमाँ का है। बिना आसमाँ के चाँद का कोई वजूद नहीं होता...आप ही बताओ इस चाँद का आसमाँ कौन सा है, कहाँ है?" हिलाल की आवाज़ जैसे घाटी से टकराकर गूँजती हुई आ रही है।

इति ने अपने भीतर दर्द की तीव्र लहर को बमुश्किल सँभाला। जो लोग ख़ुद ही बेवतन होते हैं, वे क्या किसी दूसरे को उसका पता-ठिकाना बताएँगे। आग की चमक के घेरे में तीन बेवतन बैठे हैं, बहुत से प्रश्नों को लेकर, जिनके उत्तर किसी के पास नहीं हैं। रात अपनी ठंडी चादर लिये धीरे-धीरे बीत रही है।

हब्बा की दुखद दास्तान सुने बिना वह लौट रही है। उसका अपना दर्द ज़्यादा हावी हो गया है। उँगली में दर्द अब भी है। रह-रहकर ख़ुद ही उसे सहलाती है। हिलाल का आग्रह हवा में पसर रहा है..."मैं मालिश कर देता हूँ..."

"मैं कौन-सा मरहम लगाऊँ दोस्त?"

हर दर्द की तासीर अलग होती है।

दर्द का ख़याल भी दर्द की तासीर बढ़ा देता है।

['हंस', मार्च 2024 में प्रकाशित]

धर्मभ्रष्ट

कुछ अस्फुट-सी आवाज़ थी। शायद किसी को पुकारने जैसी। बहुत तकलीफ़देह आवाज़ थी।

शायद माता जी कुछ बड़बड़ा रही थीं। उनके कमरे का दरवाज़ा अधखुला था। चैताली ने ऑफ़िस जाते समय दरवाज़ा अधखुला ही छोड़ दिया था और सलमा को हिदायत देकर गई थी कि थोड़ी-थोड़ी देर पर झाँक जाया करे। कोई समस्या हो तो तुरन्त फ़ोन करे। उसे अन्दर जाने की अनुमति नहीं थी। माता जी नहीं चाहती थीं कि सलमा उनके कमरे में आए या उनके पास भी फटके। उसके हाथ का बना खाना भी नहीं खाती थीं। पानी पीना दूर की बात। माता जी के लिए अलग से कुक सुबह-शाम आता था। बाक़ी काम सलमा देखती थी। किसी तरह चैताली ने उनके कमरे में झाड़ू-पोंछा के लिए मना लिया था। जिस वक़्त सलमा झाड़ू लगा रही होती, माता जी अपने दोनों पैर ऊपर करके पलंग पर चढ़ जातीं और अपना बाथरूम स्लीपर भी उठाकर साइड टेबल पर रख लेतीं। ये सब देखकर सलमा को बुरा भी लगता और हँसी भी आती। वे पिछले कुछ दिनों से यहाँ आई हुई थीं और सलमा से दूरी बरत रही थीं। चैताली ने भी उसे समझा दिया था कि माता जी के साथ कैसे व्यवहार करना है या कितनी दूरी रखनी है। जब से माता जी यहाँ आई हैं, घर का माहौल उनके अनुसार ढल गया है। सब कुछ बदल गया है, सिर्फ़ सलमा को छोड़कर। माता जी चाहकर भी सलमा को हटवा न सकीं। सलमा इस बात को जानती थी और माता जी के दुर्व्यवहार का रोज़ सामना करती

थी। लेकिन चैताली दीदी का स्नेह सारी मुश्किलों और नफ़रतों पर भारी था जिसके सहारे वो एक माता जी क्या, समूचे समाज की छुआछूत मानने वाली माताओं का सामना कर सकती थी।

उनके बड़बड़ाने की आवाज़ तेज़ आने लगी थी। सलमा टी. वी. बन्द करके उनके कमरे की तरफ़ भागी। कुछ पल दरवाज़े पर ठिठकी खड़ी रही। बड़बड़ाहट अस्पष्ट-सी थी। लगता है तेज़ ज्वर से वे काँप रही हैं। शायद सन्निपात जैसी हालत हो गई है। सलमा से रहा नहीं गया, इस हालत में है वो उन्हें अकेले नहीं छोड़ सकती थी। जो होगा देखा जाएगा, सोचते हुए हल्के संकोच और भय के साथ उनके सिरहाने जाकर खड़ी हो गई। वो हाथ बढ़ाकर उनके तपते माथे को छूना चाहती थी। माता जी का चेहरा तपकर लाल भभूका हो गया था। उनकी दुबली काया पत्ते सरीखी काँप रही थी। ख़ुद को चादर से ढकना चाह रही थीं लेकिन काँपते हाथों से चादर खींच नहीं पा रही थीं। उँगलियाँ चादर से उलझ रही थीं। एकाध बार आँखें खोलतीं फिर बन्द कर लेती थीं। सलमा असहाय-सी खड़ी थी। दीदी कुछ बोलकर भी नहीं गई थीं कि बुख़ार तेज़ हो तो ठंडे पानी की पट्टी दे देना। क्या करे? ठंडे पानी की पट्टी देना ज़रूरी था। हथेलियों और पैरों में कपड़े से रगड़कर बुख़ार उतारने का अनुभव था उसके पास। ये सब करके उन्हें थोड़ी ही देर में स्वस्थ कर सकती थी। पर सलमा की हिम्मत न हो कि उन्हें छू भी दे। क्या पता, वे चीख़ने लगें। उसे भगा दें। माता जी की हालत बिगड़ती जा रही थी और सलमा चैताली को फ़ोन करना भूल गई। उसे इस वक़्त सिर्फ़ इतना सूझ रहा था कि पहले माता जी का बुख़ार कम करे फिर दीदी को बुलाए। दोपहर में वे ऑफ़िस में व्यस्त होंगी, कैसे आ पाएँगी इतनी जल्दी। उन्हें आते-आते एक घंटा लगेगा। इतनी देर में माता जी का बुख़ार और बढ़ गया तो कुछ भी हो सकता है। बालपन में ही तेज़ बुख़ार में अपने अब्बा को गुज़र जाते देखा था। आधी रात को अब्बा इसी तरह तेज़ ज्वर में दहक रहे थे। किसी दवा, किसी ठंडी पट्टी और झाड़-फूँक का असर न हुआ था। अम्मी की वो चीख़ें अभी भी कान के पर्दे छेदकर निकल जाती हैं। वो मौत

के कुएँ जैसी उस रात को याद करते ही काँप उठी। उसके बाद ही उस घर में ऐसा अँधेरा छाया था जिससे जीवन-भर सब लोग लड़ते रहे। तेज़ बुख़ार का परिणाम सोचकर ही उसकी रूह काँप उठी। नहीं...ऐसा नहीं होने देगी। फिर, उसके पट्टी देने के बाद जब माता जी होश में आएँगी तो उसकी क्या दुर्दशा करेंगी, ये सोचकर वह थर्रा उठी। नहीं...ये ठीक नहीं। लेकिन उन्हें कैसे इस तरह मरने दे। कुछ हो गया तो उसे दोज़ख में भी जगह न मिलेगी, चैताली दीदी कभी माफ़ नहीं करेंगी। क्या उन्हें मरने दे या अपना फ़र्ज़ निभाए। सिरहाने खड़े होकर निर्णय लेना, एक-एक पल भारी पड़ रहा था। न उन्हें छोड़ते बन रहा था न उन्हें छूते बन रहा था। वे तमाम बातें सामने घूमने लगीं कि कैसे माता जी उसके साथ भेदभाव करती हैं—"ये मत छूना, वो मत करो, पूजा-स्थल के पास झाड़ू-पोंछा न करो। मेरा गिलास मत छुओ, नल धो देना...तमाम तरह की टोकाटोकी।"

78 साल की माता जी शरीर से कृशकाय थीं। चैताली उन्हें अपने पास इसीलिए लेकर आई थी कि पूरा चेकअप करा सके। वरना वे तो गाँव से बाहर निकलना ही नहीं चाहती थीं। किसी के आने की आहट सुनकर माता जी ने मुश्किल से आँखें खोलीं। सलमा को देखते ही उनकी आँखें और जल उठीं। तेज़ ज्वर में भी वे इतनी चेतन हो गई थीं कि सलमा उनके क़रीब न आए। सलमा ने उनकी आँखें देखीं और सिहर गई। उनकी आँखों में कातरता के बजाय इतना क्रोध, इतनी नफ़रत उसके प्रति क्यों थी? कारण कुछ-कुछ समझते हुए भी उनसे कई बार पूछना चाहती थीं...लेकिन चुप लगा जाती। माता जी की उँगलियाँ ऊपर की तरफ़ उठीं...सलमा समझ गई, उसे जाने का संकेत कर रही हैं। उनकी कराह तेज़ हो गई थी। उनकी हालत देखकर जड़ हो गई थी। न बाहर निकल पा रही थी न उन्हें ठंडे पानी की पट्टी दे पा रही थी। कुछ तो करना होगा...अचानक उसे होश आया कि दीदी को फ़ोन करे। वे जैसा कहेंगी, करेगी। बिना उनसे पूछे उन्हें छुआ तो ख़ैर नहीं। वह मोबाइल लेने कमरे से बाहर गई। मोबाइल हाथ में लेते ही ध्यान आया कि उसका बैलेंस आज ही ख़त्म हुआ था और वह चैताली से रिचार्ज करने को

बोलना भूल गई थी। उसके होश उड़ गए। अब कोई इमरजेंसी हो जाए तो क्या करेगी। किसी को फ़ोन नहीं कर सकती।

उफ़्फ़...क्या करे...क्या नीचे गार्ड के पास जाए या सामने वाली खन्ना आंटी का दरवाज़ा खटखटाए। उसका मन रोने को हो आया। किसी तरह मन पर क़ाबू पाकर तमाम आपातकालीन उपायों के बारे में सोचने लगी। उसे ध्यान आया कि माता जी के पास भी मोबाइल है, उससे फ़ोन कर लेगी। फिर कमरे के अन्दर भागी। माता जी का मोबाइल उनके सिरहाने रखा था। उसे उठाना कठिन। बिलकुल माता जी के क़रीब था। वे चीख़ सकती थीं या उस पर हमला भी कर सकती थीं। बिना बिस्तर पर चढ़े मोबाइल तक पहुँच नहीं सकती थी। माता जी ने ऐसा करते देख लिया तो ग़ज़ब हो जाएगा।

अपना माथा ठोंक लिया सलमा ने। मोबाइल का रिचार्ज भी इसी वक़्त ख़त्म होना था और माता जी का मोबाइल उस बिस्तर पर पड़ा था जिसे वो छू नहीं सकती। कई बार माता जी और दीदी के बीच इस बात को लेकर झिकझिक हो चुकी है। माता जी ने साफ़ कह दिया था, "जब तक मैं यहाँ हूँ, तुम कोई दूसरी मेड मेरे लिए रख दो। मैं अलग से पैसा दे दूँगी उसे। वो सिर्फ़ मेरे लिए काम करे। दिन-भर मेरे साथ रहे, वही मुझे बनाकर खिलाए। मुझे ख़ुद से चाय बनानी पड़ती है। गुज़ारा नहीं होता ये सब। मुझे एक सेविका चाहिए भाई।"

उसके बाद ही चैताली ने एक कुक का अस्थायी इन्तज़ाम किया। माता जी के रहने तक वो दोनों समय आती थी और माता जी ने उसका पूरा साक्षात्कार कर लिया था। तब जाकर उसे रसोई में घुसने दिया गया। सलमा ने रसोई से दूरी बना ली।

सलमा का दिमाग़ भटकने लगा था। उसने तत्क्षण फ़ैसला लिया और फ्रिज खोला, बड़े से कटोरे में बर्फ़ और पानी डाला, अलगनी पर सूख रहे चैताली के दो रूमाल उतार लाई। माता जी के सिरहाने मोढ़ा लेकर बैठी और उनके माथे पर पट्टी देना शुरू कर दिया। वे छटपटाईं, फिर शान्त हो गईं। उनके होंठ सूख गए थे। माथे पर एक पट्टी डालकर गिलास में पानी डाला,

माता जी की गर्दन के नीचे बायाँ हाथ लगाकर उन्हें उठाया और दाएँ हाथ से गिलास उनके होंठों से लगा दिया। प्यास से तड़पती हुई माता जी दो घूँट पानी पीकर निढाल पड़ गईं। सलमा ने दुआ पढ़ी उनके लिए—बिस्मिल्लाह हिर्रहमा...सल्लल्लाहु अला...। तीन बार उसने ये दुआ पढ़कर उनके माथे पर फूँक मारी। फिर उसी तरह पट्टी बदलती रही। हर पट्टी तेज़ गर्म हो जाती थी। कटोरे का सारा पानी गर्म हो गया था। बर्फ़ तेज़ी से पिघल गई थी। दूसरी बार फिर बर्फ़ और पानी लेकर आई। बीच-बीच में उनके हाथों को छूकर चेक करती। पट्टी माथे पर देर तक छोड़कर छोटा तौलिया लेकर उनके पैरों के तलवे पर घिसने लगी। सब कुछ तेज़ी से करती जा रही थी और दिल ही दिल में दुआ भी करती जाती कि जल्दी बुख़ार उतरे तो चैताली दीदी को फ़ोन करने का उपाय करे। या माता जी ख़ुद होश में आकर उन्हें फ़ोन करेंगी।

उसके बाद जो होना होगा, होकर रहेगा। उसे चैताली दीदी से डर नहीं था। डर तो माता जी का था जो इतना हंगामा कर देतीं कि चैताली के लिए सलमा को बचाना मुश्किल हो जाता। पहले ही वे चैताली दीदी से इस बात पर लड़ चुकी थीं कि बिना जाति पूछे किसी को घर में कैसे रख लेती हो।

चैताली अलग स्वभाव और मिज़ाज की महिला थी जो कभी किसी से जाति नहीं पूछती थी। यहाँ तक कि उसकी एक सिंह टाइटिल वाली बीस साल पुरानी दोस्त, जो ख़ुद के आधुनिक होने का दावा करती थी, उसकी जाति तब पता चली जब उसने अपने भाई के विवाह के लिए स्वजातीय लड़की खोजने का आग्रह किया। चैताली को मजबूरन उससे पूछना पड़ा, "कौन-सी जाति में ढूँढ़ूँ?"

"जाटव हैं हम लोग।"

"अच्छा...।" कुछ पल के लिए चैताली ख़ामोश हो गई थी। उसे जाति से समस्या नहीं थी, उसे दोस्त के पाखंड से चिढ़ हो गई थी। जो बातें तो बड़ी-बड़ी करती थी, जाति, धर्म सबके प्रति प्रगतिशील बातें करती थी लेकिन विवाह के समय उसे अपनी जाति याद आ गई थी। चैताली ने कभी उसकी

जाति पर न ध्यान दिया न कभी पूछने की ज़रूरत पड़ी। उसने ज़रूरत ही नहीं समझी थी। दोस्त क्या, वह आदतन किसी मेड से भी उसकी जाति नहीं पूछती थी। जितनी मेड काम करके गईं, किसी की जाति उसे नहीं पता, वह सिर्फ़ काम से मतलब रखती थी। इसीलिए सलमा से एकान्त में बात करते हुए वह बेहद परेशान हो उठी थी—

"बताओ ज़रा, मैं किसी कामवाली से उसकी जाति कैसे पूछूँ? अच्छा लगेगा? फिर मेरे पढ़े-लिखे होने का क्या मतलब? माँ को कैसे समझाऊँ? मुझसे न होगा ये सब...!"

सलमा को याद है, दो साल पहले जब वह काम ढूँढ़ती हुई दीदी के पास आई थी तब उसने अपना नाम सीमा बताया था। घर में फ़ुलटाइम रखने से पहले दीदी यानी चैताली सिन्हा पूरी तरह जाँच-परखकर रही थीं कि सीमा के लफ़्ज़ों से उसे पकड़ लिया कि उसका नाम सीमा तो क़तई नहीं है।

चैताली ने सीधा पूछ लिया था, "असली नाम बताओ।"

"जी...सलमा...।"

सलमा की आवाज़ काँपी थी। लगा, अब नौकरी नहीं मिलेगी यहाँ। कितने दर भटककर यहाँ पहुँची थी। उसे काम की और अच्छे वेतन की सख़्त ज़रूरत थी। नाई पति का काम ठीक से नहीं चल रहा था। उसे अपना सैलून खोलना था, उसके लिए पैसे चाहिए थे। सलमा कमाने निकली थी पहली बार। अपने गाँव से पति के साथ नोएडा आ गई थी, काम नहीं किया था। कभी। अब ज़्यादा पूँजी की ज़रूरत थी, तो पति ने अनुमति दे दी। सलमा भी हवा में उड़ती हुई सोसाइटी-दर-सोसाइटी भटकने लगी। उसका नाम ही उस पर भारी पड़ रहा था। हिम्मत टूट रही थी। उसे पूरे दिन का काम चाहिए था। उसमें ज़्यादा पैसे मिलते हैं। उसके जानने वाली कामवालियों की समृद्धि देखी थी उसने। तभी तय कर लिया था कि इसी तरह की ड्यूटी पकड़ेगी। लेकिन आसपास की ज़्यादातर सोसायटी में उसका नाम सुनकर लोग हिचक जाते थे। गार्ड ही काम दिलाने में मदद करते थे, वही मनाकर देते। वे मैडम लोगों का मिज़ाज समझते थे। उसे एक गार्ड ने सलाह दी, नाम बदल दे। यह

बात जँच गई उसे। मन-ही-मन सीमा बनने का संकल्प लिया और काम के दौरान पूरी तरह सलमा को दूर रखना तय किया। फिर एक दिन वह सलमा से सीमा बनकर काम ढूँढ़ने निकली और चैताली की अनुभवी, घाघ आँखों से बच न सकी। सलमा के अनुमान से परे था सब कुछ।

सलमा नाम सुनते ही चैताली चहक पड़ी।

"कितना सुन्दर नाम है तेरा, तुझे क्या ज़रूरत नाम बदलने की? पागल है क्या...? नाम क्यों बदला? किसने तुझे ये ज्ञान दिया? हम सीमा नाम से नहीं बुलाएँगे, साफ़ बात। हमारे घर में सलमा रहेगी...!"

किसी अनजान घर में ऐसे उल्लसित स्वागत की वह कल्पना भी नहीं कर सकती थी। दो साल से ये घर सलमा के नियंत्रण में था। घर के कोने में छोटे से मन्दिर को भी वही साफ़ करती, फूल चुनकर रखती। कई बार शाम को अगरबत्ती जलाकर वहाँ रख देती। उसे एक पल भी भेदभाव का अहसास नहीं हुआ उस घर में। बल्कि चैताली उसके सलमा होने से बहुत प्रसन्नचित्त थी। उसे कहती रहती थी कि अब हमें बढ़िया कोरमा, बिरयानी, ज़र्दा चावल, मीठी सेवइयाँ खाने को मिलेंगी। वो सारे स्वाद लौट आएँगे जो हम अपनी सहेलियों के संग छोड़ आए हैं। सलमा को हर पल अहसास कराती चैताली कि वो कितनी महत्त्वपूर्ण है उसके लिए। चैताली के लिए जैसे खोया हुआ स्वाद लौट आया हो। लेकिन सलमा के दिल पर कुछ और गुज़र रहा था। बाहर के हालात पर वह चिन्तित रहा करती थी। चैताली से साझा करती तो वह उसे सँभाल लेती थी। उसे इतना भरोसा देती कि सलमा को अपने मोहल्ले से ज़्यादा सुरक्षित यह घर लगने लगा था। उसे याद है, उस दिन सुबह-सुबह जब वह घबराई-सी काम पर आई तो हिचककर रो पड़ी। चैताली ऑफ़िस जाने को तैयार हो रही थी। बर्तन धोते हुए सलमा के आँसू रुक ही नहीं रहे थे।

"दीदी...वो न हमारे मोहल्ले में कुछ लोग मेरे दोनों बेटों को थप्पड़ लगा गए, मुँह सूज गया है दोनों का...स्कूल भी नहीं गए।"

"क्यों?"

"वो न सब नारंगी रंग का गमछा डाले, टीका लगाए, साइकिल रैली निकाल रहे थे। सब हमारे मोहल्ले के ही जवान लड़के थे, बेटों को बोला कि मजहबी नारे बोल...।"

"मन्दिर बनना चाहिए कि नहीं बनना चाहिए...बोल...! दोनों डर के मारे चुप हो गए तो उनकी पिटाई कर दी।"

इतना सुनते ही चैताली को ज़ोर से ग़ुस्सा आया और वह शर्मिन्दगी से भर उठी।

"तुम पहचानती हो उन लड़कों को? मैं पुलिस कम्प्लेन करने जा रही हूँ...थाने में डंडे न पड़वाए तो मेरा नाम नहीं...बहुत हिम्मत बढ़ गई है इनकी...!"

सलमा ने अपने गीले हाथों से ही हाथ पकड़ लिया चैताली का।

"नहीं दीदी...आप कुछ मत करना। हम जल्दी मकान बदल लेंगे। अब रहना मुश्किल हो रहा है वहाँ...मैं दिन-भर यहाँ रहती हूँ और उधर दोनों बेटों के लिए डर लगा रहता है...।"

सलमा ने किसी तरह की कार्रवाई से मना कर दिया।

"हम उनसे नहीं लड़ पाएँगे दीदी...हर तरफ़ आग लगी है। उन्माद फैल रहा है...जाने दीजिए...।"

इस घटना के बाद से चैताली उसे लेकर और उदारमना हो गई थी। उसे आश्वस्त करती रहती थी कि हर हाल में उसके साथ खड़ी रहेगी। उसके रहते, सलमा और उसके परिवार का कोई बाल बाँका नहीं कर सकता।

लेकिन सलमा के भीतर जो भय समा गया था, उसे वह दूर नहीं कर पाई। उसके कई कारण रहे।

एक शाम वह घर लौटी तो सलमा टी. वी. पर न्यूज़ देख रही थी।

अलवर की कोई घटना थी जिसमें एक पचपन वर्षीय मुस्लिम पहलू खान और उसके दो बेटों को भीड़ ने पीट-पीटकर घायल कर दिया था। पुलिस घायलों को अस्पताल लेकर गई। पहलू खान दूध के लिए गाय ख़रीदकर घर ले जा रहा था और उन्मादी भीड़ ने कुछ और समझा और मॉब लिंचिंग कर दी।

अप्रैल का महीना था। प्रचंड गर्मी शुरू हो चुकी थी। सलमा पंखे के नीचे बैठी थी, पसीने से तरबतर।

चैताली ने कॉलबैल बजाई तो दरवाज़े पर पसीने से लथपथ सलमा खड़ी थी। आँखें भय से फटी हुई, होंठ सूखे, जैसे गिर पड़ेगी।

टी.वी. से आवाज़ें आ रही थीं। चैताली ने रिमोट उठाया और टी.वी. बन्द कर दिया।

"कितनी बार तुमको कहा, न्यूज़ चैनल मत देखा करो। तुम फ़िल्में देखो, सीरियल्स देखो। इतने अच्छे-अच्छे आते हैं। तुम्हें न्यूज़ चैनल देखने को किसने कहा था?"

चैताली उस पर बरस पड़ी।

सूखे होंठों से सलमा के बोल फूटे, "दानिश (बड़ा बेटे) ने कहा था...बहुत डरा हुआ था। अम्मी, बड़ेवाला मीट कभी मत ख़रीदना। हम नहीं खाएँगे। जान को ख़तरा है..."

चैताली ने सलमा को मोढ़े पर बिठा दिया।

"ठंडा पानी पियो...पसीना पोंछो...और सबसे पहले इन ख़बरों पर ध्यान देना बन्द करो। हम बात करेंगे इस पर। खाना-पीना हमारी अपनी पसन्द का मामला है सलमा, कोई रोक नहीं सकता। जिन्होंने ये अपराध किया है, वे मरेंगे। उन्हें सज़ा मिलेगी...तुम्हें डरने की कोई ज़रूरत नहीं। अपने बेटों को समझाओ। वो जो खाते हैं, उन्हें खाने दो। वे किसी के भय से खाना क्यों छोड़ें?"

"मन को शान्त करो...!"

सलमा को देर तक समझाती रही। चैताली ने उसके साथ बैठकर शाम की चाय पी। अपने ड्राइवर के साथ उसे उसके घर भिजवा दिया।

देर तक सोचती रही चैताली कि इनके मन से भय और आशंकाएँ कैसे दूर करे? इधर अफ़वाहें ख़बरों की शक्ल ले रही थीं। दिलों में दरारें और गहरी होने लगी थीं। उसने आपसी नफ़रत का ऐसा माहौल पहले कभी नहीं देखा था। हाल में ज़्यादा हिंसा और झड़पों की ख़बरें आती थीं। बीफ़ खाने

को लेकर एक समुदाय ज़्यादा उग्र हुआ जा रहा था। समाज में जो तनाव का माहौल था, उसका असर वह देख और समझ पा रही थी।

उसे दुखद हैरानी तब हुई जब इस घटना के कुछ ही दिन बाद उसे पता चला कि सोसायटी में शहज़ादी मालिशवाली ने आना छोड़ दिया है। चैताली को बी ब्लॉक वाली रुचि गुप्ता ने बताया कि अब बुज़ुर्ग और अधेड़ महिलाओं ने अचानक उससे मालिश कराना बन्द कर दिया था और उसकी जगह थोड़ी महँगी नयी मालिशवाली राजबाला ने प्रवेश किया था।

क्या हो रहा है ये सब? कैसी सोसायटी है? कैसे लोग हैं? कितने कूपमंडूक! कहाँ ले जाएँगे समाज को?

वह क्षुब्ध हो उठी थी। उसने सलमा से शहज़ादी का नम्बर माँगा। शहज़ादी, सलमा से ज़्यादा साहसी थी। उसने कभी अपना नाम छुपाने या बदलने की कोशिश नहीं की। चैताली को याद है, एक बार पैर मालिश कराते हुए उसने ये महसूस किया था कि शहज़ादी थोड़ी बेख़ौफ़ थी लेकिन माहौल को लेकर आशंकित और क्रोध में रहती थी। वह समस्याओं से डरने के बजाय सामना करने को तैयार रहती थी। जब सोसायटी की महिलाओं ने उससे मालिश करवाने से मना कर दिया तब उसने आना छोड़ा, जबकि उसके परिवार का आर्थिक आधार वही थी। शौहर कमज़ोर शरीरवाला था, कभी-कभार शहज़ादी उसे साथ लाती और वह पुरुषों को मालिश करता। अपने चार बच्चों और शौहर की ज़िम्मेदारी अकेले शहज़ादी ने अपने कन्धे पर उठा रखी थी। बदले माहौल में उसका आर्थिक आधार छिन गया था। सलमा ने बताया कि वो काम ढूँढ़ रही है। कुछ हो जाए, अपनी पहचान छुपाकर काम नहीं माँगेगी कहीं। उसकी इसी ज़िद की वजह से कई सोसायटीज़ में काम मिलना कठिन हो गया था। उसके दुर्बल, क्षीणकाय शौहर को देखकर लोग मालिश कराने से इनकार कर देते थे। वह उन्हें यक़ीन नहीं दिला पाता था कि उसकी दुर्बल काया में हड्डियाँ बहुत मज़बूत है। मालिश का शऊर जानता है। उसे शरीर की रग-रग का पता है। शहज़ादी तकलीफ़ में थी, आर्थिक अभाव झेल रही थी लेकिन हताश नहीं थी।

चैताली ने उसे आश्वस्त किया कि जल्दी ही उसे कहीं काम दिलवाएगी। वह चाहती थी, माता जी की रोज़ मालिश करे, लेकिन जब सलमा के साथ इतना भेदभाव करती थीं, शहज़ादी से कहाँ मालिश करवाएँगी।

चैताली के फ़ोन से सलमा अपने ख़यालों से बाहर आई। किसी तरह माता जी ने अपनी काँपती उँगलियों से चैताली का नम्बर डायल करके छोड़ दिया था। उधर से चैताली ने सलमा को फ़ोन लगा लिया।

उधर से वो घबराई हुई थी लेकिन सलमा की बातें सुनकर उसे राहत मिली, उसने सान्त्वना दी।

"तुम मम्मी को सँभालो, मैं पहुँच रही हूँ, चिन्ता मत करो...सिरहाने साइड टेबल पर एक दवा रखी है, टैबलेट है बुख़ार की, डोलो...मम्मी को दिखा लेना...वो दवा दो उनको। मैं पहुँच रही हूँ, जल्दी से जल्दी।"

माता जी सारी बातचीत सुन रही थीं। उन्होंने सलमा को दवा की तरफ़ इशारा किया। सहमते हुए सलमा ने उन्हें हल्का गुनगुना पानी उनके गिलास में डालकर दिया, दवा उनके मुँह में अपने हाथों से डाली। माताजी चुपचाप सारे काम करवाती रहीं। तेज़ बुख़ार ने उन्हें अधमरा कर दिया था। इस वक़्त वे कोई भी झंझट या प्रतिवाद करने की हालत में नहीं थीं।

चैताली के आने के बाद से माहौल थोड़ा बदला। सलमा अपना बचा हुआ काम समेटने लगी। सूखे हुए कपड़े उसे तह लगाकर अलमारी में रखने थे। सिर्फ़ माता जी अपनी साड़ियाँ ख़ुद ही धोती थीं, ख़ुद ही उठाकर लाती भी थीं। चैताली ने कई बार कहा कि सलमा कर देगी। वे तर्क देतीं, "कुछ तो काम करने की आदत रहे, जंग लग जाएगा शरीर में...मुझे करने दो।"

सलमा को अलगनी पर फैलाने भी नहीं देतीं। चैताली और सलमा सब समझते थे और उनके साथ सामंजस्य बिठाने की कोशिश करते थे।

उस शाम सलमा घर लौटी तो उसके मन में गहरा सन्तोष था, माता जी की तीमारदारी करने, उनके लिए दुआ पढ़ने का। लेकिन अगले दिन का भय सता रहा था। ठीक होने के बाद जाने माता जी कैसे रिएक्ट करेंगी।

अगले दिन वह चुपचाप घर में दाख़िल हुई थी। माता जी अपने कमरे में दवा लेकर सो रही थीं। चैताली ने ऑफ़िस से छुट्टी ले ली थी। सलमा को काम बताए जा रही थी, ये करो, वो करो...सलमा भी सहमी-सी अपने काम में लगी थी। उसका मन हो रहा था कि चैताली से पूछे कि माता जी ने कुछ कहा क्या। नाराज तो बहुंत होंगी...हमने पट्टी दी और पानी पिलाया...।

चैताली अपनी चाय लेकर बालकनी में बैठी थी। सलमा को वहीं बुलाया।

"तेरे चेहरे का रंग क्यों उड़ गया है सल्ललल मा...?"

चैताली जब मस्ती के मूड में होती तो उसे 'सल्ल मा...' बुलाती थी।

सलमा का हाथ थामकर चैताली ने शुक्रिया कहा।

"कल तुम न होतीं तो जाने मम्मी का क्या हाल होता...तुमने सही वक़्त पर पट्टी देकर उनकी जान बचा ली, हाई फीवर कई बार जानलेवा होता है। इनकी बीमारी भी ऐसी है कि उन्हें साथ लेकर जाएगी...।"

"क्या बीमारी है माता जी को...?"

सलमा को चिन्ता हुई।

"क्या बताऊँ तुझे...मैं किन हालातों से जूझ रही हूँ। ऊपर से वे जितना स्वस्थ दिखने की कोशिश करती हैं, वे हैं नहीं। लगातार कोई-न-कोई बीमारी इन्हें घेरे रहती है। पिता जी के जाने के बाद अकेली पड़ गई हैं। मैं भी क्या करूँ। यहाँ ले आई हूँ। लेकिन बुख़ार इनका पीछा ही नहीं छोड़ता है। डॉक्टर के पास जाना नहीं चाहती हैं। जबरन ले गई थी डॉक्टर के पास। इलाज लम्बा चलेगा।"

"ओह दीदी...मुझे मालूम न चला। आपने भी बताया नहीं..." सलमा दर्द से भर उठी।

"मैं तो डरते-डरते अन्दर गई थी, माता जी ने शिकायत तो नहीं...?"

सलमा ने धीरे से पूछा।

"कहा तो कुछ नहीं। चुप हैं अभी...कहेंगी क्या...देखते हैं, उनका व्यवहार बदलता है या नहीं...इस हालत में भी गाँव वापस जाना चाहती हैं,...यहाँ रहना नहीं चाहतीं। हमारे तौर-तरीक़ों से उन्हें बहुत दिक़्क़त होती

है। इस उम्र में न वो बदल सकती हैं न हम अपनी जीवन-शैली या सोच बदल सकते हैं।"

चैताली चुप रही थोड़ी देर।

"मम्मी ने हमें जिस तरह पाला, बड़ा किया, हमारे लिए तब कोई रोक नहीं थी। ख़ुद पर सारे प्रतिबन्ध लगाती थीं। वे हमें दरगाह लेकर जातीं, झाड़-फूँक करवातीं। लेकिन वहाँ का पानी नहीं पीती थीं। ताजिया हमारे द्वार पर आता तो सबसे आगे बढ़कर उपहार देती थीं। मेरी मुस्लिम सहेलियों को भी घर आने से नहीं रोकती थीं, बस उन्हें किचन में नहीं जाने देती थीं। मेरी एक बार बड़ी लड़ाई हुई जब मेरी दोस्त के लिए उन्होंने अलग प्लेट दी खाने के लिए। मैं बिना खाए, सहेली को लेकर निकल गई थी घर से।"

चैताली उसके सामने मन की गिरहें खोल रही थी। आँखें कहीं क्षितिज में खोई हुई थीं।

सलमा को ख़ाली कप पकड़ाते हुए उसने क़हा—

"वे कभी ना बदलीं, उनके लिए जाति, धर्म बड़ा मसला रहा। उपवासों में इनके दिन कटे। जब तक शरीर से लाचार न हुईं, व्रत छोड़ा ही नहीं। हम ठहरे बचपन से बाग़ी, ठीक इनका उलटा हम करते रहे। मैं इनसे बहस करना चाहती थी, इनके पास थोपे हुए प्रतिबन्ध थे, ज्ञान की पट्टी पढ़ाई गई थी, क्या बहस करती। ख़ैर...छोड़ो ये सब। तुमसे कुछ कहें तो जवाब मत देना। सुन लेना। अभी उनके पास मत जाना...मैं हूँ आज, सँभाल लूँगी...कल से दिन-भर के लिए कोई इन्तज़ाम करना होगा..."

चैताली ने दो दिन की छुट्टी के बाद ऑफ़िस ज्वाइन किया। माता जी पहले से ठीक हो गई थीं।

मम्मी के लिए अलग से ऐसी नर्स ढूँढ़ रही थी, जिसकी जाति भी माता जी के अनुसार हो। ऐसी कोई मिल नहीं रही थी। उसे झुँझलाहट भी हो रही थी कि मौत के मुहाने पर खड़ी होकर भी जाति-पाँति का वितंडा खड़ा करती रहती हैं। हद है माँ।

चैताली ने सोसायटी के व्हाट्सएप ग्रुप में एक नर्स की ज़रूरत के

लिए लिखा। नर्स एजेंसी का नम्बर खोज रही थी। तब तक माता जी को सलमा पर छोड़ना उसकी मजबूरी थी। माता जी बिस्तर से उठकर चलने-फिरने लगी थीं। अपना काम ख़ुद से कर पा रही थीं। फिर भी उन्हें दिन में दो बार चाय चाहिए। बीच-बीच में पानी लेने बाहर निकलतीं कमरे से। उनके चेहरे से थकान दिखाई देती। कमज़ोर इतनी हो गई थीं कि कभी-कभी दीवार पकड़कर चलतीं। सलमा से लगभग आमना-सामना बन्द हो गया था। सलमा दूर-दूर छिटकती रहती। दूर से देख लेती, कितना रुग्ण चेहरा हो गया था। सिर को हमेशा गमछे से ढककर रखती थीं। चैताली ज़िद करके उन्हें ढीली-ढाली आरामदायक नाइटी पहनाकर रखती थी। उनका सुन्दर चेहरा सूजा हुआ लगता था। सलमा ने जब बीमारी के बारे में सुना तो माता जी पर उसे तरस आया। उसने सोच लिया कि वे कुछ भी कहेंगी, उनकी बात का बुरा नहीं मानेगी। उससे जितनी मदद होगी, करेगी। चाहे वो कुछ भी बोलें, फटकारें, दूर भागें। सलमा अपना मोढ़ा लेकर दरवाजे के आसपास ही बैठने लगी थी। वहीं बैठे-बैठे ऊँघने लगती थी। माता जी उसे कभी आवाज़ नहीं लगाती थीं। जबकि वो मदद के लिए तत्पर रहती थी। उनके कमरे की आहट सुना करती। एक दोपहर माता जी पानी लेने के लिए बाहर निकली होंगी, मोढ़े पर बैठी सलमा ऊँघ रही थी, अचानक झन्न से आवाज़ हुई तो सलमा चैतन्य हुई। उसने देखा, माता जी दीवार पकड़कर चल रही थीं कि उनके हाथ से पानी की ताँबे वाली बोतल गिर गई। उनके पैरों में चोट भी लगी। उसने आपदधर्म निभाते हुए माता जी को सहारा देकर कमरे में पहुँचाया। बोतल को साफ़ करके पीनेवाला आरओ जल भरा और उनके साइड टेबल पर रखकर सहमते हुए बाहर आने लगी तो सहसा पीछे से लरजती हुई बड़ी कातर आवाज़ सुनाई दी, जिसने एक झटके में सारी अदृश्य दीवारें गिरा दी...वो माता जी की आवाज़ थी—"मेरे पास आओ सलमा..."

माता जी ने उसका हाथ थामा, अपने कमज़ोर, सर्द हाथों से। उनकी आँखों में मानो पछतावे के भाव छलछला रहे थे। सूखे होंठों पर करुण मुस्कान

थी। कई बार मुस्कान में करुणा के साथ-साथ लाचारी का बसेरा होता है। वह समझ रही थी, कितने साहस से माता जी अपने भीतर की उस दीवार को ढहाकर बाहर निकली होंगी। सलमा ने सुकून की साँस ली। वो समझती थी कि यह संघर्ष अन्तहीन है। बचपन से जमी-जमाई मान्यताएँ आसानी से नहीं छोड़तीं। मज़हबी श्रेष्ठता का बोध आसानी से पीछा नहीं छोड़ता है। माता जी के लिए इस ग्रन्थि से बाहर निकल पाना मुश्किल रहा होगा। अपने भीतर भीषण लड़ाई लड़नी पड़ी होगी। यह ख़ुद पर ख़ुद की विजय थी या पराजय...ये माता जी जानती होंगी। चाहे जो हो, यह दीवार गिरनी चाहिए थी। चाहे मजबूरी में ही सही। कहीं तो दीवार गिरी।

मन-ही-मन उसने दुआ पढ़ी, "हर तरफ, हर ओर से ऐसी दीवारें गिर जानी चाहिए।"

माता जी काँपती आवाज़ में कुछ कह रही थीं, जो भी कह रही थीं, उसे सुनने के लिए सलमा कब से तरस रही थी।

"मुझे एक कप चाय बनाकर दे सकती हो सलमा...।"

सलमा कुछ देर ठिठकी खड़ी रही। उसके भीतर संशय गहराने लगा कि कोई इनसान इतनी जल्दी कैसे बदल सकता है। थोड़ी देर पहले वह दीवारें गिरने से ख़ुश थी, कुछ ही पल बाद उसके भीतर अलग तरह की प्रतिक्रियाएँ उगने लगी थीं। वह इस बदलाव को सच मानने को तैयार न हुई। बरसो से इतना भेदभाव झेल चुकी थी कि उसके भीतर किसी यक़ीन के लिए जगह नहीं बची थी।

मन हुआ कि झल्लाकर बोल दे कि आप ख़ुद बना लीजिए माता जी। बुझे मन से चाय के लिए गैस चूल्हे पर पानी चढ़ाया और दीदी का इन्तज़ार करने लगी। किसी भी पल वे पहुँच रही होंगी। चाय चढ़ाते हुए उसके हाथ भारी हो रहे थे। अब तक की सारी उपेक्षाएँ, हिकारतें याद आने लगी थीं। अब उसका मन कड़वा होने लगा था।

क्या काम छोड़कर चली जाए, लेकिन दीदी ने क्या बिगाड़ा है। वे तो ज़माने से लड़ जाएँगी उसके लिए। माता जी का व्यवहार उसे यहाँ टिकने

नहीं देगा और दीदी उसे जाने न देंगी। वह अपमान, तिरस्कार और अपनेपन के बीच झूलती रहेगी। उसे माता जी के बदल जाने का जो यक़ीन हुआ था, वह संशय में बदल गया था।

अनमने ढंग से चाय लेकर उनके कमरे में जाने लगी थी कि अन्दर से आवाज़ सुनाई दी। माता जी किसी से फ़ोन पर धीरे-धीरे बात कर रही थीं। अक्सर वे गाँव में किसी-न-किसी रिश्तदार से फ़ोन पर लम्बी और उबाऊ बातें करके समय काटती थीं। सलमा को उन बातों को सुनने में कभी रुचि नहीं रही। लेकिन आज वह ठिठककर सुनने लगी।

माता जी कह रही थीं, "जो जीवन-भर न किया, वो सब यहाँ करना पड़ रहा है। बुढ़ापे में कभी अपने बच्चों के पास नहीं रहना चाहिए, वे धर्मभ्रष्ट करा देते हैं...मेरे लिए कोइरिन दाई का इन्तज़ाम करो बब्बन...। भाई चले गए तो क्या बूढ़ी भौजाई की बुढ़ापे में मिट्टी ख़राब करा दोगे...।"

['रोशनाई', 2023 में प्रकाशित]

न्याय-चक्र

"ऐ जुल्फी, कुछ कम करो न...एतना भाव काहे चढ़ाकर रखे हो...टमाटर कहीं एतना महँगा बिकाता है...हमारे खेत में तो सड़ जाता था, कोई खानेवाला नहीं...कम कर न..."

"चलो, इतना कह रही हो तो एक रुपया कम दे देना...लेकिन अपने लिए टमाटर ले जातीं तो कम करातीं, मालिकान के लिए काहे रेट कम करा रही हो...? उनको कौन बात की कमी है...? हमीं लोग का हक मार-मार के अप्पन लॉकरवा भरे हुए हैं।"

"ऐ जुल्फी कोइरी...अइसे काहे बोलते हो। तुम जानते नहीं हो, बड़का दिल के आदमी हैं, उनके पास सब पार्टी के नेता लोग आते हैं, सबको उझील-उझील के देते हैं...कंजूस नहीं हैं...बूझे...बेसी अंगरेजी मत बूको...।"

"तुम बड़की घरारी में काम करने लगी हो न रे...बोली तो बदल ही जाएगी दलित की। नयका दोस्ती है ये तो...तुम्हारे नेता लोग बड़का जाति से हाथ मिला लिये तो तुम लोग के बिचार बदल गए, है न। सब पता है हमको...।"

"तनि अखबार कम पढ़ रे...कुछ मालूम तो रहता नहीं है, समाचार पढ़ के बात करता है...बात कुछ अउर है यहाँ..."

"कइसे...? अब कोई दिक्कत नहीं उनको...मालिक लोगों का नखरा खत्म हो गया है का...पहिले तो तुम लोगों का छुआ पानी भी नहीं पीते थे। अब भंसाघर में घुसा लिये...?"

"मेरे बिना तो घरारी का काम ही नहीं चलेगा अब...।"

बगल में खड़ी ललितपुर वाली दोनों का संवाद सुनकर हैरान हुई जा रही थी। जिस तरह से अगरा-अगराकर बातें कर रही थी शहरबन्नी वाली लछमिनिया, वो उसे हैरान कर रहा था। ई भला कैसे तरकारी खरीदने निकली है! मलकिनी तो मुनचुनवा से मँगाती हैं। कुछ तो गड़बड़ है। शहरबन्नी वाली लछमिनिया कुछ ज्यादा ही फू-फाँ करने लगी है इन दिनों...कुछ ज्यादा ही नक्शा दिखा रही है। कनखी से देखती है, बड़ा झमका के आई है। कोई पेंठिया में भला एतना तैयार होकर आता है! गुलाबी साड़ी, हरिअर ब्लाउज, लाल चमचम टिकुली और ढेर सारा रंगीन क्लिप खोंसे तरकारी खरीदने निकली हैं मेमसाब। देखते-देखते कैसे हीरोइन बनने चली है ये सुरेश पासवान की मेहरारू। कल तक अँगना में मलकिनी बैठने नहीं देती थीं। खड़े-खड़े टरका देती थीं। ललितपुर वाली ठसके से अँगना में काम करती रहती। अँगना के खम्भे से देह टिकाए खड़ी शहरबन्नी वाली बड़की मलकिनी का हुकुम सुनती और चली जाती। अब ललितपुर वाली ने एक दिन अचानक ही बड़की घरारी का काम छोड़ दिया था। जब उसने बड़की मलकिनी को अपना फ़ैसला सुनाया था तो उनका मुँह सड़ गया था लेकिन बहुत परेशान नहीं दिखी थीं। मानो वे उसका विकल्प ढूँढ़ लेंगी। ज़्यादा परेशान दिखना उनकी शान के ख़िलाफ़ होता। क्योंकि दिन-भर उनका भाषण चलता रहता था। वे अख़बार पढ़तीं या टी.वी. देखतीं, उसके बाद राजनीतिक दलों को, नेताओं को, कभी-कभी मुख्यमंत्री तक को कोसने लगतीं।

"नाश हो, मुखमन्तरी का, अबकी कुछ हो जाए, हम वोट नहीं देंगे इनको। चाहे समाज के खिलाफ जाना पड़े। सबको काम छुड़वाकर स्कूल भेज दिया। काम के लिए एक भी लइका, लइकी नहीं मिल रही है। सबको साइकिल देके तो और दिमाग खराब कर दिया है...ई हाल रहा तो आगे बहुत मुस्किल आनेवाला है...देख लीजिएगा...।"

मलकिनी ज़ोर-ज़ोर से सुनाकर ये बात अपनी विधवा ननद को सुनातीं जो पिछले कई सालों से यहीं रहने लगी थीं। वे पड़ोस के गाँव में एक स्कूल

में पढ़ाने जाती थीं। वहाँ से लौटकर वे भी अपना दुखड़ा बड़की भाभी से रोती रहतीं।

भंसाघर (रसोई) में खाना बनाते हुए ललितपुर वाली सब बात सुनती रहती। कई बार उसे लगता कि मलकिनी उसे ही सुना रही हैं। समदर्शी बाबू आख़िर उसकी जाति के ही हैं। जब से वो राज कर रहे हैं, उसके समुदाय का महत्त्व तो बढ़ ही गया है। छोटा-मोटा काम छोड़कर उसके समुदाय के मर्द लोग दूसरे कामों में कूद गए हैं। कुछ ही बचे हैं जो सब्ज़ियों की खेती-बाड़ी में लगे हैं। ललितपुर वाली ने तो अपने समाज को बदलते देखा है। उसने ख़ुद को नहीं बदला। वो खाना पकाती रही। बड़की मलकिनी उसे बहुत प्यार से रखती थीं और उसका हर तरह से ख़याल भी रखती थीं। उन्हें छोड़कर जाने का मन नहीं होता था। लेकिन मालकिन के भीतर समदर्शी बाबू को लेकर ग़ुस्सा पनप रहा था। जब-तब उग़लती रहती थीं। आग में घी का काम करती थीं, ननद यानी बिन्दु बहन जी।

"ऐ भाभी...परेसान करके रख दिया है हम लोगों को, टीचर का यही काम रह गया है क्या कि सर-सोलकन के बच्चों का नेटा-पोटा पोंछे। घरे-घरे घूम के बच्चा सबको निकाल रहे हैं, उनको साफ-सुथरा करके स्कूल में बिठाकर पढ़ाना पड़ रहा है। पढ़ाना तो ठीक है, हम करेंगे ही। लेकिन उनको साफ-सुथरा करना...मन घिना जाता है...मन करता है, छुट्टी लेकर बैठ जाएँ कि प्री-रिटायरमेंट ले लें..."

"ऐ बबुनी जी...कौन सोचा था। ऐसा दिन भी आएगा...हंस चुनेगा दाना-दाना, कौआ मोती खाएगा...सुनी हैं न...वही समय आ गया है...हम लोग का दिन लद गया है...अच्छा हुआ बच्चा सब बाहरे बस गया है, हम लोग केतना दिन यहाँ...।"

बड़की मलकिनी अन्तिम वाक्य बोलते-बोलते उदास हो जातीं। उस उदासी से कितने धूसर रंग छिटकते थे। दो स्त्रियाँ इन्हें समझती थीं और कुछ देर का मौन घिर आता।

ललितपुर वाली चाय लेकर उनके सामने प्रकट होती तो मौन भंग होता।

मलकिनी मुस्कराकर उसे देखतीं जिसमें से धन्यवाद के हज़ारों फूल झड़ते रहते थे। वह अपने हिस्से का फूल चुनकर भंसाघर में घुस जाती। भंसाघर बन्द नहीं था, बहुत खुला था, जिसके पीछे बाग़ीचा था। खिड़की के बाहर फलों के कई पेड़ थे। लीची की छोटी डाली खिड़की से अन्दर घुसी रहती थी। ललितपुर वाली ज़मीन पर बैठकर फसुल से सब्ज़ी काटती मगर छौंकने के लिए उसे खड़ा होना पड़ता था। थक जाती तो स्टूल पर बैठ जाती। इस बड़े से भंसाघर में उसका साम्राज्य था। जहाँ वह कई वर्षों से खाना पकाती आ रही थी। उसके पहले उसकी सास यहाँ यही काम करती थी। उसका पूरा परिवार इस घरारी से जुड़ा हुआ था। मर्द लोग खेती करते थे, औरतें खाना बनाती थीं।

"कहाँ खोई हो ललितपुर वाली...?" भीड़ में किसी परिचित औरत ने उसे हल्का धक्का दिया। उसकी सोच को झटका लगा। वह वर्तमान में लौटी। सौदा ख़रीदना भूलकर वह पुरानी यादों में खो गई थी। इधर-उधर देखा तो शहरबन्नी वाली लछमिनिया ग़ायब। उसने इधर-उधर नज़र दौड़ाई। लछमिनिया को और ग़ौर से देखना चाहती थी। उसने पेंठिया में उसे ढूँढ़ना शुरू किया। थोड़ी दूर पर एक किनारे कचरी ख़रीदकर कचर-कचर खाती हुई लछमिनिया मिल गई। ललितपुर वाली उसके सामने नहीं पड़ी। उसे छिपकर देखना चाह रही थी। वह पहले भी इस औरत को देख चुकी थी। इतनी सजावट, इतनी अकड़ पहले कभी नहीं देखी थी। साधारण-सी औरत थी जो पति की सड़कछाप मधुशाला के लिए चखना बनाया करती थी। हर समय सिर पर आँचल रखनेवाली लछमिनिया के सिर पर से आँचल ग़ायब है। कन्धा ज़रूर ढका हुआ है। कचरी वाले के ठेले से लगकर वह मिर्च की चटनी के साथ कचर-कचर खाए जा रही थी, मुँह से सी...सी...निकल रहा था...मगर वह मगन थी। ललितपुर वाली के मुँह में भी पानी आ गया। मन हुआ कि उसके दोने में से एक कचरी उठाकर खा ले।

"अरे नहीं...कहाँ वो, कहाँ हम...।"

उसमें हल्का-सा अहं जागा। जैसे उसे बोध हुआ हो कि वह कुछ

ख़ास है। अब उसकी चाल बदली। अपना ख़ाली झोला झुलाते हुए वह कचरी वाले के सामने से गुज़र गई। उसकी चाल में अकड़ साफ़ झलक रही थी। मानो उसे लछमिनिया की परवाह न हो। या लछमिनिया उसके लिए चींटी बराबर हो।

उसके मुँह से निकला—

"अरिका के जोगी जिनका पिछवाड़े जट्टा...हुँह..."

मुँह बिचकाती हुई ललितपुर वाली उसके सामने से गुज़र गई। लछमिनिया को कोई फ़र्क़ नहीं पड़ा। वो तो कचरी वाले से बतिया रही थी—"थोड़ा कचरी बाँध दे, मलकिनी के लिए ले जाएँगे...उनको पसन्द है। चलते समय बोली थीं—पाव-भर लेती आना। चटनी जादा देना...बूझे...।"

शायद ज़ोर से इसलिए बोल रही थी कि ये आवाज़ उसके पास से गुजरती हुई ललितपुर वाली सुन ले।

ललितपुर वाली ने जब से घरारी का काम छोड़ा था, डर के मारे पलटकर नहीं गई थी। लेकिन उसने सुना ज़रूर था कि उसकी जगह कोई दलित औरत खाना बनाने लगी है। उसे घोर आश्चर्य हुआ था। जब पता चला था तो वह चकरा गई थी। ये तो असम्भव था। जिस दिन उसने काम छोड़ने की घोषणा की थी, बड़की मलकिनी ने सीधे अपने बेटे को फ़ोन लगा दिया था। दोनों की बातचीत से उसे अन्दाज़ा हुआ कि बेटा शायद झारखंड से कोई आदिवासी औरत भेजेगा।

"बेटा देख लेना, उसकी जाति-वाति...पानी चलता हो...अब इस उम्र में हम लोग क्या बदलेंगे...एतना साल निबह गया...आगे भी निबाह ही देगा भगवान..."

बेटा से बात करके मलकिनी का तनाव कम नहीं हुआ था। आदिवासी औरत सुनते ही उनका मन अजीब होने लगा था। ललितपुर वाली चुपचाप वहाँ से सटक ली थी। मालकिन को छोड़ते हुए उसे दुख हुआ था। उसके सामने कोई चारा न था। घर के मर्दों ने घर बैठने का फ़रमान जारी कर दिया था। कोई नेतागिरी करने लगा था, कोई दूकान खोल लिया तो कोई ठेकेदार

बन बैठा था। उन्हें घर में कोई दिन-भर चाय-पानी देने वाली औरत चाहिए थी। अपनी औरत से बढ़कर सेवा कौन देगा भला। ललितपुर वाली को लगा कि बहुत कुछ बदल गया है। अचानक उसके समाज के लोगों का व्यवहार बदल गया है। बोली-बानी बदल गई है। अलग क़िस्म की ठसक दिखाई देने लगी थी। शाम की बैठकी ज़्यादा होने लगी थी जिसमें वे लोग खाली पार्टी, वोट, समाज और काम की बातें करते। एक साल बाद चुनाव होनेवाला था। इससे ज़्यादा ही सबको व्यस्त देख रही थी। उसके द्वार पर शाम की बहसें होने लगी थीं। देर-देर रात तक मर्द लोग चुनाव, वोट और कुर्मी समाज के बारे में ही बातें करते रहते। ललितपुर वाली को इतना समझ में आया कि उसके समाज की इज़्ज़त थोड़ी बढ़ गई है और वह ख़ास हो गई है। पहले जैसी दबी हुई या मजबूर नहीं है। मुख्यमंत्री उसी की जाति के हैं तो उसकी जाति का गौरव बढ़ गया है। उसे अब अपना आचार-व्यवहार बदलना होगा। उसके भीतर भी कुछ बदलने लगा। वंचितों के भीतर ख़ास होने का अहसास जगते देर नहीं लगती।

इन दिनों उसी अहसास में जिया करती है। लेकिन लछमिनिया को क्या हो गया है। इसकी खोज तो करनी होगी। कहीं उसकी अकड़ के पीछे भी तो यही सब कारण नहीं...। कुछ नया हुआ है क्या। पता करना होगा। ये लछमिनिया उससे क्यों अकड़ रही है। अपनी अकड़ कहीं और जाकर दिखाए न। अभी तो राज हमीं लोग कर रहे हैं।

ललितपुर वाली के चेहरे पर अभिमान झलका। इसे राज-अभिमान कहते हैं। उसके पास क्या है...कुछ भी तो नहीं। खाली मलकिनी के घर में काम मिल जाने से उद्धार हो गया क्या। पता नहीं मलकिनी उससे क्या काम करवाती होंगी। क्या भंसाघर में उसे प्रवेश की अनुमति होगी। जहाँ कभी उसका राज होता था।

लछमिनिया ने पेंठिया में ललितपुर वाली को देखा और उसकी जानबूझकर उपेक्षा की। उसे अपने सारे अपमान, उपेक्षाएँ याद आ गईं। जब वह घरारी

के अँगना में जाया करती थी, उन दिनों उसे काम की सख़्त ज़रूरत थी। वो कोई भी काम करने को तैयार थी। मालिकन ने बथान पर झाड़ू और दोनों गायों के लिए कुट्टी काटने का काम थमाकर छुट्टी की। वे लछमिनिया से बात अच्छे से करती थीं, अँगना में बैठकर गाँव की, इधर-उधर की बातें मगर कभी एक कप चाय के लिए नहीं पूछीं। वो जानती थी कि उसका छुआ पानी यहाँ नहीं चलेगा। ख़ुद से पानी ले नहीं सकती। ललितपुर वाली हमेशा उसे अहसास कराती कि उसका पानी नहीं चलता यहाँ। वह ख़ुद को भी मालकिन की श्रेणी में रखने लगी थी और लछमिनिया से थोड़ी दूरी बरतती। हाथ में पानी का गिलास लेकर दूर खड़ी रहती। उसके चेहरे से दर्प झलकता रहता जिसे लछमिनिया अच्छे से समझती थी। वह अपने इस गुप्त अपमान को अच्छे से समझती थी जिसका बदला लेने के लिए उसका मन कसमसाता रहता था। अपने भीतर की उग्रता को किसी तरह दबाकर वहाँ से लौट आती। कई बार मन होता कि अपना पराक्रम दिखा ही दे। इस उम्र में भी हर तरह से वह ललितपुर वाली पर भारी पड़ती थी। वह उन औरतों में से नहीं रही जो हाथ पर हाथ धरे बैठी रहती हैं। उसका टोला गवाह है कि एक बार सुरेश पासवान की टाँग में चोट लगी तो भोरे-भोरे दोनों पैरों में रस्सी बाँध, साड़ी ऊपर खोंसकर चढ़ गई थी ताड़ के पेड़ पर और भरी हुई लबनी उतार लाई थी। तब वह जवान औरत थी। नीचे खड़े लोग उसकी साँवली पिंडलियों को देखकर दंग थे। उसके कसरती बदन की झलक उस दिन जिन्हें मिली वे उससे झगड़ने से दूर रहते। वह जानते थे कि तगड़े बदन की औरत है, कोई भिड़ा तो एक हाथ काफ़ी है ज़मीन पर गिरा देने के लिए।

आज भी ललितपुर वाली की छरहरी काया कहीं टिकती नहीं थी उसके सामने। मन करता था, एक हाथ धर दे। बड़ी आई, महारानी जी।

उसे याद आई एक घटना...जो उसके मान-अपमान से जुड़ी थी लेकिन बड़े मालिक के हास्य-बोध ने माहौल बदल दिया था। मालिक हर बात पर कविता गढ़ देते थे।

आम के पकने के दिन थे। टोकरी-भर आम आँगन में रखा था। बड़ी

मलकिनी सो रही थीं। बड़े मालिक ने अपनी बहन बिन्दु से कहा कि सबको आम बाँट दे। बिन्दु ने टोकरी में पके आम ढूँढ़े, जो सबसे ज़्यादा पके थे, जो जल्दी ख़राब होते, उन्हें चुना, दो-दो आम ललितपुर वाली राजमनी और लक्ष्मी को थमा दिये।

दूर खड़े बड़े मालिक ये सब देख रहे थे। उन्हें अपनी बहन की कंजूसी पर गहरी कोफ़्त हुई थी। उन्हें कभी डाँटते नहीं थे। उन्हें जब किसी का सम्मान के साथ असम्मान करना होता तो कविता पढ़ देते थे—

एक आम कुर्मिनिगा के
एक आम राजमनीया के
जेहे भाव गरम मसाला
सेहे भाव धनिया के

यहाँ कविता रुकी कुछ पल के लिए...फिर अगली पंक्ति मिलाई—

ई सभ हाल देख के
घोघ लटक गेल निनिया के...

उस दिन पता चला कि ललितपुर वाली का असली नाम राजमनी है। और, निनिया वे बड़की मलकिनी को कहते थे। कनिया से बना था निनिया। बड़े पुकारते थे कनिया, बच्चे पुकारने लगे थे निनिया चाची।

फिर तो वे निनिया नाम से ही पुकारी जाने लगी थीं। मालिक जब कविता गढ़ रहे थे तभी मलकिनी आकर खड़ी हो गई थीं। उनका मुँह जाने क्यों लटका हुआ था। अपनी बहन का मज़ाक़ उड़ाते हुए उनकी नज़र मालकिनी पर पड़ी तो अन्तिम वाक्य में उन्हें भी घसीट लिया था। वे बहुत लय में पढ़ते थे कविता। उनकी कविता का बुरा मानने के बजाय सब हँस पड़ते। कविता सुनकर बिन्दु बहिन जी झेंप गईं और भाभी की तरफ़ देखने लगीं कि वे ही कुछ जवाब देंगी।

कविता का मर्म वे समझ गई थीं। उनके लिए लछमिनिया और राजमनिया एक जैसी कदापि नहीं हो सकतीं। वे आम बाँटती तो ज़ाहिर है कि ललितपुर वाली को ज़्यादा देतीं। शायद बाद में उसे देतीं। दोनों को एक साथ हरगिज नहीं। उनका मूड खराब इसीलिए हुआ कि बड़े मालिक विजय रंजन सिंह ने उनके जगने की प्रतीक्षा किये बिना बहन को ये काम करने को कहा, जो उन्हें सख़्त नापसन्द है। वे इस तरह का सारा काम अपने हाथ में रखना चाहती हैं। उन्हें ननद से नहीं, अपने मज़ाक़िया स्वभाव के पति से शिकायत थी जो उनके मन को समझते नहीं थे।

वे मुँह लटकाए उठी थीं और मन-ही-मन ठान रही थीं कि अब वे आम की टोकरी को हाथ नहीं लगाएँगी, बिन्दु ही बँटवारा करें। विजय बाबू ने मौक़े की नज़ाकत भाँपी और मुस्कराते हुए बाहर निकल गए। बिन्दु उनके पीछे–पीछे बाहर गईं। ललितपुर वाली भंसाघर में घुस गई, शाम की चाय बनाने के लिए और लछमिनिया दोनों आम लिये हुए चुपचाप वहाँ से सरक गई। उसे बुरा तो बहुत लगा था। मन तो हुआ कि दोनों आम वहीं रख दे और बिन्दु बहिन जी को कहे कि आप ही खा लीजिए। मेरे परिवार में दो आम से क्या होगा। लिहाज करके चुप रही।

मन को समझाया, बिन्दु बहिन जी की चलती कहाँ है। मालकिनी देतीं तो दस-बीस आम देतीं। मालिक की ग़लती है, मलकिनी के जगने का इन्तज़ार कर लेते। उनको जाने क्या लगा कि बिन्दु बहिन जी टोकरी उड़ेलकर दे देंगी। वो तो महाकंजूस निकलीं।

किसी को बिन्दु के मन की हालत नहीं पता। बड़े भाई ने कह तो दिया लेकिन वे भाभी के रहते बँटवारा करें तो कैसे। ऊपरी मन से दो-दो पके हुए आम उन्हें पकड़ा दिये। ये सोचकर कि फिर बाद में भाभी तो बाँटेंगी ही। इतना आम का करेंगी क्या। खाने वाले लोग ही कितने हैं घर में। गर्मी की छुट्टियों में भी बच्चे आम नहीं खाते। मलकिनी बाँटती हैं या मालिक गाछी ही बेच देते हैं। कुछ पेड़ अपने लिए रख लेते हैं। उसमें भी इतना आम होता है कि सँभाले नहीं सँभलता।

उस दिन घर लौटते हुए हाथ में मीठा पका आम होते हुए भी उसका मन बहुत खट्टा रहा।

मन तो उस दिन ठीक हुआ था जिस दिन ललितपुर वाली ने काम छोड़ा और मलकिनी उसके आगे गिड़गिड़ा रही थीं कि भंसाघर सँभाल ले। पुरानी बातें भूल जा, नया जमाना में ये सब कौन मानता है, हमीं पागल थे, मूर्ख थे जो ये सब मान रहे थे।

मलिकनी का हृदय-परिवर्तन देखकर लछमिनिया दंग थी। वे जिस तरह से गिड़गिड़ा रही थीं, उसे तरस आने लगा था। लेकिन भीतर-भीतर ही अपमान का अदहन खदक रहा था। जब तक ठंडा नहीं होता है, कोई वादा नहीं करेगी। इस पर सोचेगी, पति से सलाह-मशविरा करेगी। उसके लिए भी ये बहुत बड़ी बात थी। उसे ये परिवर्तन स्वीकारने का साहस जुटाना पड़ेगा। क्या पता, फिर कोई उसके हाथ से पानी न पिए तो। तब तो सहन करना मुश्किल है। जितना ग़ुस्सा उसके भीतर भरा है, क्या पता, वो मुँह पर पानी फेंककर चली जाए। अपने मनोभाव पर क़ाबू पाते हुए वह मलिकनी की बातें सुनती रही। जाने कैसे वो इतना बदल गई हैं। उसे अन्दाज़ा हो गया था कि उसे काम पर रखने का सुझाव बड़े मालिक ने ही दिया था मलकिनी को। छोटे मालिक अनिल रंजन सिंह शहर में बस गए थे। उन्होंने बड़ी भाभी को बहुत समझाया था। देर तक दोनों में झड़प होती रही।

विजय बाबू की सोच बहुत अलग थी। वे अपने शौक़ से गाँव में रहते थे। दोनों भाइयों में तय हुआ था कि बड़ा भाई गाँव सँभालेंगे। विजय बाबू पटना में काफ़ी समय आई.ए.एस. की कोचिंग चलाते रहे। वहाँ नाम था उनका। उनके काफ़ी छात्र सफल हुए थे। सब ठीक चल रहा था कि पिता अचानक गुज़र गए और बड़ा-सा घर, लम्बी-चौड़ी खेती, आम-लीची का कारोबार सब ठप पड़ गया। मजबूरन उन्हें पटना छोड़कर गाँव आना पड़ा। इसका उन्हें अब कोई गिल्ट नहीं होता है। उन्हें इस काम में भी मज़ा आने लगा है। वे ऑर्गेनिक फ़ार्मिंग की तरफ़ मुड़ गए थे। दुनिया-भर से किताबें मँगा-मँगाकर

पढ़ते थे और खेती करवाते थे। उन्हें इससे कोई फ़र्क़ नहीं पड़ता था कि कौन किस जाति का है और उससे जाति अनुसार काम लेना चाहिए। वे किसी से भी कोई काम करवा सकते थे। उनके हँसमुख और उदार स्वभाव के कारण उन्हें आदमी-जन की कमी नहीं पड़ती थी। वे काम लेना जानते थे। जैसे ही उनकी पत्नी उनके सामने समस्या लेकर हाज़िर हुईं, उनके मुँह से झट शहरबन्नी वाली लछमिनिया का नाम निकला। पहले तो पत्नी झटका खा गईं। बिन्दु हैरान हुई। मगर चुप रही। उसके लिए भाभी की प्रतिक्रिया मायने रखती थी। जिसका घर, वो तय करे। उसका क्या, भैया से पैरवी करवाकर कहीं और ट्रांसफर कराकर चली जाएगी। जाने घरवइया। भैया कितना भी उसे बराबर का दर्जा दें, वह अपने भीतर के बेटी भाव से बाहर निकल ही नहीं पाती थीं। अपने ही घर में मेहमान की तरह जीने की आदत विरासत में जो मिली थी।

निनिया मलकिनी तो आकाश सिर पर उठा लीं। आँगन में बहस शुरू—"आप सोच कैसे सकते हैं?"

हालाँकि वे कहना ये चाहती थीं, "ऐसा सोचने की भी आपकी हिम्मत कैसे हुई?" पर इस तरह नहीं कहा। बात बिगड़ सकती थी। इसीलिए दूसरे ढंग से कहा।

"जमाना बदल गया है पिंटू की मम्मी...अपने बेटा से पूछिए न। बंगलोर में रहता है, वहाँ उसके घर कौन खाना बनाता है। उसके बच्चों की जो नैनी है वो कौन जाति की है...पता करिए। जाति पूछकर कोई रखता है काम पर। किस जमाने में जी रही हैं आप। बदलिए ख़ुद को...या फिर ख़ुद खाना बनाइए। हम कुछ नहीं कर सकते। जाइए, अपने बेटा को फ़ोन लगाइए। हर बात पर उसी को घसीटती रहती हैं...पूछिए उससे। आपके पास वही तो एक कार्ड है, खेलती रहती हैं...हमसे...," विजय बाबू थोड़े कटु हुए और इतना कहकर बाहर निकल गए।

निनिया मलकिनी को पाँसा पलटता हुआ दिखा। बेटा तो पहले ही बहुत ज्ञान दे चुका था। इस मसले पर बाप-बेटे की भाषा एक, विचार एक और सुझाव एक।

अगर वे नहीं मानती हैं तो भंसाघर सँभालने की ड्यूटी उनकी। बिन्दु तो मदद करेगी नहीं। सुबह जाती है, शाम थकी-हारी लौटती है। वैसे भी वो किसी मेहमान की तरह रहती है। जाने कब तक रहेगी। विजय बाबू तो उसे यहीं बसने को कहे रहे। उसका अलग घर बनाने की बात चल रही थी। कुछ ज़मीन भी देंगे। दुबारा घर न बसाने की ज़िद पर अड़ी अपनी बहन को अब दूर नहीं भेजना चाहते थे।

मलकिनी के सामने चूल्हा-चौका नाचने लगा। आदत छूट चुकी है। हमेशा ठाठ से रहीं और ऑर्डर देकर काम करवाने की आदत। अब चूल्हा-चौका सोचते ही पसीने छूटने लगते हैं। इस उम्र में क्या काम करेंगी। ये उम्र तो भंसाघर से रिटायरमेंट लेने वाली होती है। बेटी, बहू सँभाल लेती हैं ये दायित्व। पटना में भी मन लायक कामवालियों की कमी नहीं रही। जन मजूर सब मिला के ढकिया-भर रोटी बेलने के नाम पर उनके हाथ-पाँव फूलने लगे। उनका दम निकल जाता अगर उनके भीतर से आवाज़ न आती...मान जा...मान जा...। इतनी बहस तो किसी से नहीं की होंगी जितनी अपने-आप से करने लगीं। इतनी जिरह उनकी आत्मा उनसे करने लगी थी। इतना संघर्ष तो कभी नहीं किया किसी से, जितना ख़ुद से करना पड़ रहा था। कितनी मुश्किल जिरह होती है अपनी आत्मा से। सबसे मुश्किल संघर्ष होता है—आत्मसंघर्ष।

कभी अपने बिस्तर पर लेटतीं, कभी उठतीं...कभी टहलने लगतीं। ख़ुद से सवाल और ख़ुद से जवाब का सिलसिला उन्हें नचाए दे रहा था। कभी लगता, पूरा घर उनके माथे पर सवार हो गया है। कोई चाय माँग रहा है, बाहर दस लोग बैठे हैं, सबको चाय चाहिए। विजय बाबू आवाज़ लगा रहे हैं...“चाय भेजो...बिस्कुट भी...थोड़ा नाश्ता भी बना दो...”

बिन्दु आवाज़ लगा रही है, “भाभी, टिफिन पैक कर दो, आज जरा जल्दी निकलना है। आज मुझे गोभी के पराँठे दे देना...”

विजय बाबू की फ़रमाइश, “आज शिकार बनेगा...कुछ लोग आएँगे खाने पर...शाम को महफिल है...जरा स्वाद बनाइएगा निनिया मलकिनी...”

कुट्टी काटनेवाला घुलटन खड़ा होगा, थाली लिये, उसको हर टाइम मोटी-मोटी रोटी चाहिए और एक पाव तरकारी, वो भी रसगर।

कौन करेगा ये सब...राजमनिया तो गई। उसका दिमाग़ खराब हो गया है। उसको लगता है, वही मुखमन्तरी हो गई है। काम छोड़ते हुए जरा भी लिहाज नहीं कि कैसे करेंगी मलकिनी। इतना हम किये उसके लिए। क्या नहीं किये...क्या नहीं दिये...आँख में पानी नहीं उसके। सब अहसानफरामोश होते हैं...इनकी जाति ही ऐसी होती है...दिमाग चढ़ गया है। हम कितना मानते थे इसको। इसको हम पर जरा भी नेह नहीं उमड़ा। कैसे छोड़ गई हमको... ओह...जरा भी तमीज नहीं। हम लोग सौ बार सोचते ऐसा करते हुए। क्यों ऐसा की मेरे साथ...? लगता है बहुत पैसा आ गया है। पति भी तो खेती छोड़कर ठेकेदारी करने लगा है। इसकी जाति में सब नेता ही हो गया है। दु नम्बर का पइसा घर में आ रहा है तो दिमाग चढ़ गया है।

ये जुलुम है न...शहर में चल जाता है सब कुछ। यहाँ गाँव में लोग क्या कहेंगे। बाकी घरारी वाले मज़ाक़ उड़ाएँगे। उनके पट्टीदारों के यहाँ अभी भी वे महिलाएँ काम कर रही थीं, जिनका पानी चलता है। वे अभी हार नहीं मानेंगी, पहले ढूँढ़ेंगी। इतना बड़ा गाँव है, कोई-न-कोई मिल ही जाएगी।

नहीं मिली तो...? उन्हें इस स्थिति के लिए भी तैयार रहना पड़ेगा। एक कोशिश तो करेंगी...।

हार मानने से पहले एक कोशिश।

वे कोशिश में लग गई थीं। सारा दिन कामवाली ढूँढ़ने में लगातीं। बिन्दु को भी कहा था कि स्कूल वाले गाँव में देखे, खोजे। जितना पैसा लेगी, देंगे। अलग घर बनवाकर देंगे। खेत दे देंगे। इस बीच उनका समय भंसाघर में बीतने लगा था। उन्हें आदत पड़ने लगी थी। मदद के लिए दो मजूर थे, वे खाना-पीना बाहर पहुँचा देते थे। बिन्दु अपना टिफिन सुबह खुद बनाने लगी थी लेकिन बेमन से। बड़बड़ाती रहती मगर क्या उपाय। उधर बंगलोर से बेटा माँ पर दबाव बनाने लगा था। एक दिन उसने माँ को हुकुम सुनाया कि वो बंगलोर की एक एजेंसी से मेड हायर करके भेज रहा है। माँ ने धीमे

से जाति पूछी। वह भड़क उठा। उसने कहा—"रजिया सुल्तान और मार्गरेट थैचर को...भेजूँगा।"

वे चुप लगा गईं। वे सिर्फ़ बेटे से ही दबती हैं। उन्हें थकान भी होने लगी थी। विजय बाबू भी उन्हें पत्नी कम, कामवाली ज़्यादा समझने लगे थे और फरमाइश करने में कोताही नहीं करते थे। उनके घर पर इन दिनों भीड़ भी ज़्यादा उमड़ने लगी थी। चुनाव नज़दीक आ रहा था। गाँव की फ़िज़ा बदल रही थी। सभी पार्टियों के नेता उनके दरवाज़े पर आते थे। चुनावी गठबन्धन की बात होने लगी थी। सारे समीकरण बिठाए जाने लगे थे। दिन-भर चाय-पानी, नाश्ता, खाने का दौर चलता। मलकिनी का पूरा दिन इसी में निकल जाता। वे न चैन से बैठकर चाय पी पातीं न खाना खा पातीं। चूल्हे के पास खड़े रहने की आदत नहीं थी। उनका रोम-रोम झुलसने लगा था। रोज़ कुछ-न-कुछ जला देतीं। कभी दूध उबलकर गिरता रहता तो कभी भुजिया जल जाती। उनमें खड़े होकर कुछ भूनने का धैर्य समाप्त हो चुका था। उन्हें अपना बुढ़ापा साफ़ नज़र आने लगा था। एक गिलास पानी देनेवाला भी कोई नहीं बचेगा तब क्या करेंगी। विजय बाबू को नेतागिरी से फ़ुर्सत कहाँ। वे यहाँ से भागकर बंगलोर भी नहीं जा सकतीं। कितने दिन रहेंगी। यहाँ कौन देखेगा।

धीरे-धीरे उनका धैर्य चुकने लगा। उन्होंने अपने दिल को कड़ा किया। ख़ुद को बहुत समझाया। आगा-पीछा बहुत सोचा-विचारा और अपने दिल को समझाया कि सुख-सुविधा सामने मिल रही है, तो इतना नाटक काहे करना। उनकी मर्ज़ी से तो कामवाली मिलेगी नहीं। क्या इसी तरह पकाते-खिलाते झुलसकर मर जाएँ। बीमार पड़ गईं तो दो रोटी तो क्या, एक गिलास पानी देनेवाला भी कोई न होगा। ऊपर से विजय बाबू ताना मारेंगे सो अलग जुलुम। जब सब उसके हाथ का खाने-पीने को तैयार हैं तो हम कौन विरोध करने वाले। कितनी तो साफ़-सुथरी औरत है। कितना बन-ठनकर रहती है। भंसाघर में और क्या चाहिए। रसोइया साफ़-सुथरा होना चाहिए। ललितपुर वाली ज़्यादा गन्दगी से रहती थी। वो गिलास में पानी देती तो मलकिनी चिल्लातीं—अपनी उँगली मत डुबाना रे...। हाथो ठीक से साफ़ नहीं करती है।

उनके भीतर अब तुलनात्मक विचार-संघर्ष शुरू हो चुका था जिसमें उनकी पराजय ऐच्छिक थी।

एक दिन उन्होंने लछमिनिया के सामने हथियार डाल ही दिये।

जब वे उसके सामने गिड़गिड़ा रही थीं तब एक ही सवाल पूछा था शहरबन्नी वाली लछमिनिया ने।

"सोच लीजिए मलकिनी, लोग क्या कहेंगे कि कुर्मिनी काम छोड़ दी, तो दलितों का पानी पीने लगीं...कहीं आपको मुसीबत में न कोई डाल दे..."

"ऐ शहरबन्नी वाली...तुम काहे ऐसा बोल रही हो...तुम तो उसी गाँव की हो न जहाँ के पासवान जी थे, हमारे सांसद तो ऊहे न थे। मालिक और दादा जी का उनके संग उठना-बैठना, खाना-पीना था। हम ही ये बात भूल गए थे।"

"एगो बात पूछें—हर बदलाव तुम हमीं लोग से चाहती हो...कुछ आगे बढ़कर तुम लोगों को नहीं करना चाहिए क्या। अपना हक माँगीं कभी?"

"बोलो...?"

"ऐसा माहौल मिला नहीं न मलकिनी...अब मिला है...हवा बदल रही है अब...हम लोग का बच्चा सब बहुत बदल गया है...हमीं लोग थोड़ा हिम्मत नहीं कर पाए...आज आप मौक़ा दे रही हैं..."

निनिया मालकिन ने आगे बढ़कर उसका हाथ थाम लिया। लछमिनिया को लगा, उसके भीतर का ज़हर थोड़ा कम हुआ है। थोड़े नखरे, थोड़े उलाहने के बाद उसने मलकिनी का मान रखा और भंसाघर में प्रवेश कर गई। उसे चटपटा चखना बनाने की आदत थी सो उसने अपने चटपटे खाने से सबका दिल जीत लिया। मलकिनी चैन से सोने लगीं, बिन्दु बहिन जी का टिफ़िन स्वादिष्ट हो गया था। विजय बाबू के यहाँ चाय की तारीफ़ ज़्यादा ही होने लगी। उसके बाद जो घर में आता, कुम्हारिन हो, हज्जामिन हो या धोबिन सबसे वे लछमिनिया के खाने की बड़ाई करना नहीं भूलतीं। पूरी तरह सँभाल लिया था उसने। यहाँ तक कि ख़ुद ही सौदा-सुलुफ़ भी करने लगी। गाँव के साप्ताहिक बाज़ार पेंठिया जाती और मनपसन्द तरकारी ख़रीदकर लाती। ताज़ा और सस्ती तरकारी वहाँ मिलती थी। आसपास के सब्ज़ी व्यापारी

बाज़ार में अपनी सब्ज़ियाँ उतारते थे। लछमी हफ़्ते-भर की एक साथ ख़रीद लाती। मालकिन एकदम निश्चिन्त हो गई थीं। पहले से ज़्यादा चिन्तामुक्त और सुकून में थीं।

पेंठिया में दलित औरत को इतना अगराते देखकर ललितपुर वाली के तन-बदन में आग लग गई थी। वो समझ गई कि ये सारी बातें उसी को सुनाने के लिए कही जा रही हैं। उसको रास्ते में घेरकर जली-कटी सुनाना चाहती थी। उसके ऊपर जो बड़े लोगों का जादू नया-नया चढ़ा है, उतार देना चाहती थी। मन ये भी हो रहा था कि नशा उतारनेवाला फकरा पढ़ दे। फिर जो होगा देखा जाएगा। अगर झोंटा-झोंटी करेगी तो सारा केश ही नोच लेगी। अपने को बहुत बलवान समझती है। अभी उसकी ताक़त देखी नहीं है। एकदम लड़ाका अन्दाज़ में साड़ी कमर में खोटकर वह तन गई। उससे रहा नहीं गया। वह अपना सौदा छोड़कर झपटती हुई ज़ुल्फी कोइरी के पास पहुँची, उसके ठेले के पास जाकर ज़ोर से बोल पड़ी, "ऐ ज़ुल्फी, एगो खिस्सा सुने हो, हमारे मोतिहारी जिला में बोलते हैं। रात को साँपिन महुआ के गन्ध से मदमस्त होकर उसके पास जाती है। महुआ चू रहा है। टप...टप...। अब जो उसके नीचे आएगा, चोट तो लगेगी। साँपिन को चोट लगती है तो महुआ से सिकायत करती है—

टापर-टुपुर चुएलू
कपार काहे फोड़ेलू

तब महुआ कहता है—

अंगूरा न टंगूरा
तू रात काहे चलेलू

(तुम्हारे पास न कोई अंग है न टाँग है तो अगरा के रात में कपार फोड़वाने काहे हमारे नीचे आ जाती हो)"

जुल्फी समझ गया कि अब पेंठिया में तमाशा होगा। दो औरतों की लड़ाई दो जातियों की लड़ाई में बदल जाएगी। फिर मर्दा-मर्दी होगा। पुलिस केस होगा। बहुत झंझट है...उसे साँझ में ही तारे 'भुरुकवा' देने लगा। वह दोनों औरतों को ठेलते हुए अपना ठेला आगे बढ़ाकर चल पड़ा। पीछे मुड़कर नहीं देखा कि उधर क्या युद्ध हुआ। जल्दी ही वह पेंठिया की भीड़ में खो गया। साथ में तौबा करता रहा कि अब औरतें तरकारी खरीदने आएँगी तो एक्को पैसा न कम करेगा न उनसे दिल्लगी करेगा।

वह बड़बड़ाता रहा, "इ लोग का दिमाग़ इनका नेतवा खराब कर दिहिस हय...सबका दिमाग चढ़ गया है। कोउ कम नहीं समझता अपने को। कभी इससे हाथ मिला लेंगे, कभी उससे। सबको कनफूज (कंफ्यूज) कर देता है। मरो तुम लोग लड़-लड़ के..."

इधर अचानक जुल्फी के चले जाने से दोनों औरतें हकबका गईं। दोनों अपमान से जल रही थीं...दोनों की आँखों से अंगारे निकल रहे थे। दोनों एक-दूसरे पर टूट पड़ने को तैयार थीं। बस उन्हें इन्तज़ार था कि पहला वार कौन करे।

अचानक दोनों पलटीं, अपने म्यान में तलवारें डालकर अपने-अपने रास्ते चल पड़ीं। एक-दो तमाशबीन खेला देखने आए थे, खेला न हुआ। जाने कुछ पल दोनों ने क्या सोचा। देवता भी थाह नहीं ले सके उस पल।

मालकिन ने ध्यान से सारी बातें सुनीं। लछमिनिया के दिल का गुबार निकल गया था। बस एक मलाल था कि वो उसको उसी अन्दाज़ में जवाब नहीं दे पाई।

मालकिनी उसे समझाती रहीं, "कभी मारपीट मत करना उससे। अभी बहुत ताकतवर समझ रही है अपने को। तुमको साँपिन और अपने को महुआ समझ रही है। उसको मालूमे नहीं है कि महुआ सड़ता है तो बहुत बदबू मारता है। सर-सोलकन सबका दिमाग जल्दी खराब होता है रे..."

उनके मुँह से 'सर-सोलकन' सुनकर लछमिनिया परेशान हो उठी। मालकिन को भी अहसास हो गया कि वो कुछ ग़लत बोल गईं। अभी एक चोट

खाकर आई हुई है, दूसरी चोट में जाने क्या करे। तुरन्त बात बदली, "अरे ये सब कमअक्ल औरतें हैं, दीन-दुनिया कुछ मालूम नहीं। अभी भी वहीं अटकी हुई है। हम लोग तो सुधर गए, उनके दिमाग अभी भी खराब हैं। छोड़ो, जाने दो। मेरे घर आने की उसकी हिम्मत नहीं है। एक बार आएगी तो अच्छे से उसकी खातिर करेंगे। आए न तनि...।"

"देखते हैं केतना साल इनका राज चलेगा...उसी का घमंड है। अबकी तो हम वोट नहीं देने वाले हैं। चाहे जो हो जाए। विजय बाबू का फैसला एक तरफ, मेरा फैसला एक तरफ। हम उसका चुनाव चिन्ह 'तीर' उसके ही पिछवाड़े में घोंप देंगे।"

वो हाथ हवा में ऐसे उठा रही थीं मानो तीर पकड़ रखा हो और दुश्मन पर तीर चला देंगी।

ये देख-सुनकर लछमिनिया को हँसी आई। मलकिनी भी एकदम बग़ावती मूड में नजर आ रही थीं। उसे ये अच्छा लगा कि मलकिनी उसका साथ दे रही हैं। अब किसी दिन उस कुर्मिनी का रास्ता रोककर हिसाब चुकता कर लेगी। मारपीट नहीं, इससे मालिक की बदनामी होगी। बस जवाब उधार नहीं रखना। खिस्सा के बदले उससे भी गन्दा खिस्सा सुनाकर ही मानेगी।

कुछ करने के संकल्प से ही आधा सुकून मिल जाता है।

उस दिन से मौक़े की ताक में रहने लगी थी लछमिनिया। उसे मौक़ा तो नहीं मिला, लेकिन जो चमत्कार हुआ उसे मलकिनी को बताने के लिए वह व्यग्र हो उठी। उस दिन काम पर भोरे-भोरे पहुँची तो सीधे मलकिनी के पास।

उनींदी-सी निनिया मलकिनी अँगना में कुर्सी पर विराजमान थीं कि हवा के झोंके की तरह लक्ष्मी ने प्रवेश किया और बिना साँस लिये बोलना शुरू। मलकिनी की नींद भी फक से उड़ गई। आयँ...ये तो सच में चमत्कार हो गया भाई।

"क्या सच कह रही हो तुम?"

"हम मोनी के पापा के किरिया खा रहे। एक दिन वो आएगी आपके पास। बात करने। एकदम बदल गई है मलकिनी।"

"तुमसे क्या चाहती है?"

"मलकिनी, वो जीविका दीदी बन गई है। सरकार ने उनका एक सहायता समूह बना दिया है। उसमें वो महिलाओं को जोड़ती है, किसी को बैंक सखी, किसी को किसान सखी...सखी-सखी खेलती है। सबके हाथ में मोबाइल है। और तो और, सब मिलकर शराब बन्द करवाने पर आमादा हैं। हर जाति की औरत समूह में है...हमसे माफी माँग रही थी। रास्ते में मिली तो भर पांज (बाँह भर) हमको पकड़ ली। इससे पहले कि हम थपड़िया देते, हमसे लिपट गई। सखी, सखी करने लगी। हम तो लाचार हो गए..."

मलकिनी के पेशानी पर बल पड़े। चिन्ता झलकने लगी। कहीं ये भी तो नहीं...

अपनी आशंका और बेचैनी पर क़ाबू पाते हुए पूछा, "कहीं तुमको तो काम छुड़ाकर नहीं घसीट लेगी?'

मलकिनी जब भी ये सोचती हैं, उनके आगे अँधेरा छा जाता है। इन दिनों वे जाति-पाँति से ऊपर उठकर कुछ औरतों को अपने साथ लगाए रखती हैं। जाने कब कौन काम आ जाए। किसकी ज़रूरत पड़ जाए।

"हमको बोली है, कोई सखी बनने के लिए। और ये भी बोली है कि अबकी चुनाव में हम लोग 'तीर' चलाएँगे तभी शराब से मुक्ति मिलेगी...।"

"हमको कबिता सुनाई—

अब महिलाएँ जोस (जोश) में

आओ सराबी (शराबी) होस (होश) में...।"

मलकिनी के ज़ेहन में शराब से मुक्ति वाली बात धँस गई। वे तो उन्हें क़तई वोट नहीं देने वाली थी। ऐसे भी विजय बाबू शायद ही इस बार उनके साथ जाएँ। अब परिवार जो तय करेगा, वोट उसे देने के बारे में सोचना पड़ेगा। सब कुछ तो मर्द लोग ही तय करते हैं। अभी तक वे उनके ख़िलाफ़ नहीं गई हैं। लेकिन लछमी की बातों ने उनके भीतर की दुनिया में एक अलग

बग़ावत पैदा कर दी थी। लक्ष्मी की दोस्ती राजमनी से हो गई थी और वो इस बात से प्रसन्न थी।

अब हर दिन लक्ष्मी उनके सामने दो बातों की चर्चा करती। बातें करते हुए उसकी आँखें चमकती रहतीं। अलग क़िस्म का आत्मविश्वास उसके चेहरे पर दिखाई देने लगा था। दो बातों में से एक तो ये कि वो पढ़ी-लिखी नहीं लेकिन उसकी बेटी मोनी साइकिल से स्कूल जाती है। कुछ बड़ा काम करेगी। दूसरी शराबबन्दी की चर्चा। दूसरी बात से मन-ही-मन मलकिनी के इरादे अलग होते जाते, जिसकी भनक वे किसी को नहीं लगने देना चाहती थीं।

उधर चुनाव की सरगर्मी तेज़ हो चुकी थी। मौसम भी बदल चुका था। शरद की हल्की आहट फ़िज़ा में आ चुकी थी। वोटिंग का दिन भी आया। विजय बाबू का फ़रमान भी आ गया था। गाँव के हाई स्कूल में बूथ पर सबसे ज़्यादा महिलाओं की जुटान थी। मलकिनी भीड़ के जुटने से पहले ही वोट देकर आ जाना चाहती थीं। वे बूथ पर पहुँचने वालों में पहली ही थीं। वहाँ महिलाओं की अच्छी-ख़ासी संख्या पहले से मौजूद थी, वे सब आपस में कुछ मंत्रणा कर रही थीं। उनके मर्द भी उनके आसपास डोल रहे थे। कुछ तो अपने पतियों के बिना आई थीं। मलकिनी और बिन्दु बहिन जी के साथ विजय बाबू तैनात थे मौक़े पर। पर्ची उनके हाथ में देते हुए विजय बाबू ने फूल की तरह हाथ गोल किये। बिन्दु ने भी देखा, मलकिनी ने भी। दोनों एक-दूसरे को देखकर मुस्कराईं। दोनों के नयनों से जो 'तीर' छूट रहे थे, उन्हें पकड़ पाना विजय बाबू के वश का नहीं था। हालाँकि वे आश्वस्त थे कि उनके घर, समाज की औरतें पार्टी लाइन से अलग थोड़े ना जाएँगी।

जब वे दोनों बाहर निकलकर आईं तो राजमनी और लछमी एक साथ खड़ी दिखाई दीं। उनके साथ कई औरतें थीं जो खुसर-फुसर कर रही थीं। अपना-अपना वोटर आई.डी. और पर्ची लेकर वे लाइन में लगने जा रही थीं। मलकिनी थोड़ी देर के लिए रुक गईं। ऐसा अद्भुत नज़ारा उन्होंने पहले नहीं देखा था। सिर्फ़ औरतें कतार में चली आ रही थीं। उनके मर्द आज साथ में नहीं थे। या तो वे बाद में आएँगे या औरतें पहले चली आईं।

मलकिनी को देखते ही राजमनी औऱ लछमी 'तीर' की तरह उनके पास आईं।

"भोट दे आईं मलकिनी...?"

राजमनी एकदम अकुंठ भाव से मिली थी।

"हाँ, जाओ...तुम लोग भी दे आओ। लछमी तीर की तरह जाओ और वापस आओ। आज छुट्टी नहीं मिलेगी...समझीं...बहुत लोग आएँगे घर पर..."

बड़की मलकिनी के स्वर में असाधारण ढंग की मुलायमियत थी और चेहरे पर रहस्यमयी मुस्कराहट तैर रही थी। वे उँगली से तीर बनाकर उसे कोई गोपनीय संकेत दे रही थीं। उनकी इन भाव-भंगिमा को उस वक़्त सिर्फ़ दोनों औरतें ही समझ सकती थीं।

['वनमाली', जुलाई 2023 में प्रकाशित]

कामनाओं की मुँडेर पर

एक सुबह वह जगी तो उसकी दुनिया बदल चुकी थी। नज़ारे बदल गए थे। वह एक ऐसी ज़मीन पर खड़ी थी जहाँ सिर्फ़ बूढ़े लोग नज़र आ रहे थे। हर तरफ़ कुछ अधेड़ और बूढ़ी स्त्रियाँ हवा में तैर रही थीं, उनके मुँह से भजन निकल रहा था, जिससे पूरा वातावरण धार्मिक हो गया था। बूढ़े मर्द अपनी कुर्सियों पर बैठे उबासियाँ ले रहे थे। उनमें से कुछ अपने मोबाइल के स्क्रीन पर कोई वीडियो देखकर अश्लील ढंग से मुस्करा रहे थे। कुछ सोशल मीडिया पर होनेवाली बहसों में उलझे थे, जिसका ताप उनकी झुर्रियों में साफ़-साथ देखा जा सकता था। स्त्रियों की बेचैन, खोजी आँखें इनसे परे थीं जो अपने आसपास कुछ मोहक ढूँढ़ रही थीं। हवा में तैरती हुई कुछ बूढ़ी स्त्रियाँ ज़मीन पर उतर आई थीं। पाँव रखने के लिए उन्हें ठोस ज़मीन की तलाश थी। उनके हाथों में मोबाइल था, लेकिन वे उससे बेज़ार हो चुकी थीं। किसी बहस में उनकी दिलचस्पी नहीं रह गई थी। वे अपनी आँखों के आगे बार-बार हाथ फिरा रही थीं मानो आँखों के सामने के पर्दे हटा रही हों। उन्हें अभी भी मनवांछित दृश्य की सम्भावना नज़र आ रही थी। एकबारगी लीना की आँखें उन आँखों से टकराईं, वे उसे लौट जाने का इशारा कर रही थीं...कुछ हथेलियाँ धक्का देने के अन्दाज़ में उठती दिखीं। उसने इस भीड़ से निगाहें हटाकर दूसरी तरफ़ देखा। सामने विशालकाय चरागाह था जहाँ ढोर-डंगर भी मरियल-से दीखे। एक बूढ़ा घोड़ा हिनहिना रहा था मरियल-सा। आवारा, बूढ़ी गायें प्लास्टिक खा रही थीं।

बेचैन होकर दूर आकाश की तरफ़ देखा—सफ़ेद बगूलों की क़तारें उड़ी चली जा रही थीं।

बगुला बगुला दाम ले
चिनिया बादाम दे...

अपनी उँगलियाँ ऊपर करके बुदबुदाई थी।

उसके बाद नाख़ूनों को देखा...उन पर सफ़ेद दाग़ उभर आए थे। ओह...पहले तो नाख़ूनों पर कोई निशान न थे। बगूलों से गुहार करते ही सफ़ेद चकत्ते उभर आए थे, पलक झपकते ही। ये जादू है। बचपन में सारी सहेलियाँ इसी तरह आकाश में उड़ते बगूलों का पीछा करती थीं और चिनिया बादाम माँगा करती थीं।

बड़े होने पर ये सब छूट गया था। कभी आकाश की तरफ़ उड़ते बगूलों को देखा ही नहीं। आज क्या हो गया है...बूढ़े चेहरों की भीड़ से डर गई है। अचानक उसे बूढ़े घोड़े की हिनहिनाने की आवाज़ आई।

अपने भय को परे ढकेलकर उसने घोड़े की तरफ़ देखा—एक युवा घोड़ा उसे दुलत्ती मारकर भाग खड़ा हुआ था। बूढ़ा घोड़ा पीड़ा से छटपटाता हुआ दौड़ने के बजाय घिसट रहा है उसके पीछे...। धीरे-धीरे युवा घोड़ा विलोप हो गया।

एक बूढ़ी स्त्री की घिघियाती हुई आवाज़ कानों में ज़ोर से आई..."जीने से पहले मर जानेवालों को स्वर्ग नहीं मिलता है...।"

लीना चीख़ मारकर उठ गई।

ये क्या था...कोई सपना या वह सचमुच मर चुकी थी। मरण जैसा ही था सब कुछ। मरण के बाद किसी और लोक में गई थी जहाँ ये सारे नज़ारे दिखाई दे रहे थे। कौन थे वे लोग जो हवा में तैर रहे थे। सब कुछ विचित्र-सा माहौल बना रहा था। वो किस स्त्री की आवाज़ थी, जो जाने क्या और क्यों कह रही थी।

उसने साइड टेबल पर रखे मोबाइल में वक़्त देखा, शाम के छह बज रहे थे। कमरे में हल्की रोशनी थी। दरवाज़ा भिड़ा हुआ था। बाहर से कोई

आवाज़ नहीं आ रही थी। सोई तो नहीं थी, क्या कुछ देर के लिए सचमुच मर गई थी। उसकी काया से निकलकर प्राण जा चुके थे और फिर लौट आए। नींद और मृत्यु के भ्रम के बीच सारे दृश्य उलझकर रह गए थे।

बेचैनी में कमरे से उठकर बाहर निकली। घर ख़ाली था। घर तो ख़ाली हो चुका था। बस दो कायाएँ वहाँ रहा करती थीं, जिनकी घर-बाहर अलग-अलग समानान्तर दुनिया बन चुकी थी। उन दोनों कायाओं का एक पुल था, घरेलू सेवक रामबाबू, जो उन्हें यदा-कदा जोड़ता था। उन दोनों कायाओं को वही खाने के लिए आवाज़ें लगाया करता था। दोनों अलग-अलग समय पर निकलतीं, डाइनिंग टेबल पर खाना खातीं फिर अपने कमरे में घुस जातीं। एक काया जो साठ वर्षीय पुरुष की है, उसका ज़्यादातर समय बाहर ही बीतता है। ऑफ़िस, क्लब और महफ़िलों से फ़ुर्सत नहीं। इधर दूसरी काया लीना की थी जो जीवन के पचपनवें वर्ष में प्रवेश कर चुकी थी और इकलौता बेटा कनाडा में बस चुका था। वह अपने देश से जितना बेज़ार नहीं था, उससे ज़्यादा अपने परिवार से बेज़ार हो चुका था। अपने घर में जमी बर्फ़ की मोटी चट्टानों से टकरा-टकराकर वह घबरा गया था। वह इन दोनों कायाओं के सम्बन्धों में घुसने के बजाय पलायन को बेहतर विकल्प मानता था। वहाँ से फ़ोन करता, दोनों से अलग-अलग बात करता मगर न उन्हें कनाडा आमंत्रित करता, न ख़ुद आने की बात करता। उसे लगता, वह भी इनके रिश्तों की तरह ठंडा पड़ता जा रहा है।

लीना जवान और अविवाहित बेटे की मानसिकता समझती थी। वह कोशिश करती कि उसका फ़ोन आए तो चहकती रहे। उदासी की आँच बेटे तक न पहुँचे। वह अपनी उदासी से तभी बाहर भी आती थी जब बेटे का फ़ोन आए। किसी और फ़ोन की उम्मीद छोड़ चुकी थी। उसका जीवन दिन-भर महिला ग्राहकों के कपड़े डिजाइन करते, दर्जी से माथा फोड़ते बीत रहा था। घर से थोड़ी दूर पर बाज़ार में ही बुटीक खोल रखा था। अपना समय काटने के लिए बुटीक खोला और उसमें रम गई। उसे मज़ा आने लगा था। पिछले कुछ समय से वह ऊबने लगी थी। वही स्त्रियाँ, वही चेहरे, अधेड़, बूढ़ी, पोशाकों को लेकर टेलर से भिड़ती हुई, मानो जीवन इंचीटेप और सिलाई

मशीनों के सिवा कुछ और न हो। ये सब करते-करते जाने दाम्पत्य कब हाथ से निकल गया, पता ही नहीं चला। उसे नियंत्रित करने वाले हाथों ने एक दिन उसका दामन छोड़ दिया था। वो जो उसका शासक था, जो उसका मान-मर्दन करके अपने पुरुषोचित दम्भ से फूला रहता था। जिसकी नज़र में समूचे स्त्री समुदाय के प्रति बुरी भावनाएँ थीं। जो स्त्रियों की स्वतंत्रता को स्वच्छन्दता से जोड़कर उनकी कटु आलोचना करता और लीना के कपड़ों से लेकर लोक व्यवहार पर कड़ी नज़र रखता था। लीना का भी सामाजिक दायरा पति के परिचितों के बीच सिमटकर रह गया था। उसने बाहर कोई दोस्त बनाए ही नहीं। कुछ सखियाँ तो थीं, पुरुष मित्र की कल्पना उसकी सोच से परे थी। उसने पति की बातों का विरोध करना कभी सीखा ही नहीं था। उसे लगता था, एक दिन सब ठीक हो जाएगा। एक दिन वह इन बन्दिशों से आज़ाद हो जाएगी। यह आज़ादी उम्र के कारण मिलेगी, इसका अन्दाज़ा न था। अब उसके पास ख़ाली-ख़ाली दिन हैं और ऊब से भरी हुई रातें। बुटीक से बचा हुआ समय दीवारों, छतों और कुछ अंग्रेज़ी फ़िल्मों के हवाले हो चला है।

रविवार का दिन और शाम तो बेहद सन्त्रास देते हैं। उस दिन कमरे के सन्नाटे से घबराकर बाहर बालकनी में बैठ गई। सामने सोसाइटी की चहारदीवारी को घूरने लगी थी।

वहाँ एक परछाईं-सी कौंधी और लुप्त हो गई। "कौन था...?" वह बुदबुदाई।

क्या उसकी कामनाएँ फिर से जगने लगी थीं। लेकिन उसके केन्द्र में फिर कोई पुरुष ही होगा।

उसका मन भटक रहा था। इस भटकाव की शुरुआत इक्कीसवीं सदी के शुरुआती वर्षों में ही हो गई थी जब उसकी उम्र पैंतालीस पहाड़ पार करने के बाद हाँफने लगी थी। तब एक पीढ़ी जवानी की दहलीज़ पर हुंकारे भर रही थी और दूसरी पीढ़ी अधेड़ावस्था के मेनहोल पर खड़ी थी, जिसका दरवाज़ा खुला था, जहाँ से अन्दर का कबाड़ साफ़ दिखाई दे रहा था। उस कबाड़ में सब कुछ सर्द नहीं था, बारूद के कुछ जीवित कण चमक रहे थे जिनमें

विस्फोट की प्रबल सम्भावनाएँ थीं। बस कोई हो जो उसकी परख कर सके। उम्र सम्भावनाओं के सारे दरवाज़े बन्द कर देती है, इसलिए कोई पारखी नज़र उस कबाड़ से कोई सम्भावना-सूत्र नहीं तलाश पाती है।

इस जीवन का क्या करे जिसकी यात्रा चल रही है, रास्ते ग़ायब हैं। बहुत सारी दुश्वारियों के ढेर पर बैठी-बैठी वह अपने पुराने दिनों, पीछे छूट गए क़स्बों के स्कूलों के बारे में सोचती रही...उसे वहाँ जाना था जहाँ वह नौवीं कक्षा में पढ़ा करती थी। सिर्फ़ एक साल की पोस्टिंग थी बाबूजी की। फिर वहाँ से जल्दी तबादला हो गया था। एक साल तितलियों के बीच गुज़रा... एक चेहरा भी तो था...तितलियों की रंगत से मिलता-जुलता...

वह बेचैन हो उठी। शायद उसे अपने पुराने दिनों को खोजने की तलब हो रही है। उन क़स्बों में अपने छूटे लम्हों को तलाशने की, अतीत में गहरे धँसने की तलब महसूस हो रही है...एक बार वह उन मामूली क़स्बों में जाना चाहती है। कुछ सूत्र मिल जाएँ। समय कम था, अरमान काफ़ी। सबसे पहला ख़याल आया, क्लब में अकेले बैठकर शाम गुज़ारने का। उस शाम क्लब में अकेली बैठी सिगरेट फूँक रही थी कि जया धमक पड़ी। बड़ी-सी लाल बिन्दी और आँखों में गहरे काजल की रेखाएँ, लम्बे खुले बालों वाली जया समूचे क्लब में अलग से पहचानी जाती थी। लीना को हमेशा वो रहस्यमयी लगती थी जो किसी के पास टिकती नहीं थी, सबके आगे एक दिलफ़रेब मुस्कान उड़ेलती हुई गुज़र जाती थी। उसके आगे-पीछे मँडराने वाले ज़्यादातर युवा और अधेड़ लड़के थे। मन हुआ किसी रोज़ पूछे कि इन पर कौन-सा जादू चलाती हो। अपने आसपास तो बूढ़ों की भीड़ है। कामनाहीन, अक्षम बूढ़े। जो सपने तो युवा लड़कियों के देखते हैं, उन्हें हासिल नहीं कर पाते। क्लब में ऐसे बूढ़ों की जमात बढ़ती जा रही थी। हर शाम वहाँ ज़्यादातर बूढ़े, रिटायर्ड लोग आते थे। युवा लड़के-लड़कियाँ वीकेंड पर ज़्यादा दिखाई देते थे। उनका अपना झुंड होता था। बूढ़े लोग तनहा बैठे होते और उनकी आँखें किसी साथी की तलाश कर रही होतीं जो उनकी तरह ही तनहाई का मारा हो। जया जैसी स्त्रियाँ उन बूढ़ों को बहुत आकर्षित करती थीं जिन्हें वे हर शाम एक दिलफ़रेब

मुस्कान देकर गुज़र जाती थी। इतने में ही कुछ बूढ़े एक बार में व्हिस्की का गिलास हलक में उड़ेल जाते थे। लीना कम ही आती थी। उस दिन जया की चाहत में आई थी। उसे किसी ने बताया था कि जया मददगार हो सकती है।

लीना को मुँहमाँगी मुराद मिल गई थी। जया फ़ुर्सत में दिखाई दे रही थी। उसने बिना भूमिका बाँधे लीना से पूछना शुरू कर दिया था—

"तुम इन दिनों अकेली क्यों आती हो...कोई साथी नहीं?"

जया सिगरेट फूँकते हुए मुस्करा रही थी। सिगरेट होंठों से हटाई तो उन पर लाल-लाल लिपस्टिक लगी थी। तभी पीछे से एक युवा पुरुष ने आकर जया से सिगरेट माँग ली।

जया ने उसे ऐसे सिगरेट दी, मानो कोई अहसान कर दिया हो।

"तुम रख लो...मैं दूसरी जला लूँगी।"

"सिगरेट...?" उसने लीना से पूछा।

हाँ...ना...की मुद्रा में लीना को देखकर जया ने एक सिगरेट थमा दी।

सिगरेट तो कई बार चुपके-चुपके पी होगी...उस शाम पीने का आनन्द ही कुछ और था। मुँह से धुएँ के छल्ले उड़ाते हुए उसने अपने ऊपर लगी पाबन्दियों को भी उड़ा दिया था। जया उससे पूछ रही थी—

"कुछ समस्या है क्या...कई दिनों से देख रही हूँ, अक्सर चुपचाप अकेली आकर बैठ जाती हो...यहाँ बहुत संगी-साथी मिल जाएँगे...दे पे यूअर बिल आलसो...गिव देम अ चांस बेबी..."

जया बेशर्मी से हँसी।

"यू हैवन्ट एजेड। डोंट थिंक अबाउट भजन-कीर्तन..."

"कल मिलो, तुम्हें कहीं ले जाना है," जया गम्भीर हो उठी थी।

लीना मना नहीं कर सकी। उसकी मनोदशा ऐसी थी कि उसकी उँगली थामकर कोई कहीं ले जाए। किसी ऐसे बिस्तर पर जहाँ वह पीठ के बल नंगी लेट जाए और हजारों नाग उसकी पीठ पर रेंगते रहे...पत्तियाँ झरती रहें...पानी की बूँदें टप-टप टपकती रहें...।

अगले दिन जया उसे एक ऐसे सेंटर पर ले गई जहाँ छोटा-सा हॉल

था। सोफ़े लगे थे, वहाँ हरेक उम्र की स्त्रियाँ और पुरुष बैठे थे। सबके हाथ में कोई नोटबुक थी। कोई उसे देखकर पाठ कर रहा था तो कोई अपनी आपबीती सुना रहा था। सबकी कहानी अलग-अलग थी। कोई एक सुना लेता तो दूसरा कोई उसे निदान सुझाता था। बहुत खुली बातचीत थी। एक नई दुनिया लीना के सामने खुल रही थी और उसे लगा, वह अकेली नहीं है। उस छूटी हुई दुनिया की एक नागरिक वो भी है।

वहाँ से लौटकर लीना वही स्त्री नहीं रह गई थी जो वहाँ जाने से पहले थी। जो लौटी थी, उसे और कुछ मिला हो या ना हो, सत्य के सूत्र मिल गए थे। कुछ पुरुषों की बीवियों ने उन्हें झटक दिया था, कुछ स्त्रियाँ अपने पतियों द्वारा झटक दी गई थीं। कुछ अधेड़ चोट खाए हुए थे और पार्टटाइम प्रेम की तलाश में थे। और स्त्रियाँ...। कुछ तो मन खोल ही नहीं पा रही थीं। बस अतीत के क़िस्से थे जो उनके वर्तमान के सर्द दिनों को सेंक रहे थे। लीना को समझ में आया कि हरेक स्त्री की एक उम्र होती है जो तरह-तरह के झरोखे से झाँकती है और अपने ख़ालीपन में बैठकर अपने सर्द वर्तमान को अपने गर्म अतीत से गरमाती रहना चाहती है। वह छूटती नहीं है, छोड़ दी जाती है। उसे लोग धोखा नहीं देते, स्त्री की उम्र धोखेबाज़ होती है। लीना वहाँ मूकदर्शक बनी बैठी रही, अवाक् होकर सबको सुनती रही और लौटते हुए ख़ुद का आकलन किया कि उसे किसी पुरुष ने नहीं, उम्र ने छोड़ दिया है। उसे उम्र ने धोखा दिया था, किसी इनसान ने नहीं। इनसान ने तो बस इतना किया कि उसे अपने चंगुल से आज़ाद छोड़ दिया, सड़क पर भटकती आवारा गायों की तरह। उम्र ने उसे अहसासे कमतरी दिया कि वह उस प्रेमी के क़ाबिल न रही जो उसकी आवारगी पर मरता था कभी। प्रेमी को पति बनाने का ख़मियाज़ा भी भुगतना पड़ता है, ये तो उसके पुरखों ने नहीं बताया था। बस उन्होंने प्रेम किया और एक-दूसरे पर मर मिटे। जब वह जवान हो रही थी तब सपना और वासु एक फ़िल्म में पहाड़ी से कूदकर जान दे चुके थे। तभी उसने तय किया कि जिससे प्रेम होगा, बिना देरी किये, घरवालों की क़ैद में जाने से पहले शादी को अंजाम दे देना है। तब कहाँ

पढ़ी थीं किताबें कि विवाह कितना ख़तरनाक मसला होता है। उसे तो प्रेम की आख़िरी मंज़िल, आख़िरी फ़तह विवाह ही लगा था। प्रेम की सारी दौड़ विवाह तक पहुँचने को लेकर थी। सपना और वासु बनने से पहले विवाह बन्धन में बँध जाना था। फिर क्या करती दुनिया। विवाह ही है जो प्रेम को वैधानिक बना देता है। ऐसा उस वक़्त उसे लगा था। वैधानिक जामा पहनाते ही समाज के हाथ बँध जाते हैं। फिर कोई कुछ नहीं बिगाड़ सकता। प्रेम की सफलता वैवाहिक बन्धन में थी। या तो मर जाओ या बँध जाओ। प्रेम बच जाएगा। कहाँ पता था कि मर जाने पर ही प्रेम बचा रहता है जिसकी अनुगूँज सदियों तक सुनाई पड़ती है। प्रेम को विवाह की वेदी पर चढ़ाने के बाद सिर्फ़ विवाह बचता है, प्रेम नाम की चिड़िया फुर्रऽऽ।

उसके होंठों से फुर्रऽऽ शब्द निकला। ज़ोर से ठंडी हवा बाहर निकली...। फुर्रऽऽ की आवाज़ उसे अच्छी लगी। चिड़ियाँ बूढ़ी कहाँ होती हैं। ख़ुद को दिलासा दिया। फुर्रऽऽ तो वो अभी भी हो सकती है। कुछ पंख ही तो झरे हैं। आकाश तो नहीं छीना किसी ने। शेष पंख तो क़ायम हैं।

कमबख़्त दुनिया उसे याद दिलाती है कि उसके पंख झर गए हैं। जैसे वह लगातार मौत के मुहाने की तरफ़ जा रही है।

हाल ही में बीमा एजेंट झटका देकर गया। नया बीमा करवाना चाहती थी...जैसे ही लड़के ने आधार कार्ड पर उम्र देखी, उसका मुँह उतर गया।

"क्या हुआ...?"

लीना ने उससे हैरान होकर पूछा।

"मैम...आपकी उम्र ज़्यादा हो गई है न..इसमें डेथ रिस्क ज़्यादा होता है न..."

बीमा एजेंट की बातों से लगा कि वह सच में मदद करना चाहता था। लेकिन उम्र ने उसे धोखा दे दिया था। उसके चेहरे पर असहायता के भाव उभर आए थे।

वह कुछ नियम-क़ानून बता रहा था। जो लीना की समझ में एकदम नहीं आ रहे थे। वह कहना चाहती थी, "डूड...रास्ता बताओ...बस ये मत

कहना कि बच्चों को और पति को नॉमिनी बना दो...।"

लड़का पेच बताने लगा तो उसने चलता कर दिया। "डेथ रिस्क..." उसके दिमाग़ में अटक गया था। बढ़ती हुई उम्र के साथ मौत क्यों सिर पर नाचने लगती है। उसे अब इस घर से फुर्रऽऽ हो जाना चाहिए। जिस मुक्ति का स्वाद उसे मिला है, इससे पहले ख़त्म हो, उसे निकल लेना चाहिए।

मगर कहाँ जाए...किधर, किसके पास। उन प्रेमियों के पास जो क़तार में ही खड़े रह गए।

क्या करते होंगे वे इन दिनों। कैसे दीखते होंगे। क्या उनमें वो ताप बचा होगा जिसकी धमक वह दूर से महसूस कर लेती थी। याद है, कॉलोनी के पीछे घना जंगल था। पूरे कैंपस को दीवारों ने घेर रखा था। उस दीवार पर चढ़कर बच्चे खेलते थे। आर-पार छलाँग लगाते थे। अपने सरकारी फ्लैट के पीछे वाली अपनी बालकनी से उस दीवार को देख सकती थी। एक गोरा-चिट्टा, छरहरा किशोर अक्सर पेड़ों से कूदकर मुँडेर पर चढ़ आता और मुँडेर की पतली धार पर पैरों को साधकर चलता था। थोड़ी दूरी थी, इसलिए उसका चेहरा स्पष्ट नज़र नहीं आता था। इतना पता चलता था कि वो बहुत मोहक था, किसी हीरो की तरह। जिसका हाथ पकड़कर पेड़ों के इर्द-गिर्द नाचा जा सकता था। मन बेचैन होता था कि बालकनी से ऐसी छलाँग लगाए कि सीधे चहारदीवारी की मुँडेर पर चढ़ जाए। जहाँ वह लड़का उसे थाम ले। कल्पना में तो वह रोज़ उसके साथ सधे पाँव चलती थी। उसकी छुअन महसूस करती थी। हक़ीक़त में वहाँ तक जा नहीं सकती थी। किशोरवय लड़की हमेशा घरवालों की निगाह में रहा करती थी तब—कहाँ जा रही है, किससे मिल रही है, सारा हिसाब होता था। अपनी उम्र की लड़कियों के सिवा उसे लड़कों से मिलने या साथ खेलने की इजाज़त नहीं थी। उसका मन तरसता था, वह कसक रह गई मन में। तभी विद्रोह के बीज पड़े थे। एक दिन इस चहारदीवारी को तोड़कर उस लड़के के साथ भाग जाना है। मन में जब यह संकल्प पल रहा था, मुँडेर पर खड़ा लड़का जिसकी ज़ुल्फ़ें हवा में लहराती रहती थीं, उसे कभी इशारा नहीं करता था, बस उसे देखता

रहता और फिर पीछे जंगल में कूदकर ग़ायब हो जाता। ये एक खेल कौतुक था, उसके लिए। शाम रूमानी हो जाती थी...रोम-रोम सिहरता रहता। जाने किस-किस ख़याल में उसकी उम्र डूब जाती थी। और फिर एक शाम वह नहीं आया। कई दिन तक नहीं आया। उसने बालकनी में बैठना छोड़ दिया। बच्चे चहारदीवारी के आर-पार होते रहते। वह लड़का फिर नहीं दिखाई दिया। शामें सूनी हो गईं। हमेशा के लिए उसकी एक धुँधली छवि मन में जम गई। कितने चेहरे देखे, कितने लोग जीवन में आए, वो एक चेहरा किसी से न मिला। उसकी कोई तसवीर भी तो नहीं। वो एक चेहरा नहीं, ऐसी उपस्थिति थी जो स्मृति-जल में कंकड़ मारती रहती थी। कोई गाना सुनती तो भाव को पकड़ लेती—जियरा में उठे रे हिलोर...।

वैसी छवि किसी में नहीं मिली। अपनी ज़ुल्फ़ों को लहरा-लहराकर कितनी तसवीरें खिंचवाईं। जीवन की सान्ध्य बेला में जब उसे मुँडेर की, घने जंगल में छलाँग लगाते लड़के की याद आने लगी है, कुछ ज़्यादा ही, तब उसे अपनी पुरानी तसवीरों से लगाव हो गया है जिन्हें बार-बार देखती है और आँखों के सामने एक पीली-सी उदास शाम की वह रंगहीन चहारदीवारी लकीर-सी खींच जाती है। स्मृति में भी उसके रंग नहीं बदले थे।

वह अस्सी का दशक था जब तसवीरें उसके सपनों और अरमानों की तरह रंगीन हो गई थीं। स्मृतियों के अलग रंग होते हैं। जो हक़ीक़त से मैच नहीं करते। क्या उसके तब यही अरमान थे कि वह लड़का छलाँग लगाकर सीधे उसकी बालकनी में आ गिरता। या वह हवा में उड़ती हुई उसका हाथ थामे जंगल में छलाँग लगा देती।

उसकी इच्छा मन में रह गई कि वह कॉलोनी के पीछे जंगल में घूमने जाए। शायद वह लड़का मिल जाए। उसके घर जो काम करने आती थी, चन्दा दाई, वो उधर से ही किसी गाँव से आती थी।

"रोज जंगल पार करते हैं हम..."

"अच्छा...जानवर मिलते हैं...कौन-कौन रहता है उधर...?"

किशोरी लीना के मन में कई सवाल उठते थे।

"मुझे भी जंगल घुमा दो न..."

सुनते ही माँ भड़क जातीं।

"अरे...आप नहीं जा सकतीं उधर। अंग्रेजों की कोठियाँ हैं...जंगल उन्हीं का है...हम लोग तो रास्ते से आते-जाते हैं...जंगल पार गाँव है हमारा..."

"उनमें कोई रहता है क्या चन्दा दीदी?"

"हाँ, कुछ लोग रहते तो हैं, जो किसी से मिलना नहीं चाहते...आधे अंग्रेज हैं, आधे भारतीय। बहुत बन्द-बन्द लोग हैं बबुनी...किसी बाहरी से मिलते-जुलते नहीं..."

"अच्छा...कोई लड़का भी है उनके यहाँ...मेरी उम्र से थोड़ा बड़ा..." हिचकते हुए उसने चन्दा से पूछ ही लिया था।

फुसफुसाते हुए चन्दा बोली, "आपको कैसे पता...हमें तो एक अंग्रेज जवान औरत दिखाई देती है, एक बूढ़े बाबा हैं। लड़के के बारे में नहीं जानते बबुनी..."

चन्दा के जवाब से आस का इकलौता दामन छूट गया था। फिर तो क़स्बा भी छूटा। सब छूटते हैं, केवल स्मृतियाँ नहीं छूटतीं। वे मनोलोक की स्थायी नागरिक होती हैं। लेकिन वह स्मृतियों की क़ैद से भी बाहर आने को छटपटा रही थी। नागरिकताएँ हमेशा सीमा में बाँधती हैं। उसे अब किसी क़िस्म की नागरिकता नहीं चाहिए। उसे अपने बनाए, चयनित संसार का नागरिक होना है, जिसकी हक़दार थी। जहाँ सपनों पर पहरेदार न हों। काँटेदार बाड़े में क़ैद इच्छाओं को दम तोड़ते देखना अब मंज़ूर न था। उम्र के इस पड़ाव पर जब पति ने उसे हर तरह से आज़ाद कर दिया है, सारी रोक-टोक बन्द है और उसकी तरफ़ से लापरवाह होकर अलग दुनिया बना चुका है, जहाँ बूढ़ी और आकर्षणहीन होती पत्नी के लिए कोई जगह नहीं बनी है। अब पत्नी जो चाहे करे, जहाँ चाहे जाए, जिससे चाहे दोस्ती करे। देर रात पार्टी करके लौटे...कोई चिन्ता नहीं। उधर बेटा अपनी विदेशी प्रेमिका की बाँहों में पनाह ले रहा है, शायद इसीलिए उसकी जैसी तनहा स्त्री को स्मृतियाँ घेर रही हैं। वे धुँधले साये फिर से उभरने लगे हैं।

उम्र के साथ सिर्फ़ स्त्रियों के जीवन का रोमांच चला जाता है। धनाढ्य और सफल बूढ़े पुरुष जातक कथाओं के बाघ होते हैं। उनके हाथों में सोने का कंगन देखकर लालची ब्राह्मण सरीखी कुछ स्त्रियाँ फँस ही जाती हैं। स्त्रियाँ अपनी उम्र के बियावान में बरसों प्रतीक्षा करती हैं, कोई आए, सूखे पत्ते फिर से हरे हो उठें। सूखे पत्तों में भी जीवन की चाह भरी होती है। सूखे पत्तों को छूने से उनका क्रन्दन सुनाई देता है। उसे याद आने लगीं कुछ किताबें जिन्हें जवानी के दिनों में पढ़ते हुए असम्भव लगतीं और असहज कर जाती थीं। किसी रोमांटिक उपन्यास की नायिका की तरह घर बैठे इन्तज़ार नहीं कर सकती थी कि कोई पुरुष चलकर आए और उसे प्यार के पुल पर खड़ा करके नवजीवन दे, या किसी बांग्ला फ़िल्म की अधेड़ नायिका की तरह जो अपने ही घर में उपेक्षिता थी, मामूली सामान की तरह जिसे रखकर लोग भूल जाया करते हैं। कोई परदेसी यहाँ एंट्री मारे और उसकी सूखी डार पर प्रेम की कोंपलें फूट पड़ें।

फिर क्या होगा उसका। वही, जो हाल अधेड़ स्त्रियों का किसी भी समाज में हो सकता है। पचास की दहलीज़ पर खड़ी एक स्त्री प्रेम और दैहिक सुख की अभ्यर्थना तो नहीं कर सकती। वो इतनी बूढ़ी भी नहीं होती कि उसके भीतर फिर से कोई कामना न जग सके।

लीना के दिमाग़ में इस वक़्त अंधड़ उठा हुआ है, विचारों का अंधड़।

वह प्रेम और देह सुख की याचक नहीं बनेगी। वह याचना में अपना समय और ऊर्जा नष्ट नहीं करेगी। जो चाहिए, उसे हासिल करने का जज़्बा पैदा करना पड़ता है। अपनी माँ की तरह मन्दिर के चबूतरे पर बैठकर भजन नहीं गाएगी। “बुढ़ापा आया नहीं, लाया जाता है...” यह सूक्त वाक्य मन में कौंधा। कभी उसकी माँ ने असमय अपने ऊपर बुढ़ापा ओढ़ लिया था और पिता से उनसे अपनी काया को दूर कर लिया था।

वैसी नीरस ज़िन्दगी की कल्पना नहीं कर सकती। वैसे भी उसे इन दिनों मन्दिरों में घंटी बजाती हुई अधिकतर औरतें किसी विस्मृत लोक की नागरिक लगती हैं। जो ज़ोर-ज़ोर से घंटा बजाकर अपने सोए हुए देवताओं

को जगाना चाहती हैं। उसे ईश्वर के बहरे होने पर यक़ीन गहरा होता जाता है। गूँगे तो मानती ही थी। उसकी पुकार का कभी प्रत्युत्तर जो नहीं दिया करते थे।

मन्दिरों के बाहर खड़े अधेड़ मर्दों की चंचल आँखें कहाँ छुपती हैं। जाने वे क्या ढूँढ़ते रहते हैं। घर में पड़ी एक स्त्री ओझल हो जाती है। कुछ तो शिकारी आँखें होती हैं और कुछ नाउम्मीदी में डूबी हुई निस्प्रभ-निस्तेज आँखें।

ई ब्लॉक वाले गोयल जी ने राह रोककर पूछा था, "आजकल गुप्ता जी नहीं दिखाई देते? आप अकेली वॉक करती हैं। कम्पनी चाहिए तो बताइए...।"

"जी शुक्रिया।"

मन हुआ कहे, 'मेरी ही कम्पनी काफ़ी है मेरे लिए। दफ़ा हो जाओ अपनी काईयाँ सूरत लेकर।' कह न सकी। इसी गुप्ता के बारे में श्रीमती बंसल ने कहा था, "पर्सनालिटी देखी है बन्दे की? लगता है, कद्दू के ऊपर अंगूर रखा है...!"

देर तक हँसती रही थीं दोनों। नया सौन्दर्य प्रतिमान ढूँढ़कर लाई थी लीना। उसकी उम्र की स्त्रियों के लिए ऐसी ही सूरतें-मूरतें उपलब्ध होंगी। इनसे प्रेम के नाम से ही कँपकँपी छूटने लगी। अपनी आर्थिक स्थिति मज़बूत करना और पच्चीस साल से जमे प्रेम के कबाड़ को साफ़ करना ही सबसे बड़ी चिन्ता थी।

वैसे भी अपने स्वामी से मुक्त हुई स्त्रियाँ फिर ग़ुलाम बनने को राज़ी कहाँ होंगी भला? वैसे भी ग़ुलाम कोई बना नहीं सकता, जब तक हम उसे स्वीकार न लें। नहीं...अब ग़ुलामी नहीं...।

हौले-हौले सपनों की तितलियाँ थमने लगी थीं। सपने में आनेवाली क़स्बे की वो दीवार ढह चुकी थी, पीछे का जंगल कट चुका था। वहाँ किसी मोटरगाड़ी का बड़ा-सा शोरूम खुल गया था। कोठी खँडहर में बदल चुकी थी। वे लोग कहाँ गए, किसी को पता नहीं। जिसको भेजा था वहाँ का हाल पता करने, निहाल दादा ने बताया कि कोठी जल्दी नीलाम होगी। उसके अन्दर कुछ नहीं बचा, बस एक दीवार पर शीशे के फ्रेम में कुछ मरी हुई रंगीन तितलियाँ मिली हैं।

उस सुबह बेटे के फ़ोन ने झकझोरकर जगाया। उसने अपनी माँ यानी लीना को उड़ान के सूत्र थमा दिये थे। उसे सन्तोष हुआ कि बेटे को अपनी माँ में एक कामनायुक्त स्त्री नज़र आ गई थी। जो अब ये चाहता था कि उसकी माँ के भीतर की स्त्री मरने से पहले अपना जीना न छोड़ दे। ज़िन्दा रहने का हौसला सबसे ताक़तवर चीज़ है। बेटे की इच्छा सुनकर ख़ूब ज़ोर से हँसी आई। कैसे बताती कि उसने जीना सीख लिया था। उसने क़ैद से छूटते ही अपनी आज़ादी को अर्थ देने शुरू कर दिये थे। वो सारे अनर्थ किये, जो पाबन्दियों के कारण दुश्वार रहे। उम्र तो वापस नहीं ला सकती थी, अरमानों को युवा कर चुकी थी। वैसे मैदानों में जाना नहीं जहाँ युवा घोड़े हिनहिनाते हों और बूढ़ी स्त्रियों को देखकर मुँह बिचकाते हो, दुलत्ती मारकर भाग जाते हों। एक दुनिया समानान्तर मिल गई थी जहाँ उसके जैसे लोग थे। उन्हें किसी अरण्य की तलाश नहीं थी, वे रोमांच ढूँढ़ रहे थे। अपनी उम्र से वंचित रोमांच की तलाश में वे एक-दूसरे के क़रीब आ रहे थे। ये सब करने के लिए किसी की आज्ञा की ज़रूरत नहीं थी न किसी का भय। अपनी इच्छाओं का स्वामी होना सबसे सुखद अहसास होता है। बेटे से बात करने के बाद दोगुने उत्साह और पूरी ताक़त से लीना ने अपनी स्मृतियों से मरी हुई तितलियों को उठाकर कबाड़ पर फेंक दिया। वह प्रतिबन्धों की चहारदीवारी से छलाँग लगा चुकी थी। उसे किसी हमउम्र पुरुष यात्री के साथ लम्बी यात्रा पर अकेले जाना था। उसने ट्रैवल एजेंट को अपनी ज़रूरतें और पसन्द बता दी थी जो अकेली स्त्रियों और पुरुषों के लिए ऐसी यात्राओं का इन्तज़ाम करता है।

यात्रा पर जाने से पहले जया ने लीना को क्लब में देखा और पहचान न सकी। वह तमन्नाओं से निर्मित हुई एक स्त्री थी जो कामनाहीन मुँडेर से छलाँग लगा चुकी थी। ज़मीन से उठकर अपने कपड़ों से धूल झाड़ रही थी। अब उसे सब कुछ कर गुज़रना था जिससे स्वर्ग से वंचित न हो जाए। स्वर्ग से खदेड़ी गई स्त्रियों की जमात में उसे शामिल नहीं होना था।

['हंस', जनवरी 2023 में प्रकाशित]

श्मशान वैराग्य

वाटरप्रूफ शामियाने के तले देर से बैठी एक स्त्री की आँखों से आषाढ़ बरस रहा था। वो उसकी माँ नहीं, माँ जी थीं यानी उसकी सास। माँ और जी एक साथ लगा दो तो एक सम्बोधन, एक रिश्ता बनता है—माँ जी। ऐसे ही सम्बोधित करती थी वह उन्हें। उनका बेटा माँ कहता था, उसे बहू होने के नाते 'माँ' के साथ 'जी' लगाना था। 'जी' लगाते ही पहले ही दिन गज-भर दूरी उसकी आत्मा में प्रवेश कर गई थी। वह फ़ासला बढ़ता ही गया। इतना बढ़ा कि वो कटु होकर बुलाती—"ओ...माँ जीईईईईईई..."

मानो कंठ से गुर्राहट निकली हो...ईईईईईई...

जबकि वह उछाह से भरी माँ कहकर लिपट गई थी पहली बार। ये जानते हुए कि वो माँ जी की पसन्द की बहू नहीं, उनके बेटे का प्यार है। बेटे की ज़िद के कारण वह उस घर की बहू बन पाई है।

माँ जी ने तो विवाह रोकने के लिए एड़ी-चोटी एक कर दी थी। कहती थीं, "मेरी लाश गिरेगी तब ये शादी होगी।"

बेटा कहता था, "हम आपको गिरने ही नहीं देंगे माँ...पहले ही सँभाल लेंगे...बस आप हाँ कर दो...।"

इकलौता बेटा, बेकहल हो गया था, उनके हाथ से निकल रहा था।... भला माँ कैसे आसानी से अनुमति दे दे। पिता जी ने तो माँ पर छोड़ दिया था। और माँ थीं कि फैल गई थीं बुरी तरह से उसके अरमानों पर। उसके सपनों पर पसरती जा रही थीं। अपनी माँ को हठयोगिनी में बदलते देखकर

बेटे की ज़िद भी विराट रूप लेती जा रही थी। माँ-बेटे के बीच हार-जीत की मानो कोई प्रतियोगिता चल रही थी।

बेटे की लिव-इन पार्टनर नन्दिता और पिता दयाल बाबू। बेटे यानी रघुनन्दन को हर हाल में नन्दिता से विवाह करना था। दो साल तक छुप-छुप के लिव-इन में रहने के बाद दोनों ने विवाह का फ़ैसला लिया था। वे दोनों एक-दूसरे को अच्छे से समझ गए थे कि वे एक-दूसरे के लिए उपयुक्त हैं। उधर माँ सैकड़ों लड़कियों की तसवीरें छाँटने में लगी थीं। पुराने ख़यालों में लस्त-पस्त कि बेटे की शादी अपनी पसन्द की लड़की से करेंगी। छुट्टियों में बेटा आता तो लड़कियों की तसवीरों की झोली उझल देतीं। रघु आँख-भर भी नहीं देखता। वे तसवीरें छोड़कर चल देतीं कि उनके सामने बेटा कहीं लजा न जाए। शायद अकेले में देखकर किसी को पसन्द कर ले। ये सब अनुमान थे और अनुमान हमारी इच्छाओं से उपजते हैं। इसीलिए हताशा हाथ लगती है। इच्छाएँ घुटकर दम तोड़ देती हैं।

माँ के साथ दो साल से यही हो रहा था। और एक दिन जब बेटे ने विस्फोट किया तो वे पहाड़ से गिरीं। धड़ाम...।

एक विजातीय, पिछड़े समाज की पढ़ी-लिखी लड़की को अपनी बहू कैसे बना लें। जितना विरोध करना था, किया। रोना–धोना, हंगामा, घर छोड़ना, खाना छोड़ना...जितने हथकंडे थे, सब अपनाए। उनकी मरने की भी इच्छा होती थी। वे जंग हार गई थीं। एक उपनिवेश उनके हाथों से जाने कब खिसककर स्वाधीन हो चुका था। वे एक पराजित सम्राज्ञी की तरह बौखला उठी थीं।

पहली बार बहू को विवाह के समय ही देखा, वो भी दिल्ली में। गाँव में शादी होने ही नहीं दी। कितनी ज़िद्दी माँ जी...नन्दिता उन्हें हैरत से देखती थी। सख़्त आँखें, गोरा चेहरा, छरहरी काया, सिर पर हमेशा आँचल। बालों में सफ़ेदी आने नहीं देती थीं। ख़ुद ही बाल रँग लेती थीं। उनके बाथरूम में फ़ेसवाश से लेकर बेहतरीन कंडीशनर तक मौजूद रहता था। अपने समय की फ़ैशनेबल स्त्री रही होंगी जो गाँव के माहौल में देहाती रंग-ढंग में रँग गई थीं। लेकिन पसन्द नहीं बदली थी। क़लफ़ लगी सूती साड़ी और बाहर जाते

समय सिल्क की साड़ी में दिव्य लगती थीं माँ जी। नन्दिता को वे पसन्द आई थीं, लेकिन नन्दिता उन्हें पसन्द नहीं आई। नन्दिता साँवली थी, हाइट कम थी। सुन्दर नहीं, स्मार्ट लगती थी। रघु अपनी माँ की तरह था...नन्दिता से सुन्दर। माँ जी की कल्पना में अत्यन्त गोरी, गृहकार्य में दक्ष, मृदुभाषी, सुशील कन्या समाई हुई थी जो बेटे से ज़्यादा उनके पीछे-पीछे घूमे। जिसे वे जितने महीने चाहे अपने पास गाँव में रख सकें और पट्टीदारी में रोब मार सकें कि मेरी शहरी बहू गाँव में मेरे पास रहती है। रघु के सामने वे पहले इस तरह अपने अरमान उजागर किया करती थीं। वो सुनकर मुस्करा पड़ता था।

कभी-कभी कहता, "तुम बहुत भोली हो माँ, आज की लड़कियाँ नौकरी करती हैं, कहाँ रह पाएँगी गाँव में, वो भी इतना लम्बा समय। तुम ही क्यों नहीं हमारे पास रहने आ जातीं...हम सब साथ रहेंगे।"

तब दयाल बाबू ने हस्तक्षेप किया, "हम लोगों का समाज वहाँ है न बेटा, हम कैसे यहाँ एडजस्ट कर पाएँगे। फिर खेतीबाड़ी भी है। तुम तो रहोगे नहीं, सब लूट खाएँगे। हम लोग गाँव में ही ठीक हैं। आते-जाते रहेंगे...।"

माँ चुप रहीं। जाने उनके मन में क्या चल रहा होगा। कई बार नहीं खुलतीं स्त्रियाँ...उनके मन की थाह लेना असम्भव। उनकी चाहतें, उनके शब्दों में कम, उनकी दैहिक भाषा में ज़्यादा प्रकट होती हैं। बेटे की लिव-इन अवधि में जब दिल्ली आतीं तो पूरे फ्लैट पर रोब जमाते हुए कहतीं, "हम रहें या ना रहें, हमारा एगो रूम ज़रूर होना चाहिए, कह देते हैं...जहाँ हम अपना सामान रख रहे हैं न, उंहे मिलना चाहिए, बूझे..."

फिर वे एक रूम में अलमारी क़ब्ज़ा लेतीं। अपने हिसाब से उसे सजाने लगतीं। जितने दिन रहतीं, नन्दिता अपनी किसी दोस्त के घर शरण ले लेती। इधर माँ गाँव वापस जातीं, उधर नन्दिता घर लौटती। वो पूरा घर बदल देती। ये लुका-छिपी चलती रही दो साल। माँ आतीं तो अपना सामान वहीं ढूँढ़तीं, सामान उसी जगह पर न देखकर खिसियाई हुई बड़बड़ातीं।

दोनों के विवाह के बाद माँ-पिताजी गाँव लौटने को हुए तो रघु और नन्दिता ने बहुत रोका। वे न रुके। नन्दिता ने अकेले में माँ जी से बेमन से

बात की, "माँ जी...आप हमारे साथ क्यों नहीं रहतीं...आख़िर एक दिन हमारे साथ ही रहना है। हमें ही आपकी देखभाल करनी है। पिता जी को भी हेल्थ की प्रॉब्लम है। यहीं रह जाइए।"

एक अच्छी बहू बनने की यह पहली सीढ़ी थी जिस पर नन्दिता मन मारकर खड़ी हो गई थी। बस वो अपनी जाति नहीं बदल सकती थी। भीतर से उसकी भी इच्छा न थी कि माँ जी साथ रहें। मन-ही-मन मना रही थी कि माँ जी इनकार कर दें। साथ रहने की मुश्किलें वो कुछ ही दिन में समझ गई थी। उन्हें थोड़ा और समझना चाहती थी कि उनके साथ रहा जा सकता है या नहीं। जैसे रघु को आज़माया और तब फ़ैसला ले सकी। उसे सबके साथ एडजस्टमेंट में दिक़्क़त होती थी। माँ जी के साथ में रहने के ख़याल से ही वह काँप गई थी। जिस तरह वे डोमिनेट करती हैं, अपने हाथों में घर की कमान रखना चाहती हैं, सब कुछ डिक्टेट करना चाहती हैं, घर के राशन से लेकर मेड तक को ख़ुद ही संचालित करना चाहती हैं...ये कुछ ही दिनों में समझ में आ गया था नन्दिता को।

माँ जी ने नन्दिता का आग्रह सुना—"यहीं रुक जाइए न।"

माँ जी सोफ़े से उठ खड़ी हुईं। नन्दिता को वह दृश्य याद आ रहा है कि किस ठसके से वो सोफ़े से उठी थीं और तनकर कहा था, "हम लोग कभी यहाँ तुम लोगों के साथ नहीं रहेंगे। हम किसी पर निर्भर नहीं रह सकते। ऐसे दिन कभी न आएँगे कि हमें यहाँ रहना पड़े।"

उनके इस जवाब से नन्दिता हैरान रह गई थी। क्या औरत हैं। जाने किस घमंड में ऐसा बोल रही हैं। कितना घमंड है।

माँ जी का चेहरा सवर्ण अहंकार से दमक रहा था।

"हम क्यों रहेंगे कहीं और...? हम लोग वैसे माँ-बाप नहीं जो बेटे के यहाँ पड़े रहें...तुम लोगों को ज़रूरत पड़े तो वहाँ आओ...हमारा संसार वहाँ है...हम इस संसार के निवासी नहीं हो पाएँगे।"

रघु अपने पिता से ज़्यादा बोल नहीं पाता था और माँ के सामने थोड़ा झेंपने लगा था। माँ के दिल पर चोट लगी थी, उसे अहसास था और माँ ये

अहसास दिलाए रखने में सन्तोष पाती थीं। घर में सबकी सत्ता होती है और सत्ता का टकराव अजीब माहौल बना देता है, आत्मीयता की नमी सोख लेता है। इन सबके बीच कुछ सूख रहा था।

शोक के माहौल में भी माँ जी उससे थोड़ी दूरी बनाकर बैठी थीं। पिताजी जा चुके थे, पूरा घर शोक में डूबा हुआ था। नन्दिता माँ जी को देखते हुए यही सोच रही थी कि शोक में गहरे डूबी यह वही स्त्री है जो कभी उसकी माँ नहीं बन पाई। वह सम्बन्धों में फाँक रखने की हिमायती थीं। सास बनने की ठसक वाली स्त्री अनचाही बहू को उसकी जगह पर रखती थी।

थोड़े व्यवधान के बाद पंडित जी ने फिर से पाठ शुरू कर दिया था। वहाँ आसपास काफ़ी परिचित-रिश्तेदार जमा हो गए थे। पिछले पाँच दिन से यही सब चल रहा था। रोज़ पंडित जी नियत समय पर आते, चौकी पर जम जाते, पूजा की सामग्री लेकर अपने केसरिया झोले से एक मोटी-सी पुस्तक निकालते और उसका पाठ शुरू कर देते। माइक उनके मुँह के सामने था, बड़े-बड़े दो स्पीकर लगे थे जिनसे पंडित जी का पाठ गूँजता था।

नन्दिता ने पहले तो कुछ नहीं पूछा...बस रोज़ वहाँ आकर बैठ जाती और अपने ख़यालों में खो जाती। ध्यान ही नहीं देती कि पंडित जी क्या पाठ कर रहे हैं। आज भी यही हाल था...कुछ-कुछ बातें उसके कानों से टकरा रही थीं। क्योंकि पंडित जी संस्कृत श्लोक पढ़ते फिर उसका हिन्दी अनुवाद करके बताते।

नन्दिता ने उस वक़्त ठीक से सुना कि पंडित जी जो पाठ कर रहे हैं वो तेरह दिन तक, यानी तेरहवीं तक चलेगा। रोज एक घंटा पाठ करेंगे, जिसे सुनना उस परिवार की विधवा स्त्री से लेकर सबके लिए अनिवार्य है। नन्दिता को रोज़ इस तरह बैठकर पाठ सुनना अपने लिए उबाऊ और यातनादायी लगा। अपने घर में वह कभी सामान्य पाठ में भी नहीं बैठ सकी थी।

और माँ जी...जिनके आँसू अभी सूखे नहीं थे, जिन्हें हर सान्त्वना देनेवाला रुला देता था, सूनी कलाई, सूनी माँग, बिन्दी रहित ललाट लिये, हल्के रंग की सादी साड़ी पहने रोज़ वहाँ आकर बैठ जाती थीं। चेहरे से

सारा अहंकार, दर्प और ठसक ग़ायब थी। रघु उनका चेहरा देखकर कई बार बिलख उठता था। नन्दिता उसे सँभालती, दिलासा देती।

रघु पिता की मृत्यु की ख़बर सुनते ही नन्दिता का हाथ पकड़कर एक वाक्य बोल पाया था, "मेरी माँ विस्थापित हो गईं...उसे सहारा देना नन्दा। मैं माँ नहीं बदल सकता...जैसी भी हैं...हमें ही देखना है उन्हें। उन्हें अब अकेले गाँव में नहीं छोड़ सकते...।"

नन्दिता ने सहमति में सिर हिला दिया था। उस वक़्त कुछ कहने की स्थिति में नहीं थी। उसे रघु को सँभालना था और फिर एक ऐसी स्त्री को जो उसे कट्टर दुश्मन मानती है, जिसकी ज़ुबान बहुत तीक्ष्ण है, जो उसके रूप, रंग से लेकर जाति तक पर तीखी टिप्पणी कर देती है। नन्दिता ने एकाध बार सुना और टाल दिया। लेकिन उसके भीतर की सचेतन और उग्र स्त्री कैसे चुप रहती। ख़ुद स्त्रियों को बोलना सिखाती है, इंटरनेशनल एन. जी. ओ. में बड़े पद पर काम करती है। वह भला अपने ही घर में कैसे मात खा जाए। उसने माँ जी को ठाँय-ठाँय जवाब देना शुरू कर दिया था। दोनों दो पड़ोसी बैरी मुल्कों की तरह एक-दूसरे के साथ व्यवहार करने लगे थे। दूरियाँ स्थान की कम दिलों की ज़्यादा हो गई थीं। दिलों की दूरियाँ तो एक अंगुल का फ़ासला भी मीलों में बदल देती हैं जिसे पाटने में सदियाँ गुज़र जाती हैं।

नन्दिता ने शोक की उस घड़ी में रघु से वादा किया कि सब सँभाल लेगी। एक स्त्री का विस्थापन तो वह नहीं रोक पाएगी, उन्हें शहर आना ही होगा। ये तय है कि दोनों एक-दूसरे के साथ एडजस्ट नहीं हो पाएँगी।

लेकिन भीतर से बुरी तरह डरी हुई, वह आगे के जीवन का अन्दाज़ा लगा सकती थी। जीवन वही नहीं रह जाएगा, जैसा अभी चल रहा है। बहुत कुछ बदल जाएगा। उनकी रोक-टोक, तीखी टिप्पणियाँ...सिन्दूर क्यों नहीं लगाती? बिंदी क्यों नहीं, चूड़ी क्यों नहीं...ये ड्रेस क्यों...? शराब भी पीती है...? छी-छी...। और ये सब सुनकर उसका पूरा अस्तित्व सुलग उठता है। बिना जवाब दिये वह रह नहीं सकती, चाहे सामने कोई हो। झगड़े बढ़ेंगे... कलह होगा और अब शायद रघु से उसके सम्बन्ध भी खराब हो जाएँ। पुराण

का पाठ सुनते हुए उसके मन में अंधड़ उठ रहा है। भीतर के आवेग से वह हिल उठती है।

माँ जी वैसे ही मूर्ति बनकर पाठ सुन रही हैं। नन्दिता ने ध्यान बँटाने की कोशिश में पाठ सुनना शुरू किया। पता नहीं कौन-सा अध्याय चल रहा था। एक दिन पहले का कुछ-कुछ पाठ याद आया जिसमें पंडित जी हाथ में कोई पुराण लिये झूम-झूमकर पढ़ रहे थे—

"एवं वाचस्तदा श्रृण्वन बंधूनां रुदितं तथा..." श्लोक का लम्बा पैरा था।

पुराण के अनुसार मृत्यु के बाद का सफ़र कैसा होगा...ये बता रहे थे। श्लोक का अर्थ सुनाया—

"यमदूतों की वाणी और बन्धु-बान्धवों का रुदन सुनता हुआ जीव ज़ोर से हाहाकार करता हुआ विलाप करता है, वह काँपने लगता है, रास्ते में उसे कुत्ते काटते हैं, और अपने पापों का स्मरण करता हुआ वह पीड़ित जीव यममार्ग से चलता है, यमदूत कोड़े से पीटते हैं, हर जगह गिरता-पड़ता, मूर्च्छित होता हुआ यमलोक में लाया जाता है..."

ओह! तो रघु ने इसी प्रसंग को सुनकर पंडित जी को हड़काया था। ये सुनने में कितना दारुण है। एक परिवार जिसके घर का सबसे प्रिय चला गया हो, एक स्त्री अकेली हो गई हो अपने शोक में डूबी हुई बैठी हो, उसके सामने ये क्या पाठ हो रहा है।

पाठ सुनने आए लोग बड़े भक्तिभाव से सुन रहे थे। उनके चेहरे पर कोई शिकन तक नहीं। लगातार हाथ जोड़े बैठे लोग मुग्ध थे। नन्दिता ने आज पूरा ध्यान दिया कि इस नामालूम-सी किताब जिसे पंडित ने गरुड़-पुराण बताया था, उसमें क्या लिखा है। इस पुराण के बारे में कुछ पता नहीं था। वैसे भी वो पुराणों को सन्दिग्ध मानती थी।

पिछले पाँच दिन से लगातार बारिश की बौछारें झेलते, शोकाकुल माहौल को देखते हुए मन हो रहा था कि रघु को कहे कि ये फालतू का पाठ बन्द कराओ। ये सब बकवास बातें सुना रहा है। मृत्यु के बाद के सफ़र को कौन जान पाया है। कोई क्यों जानना चाहेगा। लोग सुनते क्यों हैं। ये पाठ

तो भय पैदा करता है और लोग भय रस में भक्ति रस का आनन्द ले रहे हैं।

सामने अविचल माँ जी बैठी हैं, उनके चेहरे से ऐसा लग रहा है जैसे वे ज़रूरी कर्तव्य पूरा कर रही हों।

पंडित जी ने शुरू किया—

गरुड़ जी बोले, "हे विभो। अब आप पुण्यात्मा पुरुषों के शरीर के दाह-संस्कार का विधान बतलाइए, और यदि पत्नी सती हो तो उसकी महिमा का भी वर्णन कीजिए..."

नन्दिता इतना सुनते ही कुर्सी से उठ खड़ी हुई। कुछ बोलना चाहती थी, रघु ने दूर से उसे देखा और समझ गया।

उसने आँखों-ही-आँखों में इशारा किया। नन्दिता बौखला रही थी। उसके लिए शान्त रहना मुश्किल था।

"पंडित जी...कुछ प्रसंग लम्बा मत खींचिए...ये वाला रहने दीजिए... दूसरा अध्याय पढ़िए...और जल्दी निपटाइए..."

पंडित जी थोड़े रुष्ट हुए। ये बेटा कैसी बातें कर रहा है। घोर पाप। हर बात में टोकता है। पंडित के चेहरे के बदलते भाव देखकर माँ जी रघु और नन्दिता दोनों पर ख़फ़ा हो गई थीं।

उन्होंने रघु को पास बुलाकर स्पष्ट कर दिया—"पाठ को बीच में मत रोको। जो चलता है, चलने दो। पिता जी की आत्मा को कष्ट होगा। जिसको नहीं सुनना है, वो यहाँ से चला जाए।"

पिछले पाँच दिनों से जो स्त्री अपने मौन में, अपने विलाप में जी रही थी, उसने कड़ा संवाद बोलकर बेटे को चुप करा दिया। नन्दिता अपना-सा मुँह लेकर रह गई। उसे लग गया, यहाँ के माहौल में वह निपट अकेली है। कोई उसका साथ नहीं देगा। रघु भी नहीं। तेरह दिन तक जो तमाशे होंगे, उसमें नन्दिता के सामने मूकदर्शक बनकर रहने के सिवा कोई चारा न था। रघु और माँ जी की बातें सुनकर वह वहाँ अचानक मेहमान बन गई थी जिसे रघु उसका घर कहता था, जहाँ सारे विधि-विधान वह उनके बताए तरीक़े से कर रही थी।

पाठ में व्यवधान से बौखलाए पंडित जी ने पुराण पलटकर सामने रख दिया और माइक पर जोर-ज़ोर से बोलने लगे—

"गरुड़ पुराण का पाठ सुनने से ही मृतक आत्मा को शान्ति प्राप्त होती है और उसे मुक्ति का मार्ग पता चल जाता है। वह अपने सारे सन्ताप को भूलकर प्रभु मार्ग पर चलकर सद्‌गति प्राप्त कर या तो पितृलोक में चला जाता है या पुन: मनुष्य योनि में जन्म ले लेता है। उसे प्रेत बनकर भटकना नहीं पड़ता है...

"आप लोग समझते नहीं हैं, पाठ में व्यवधान डाल रहे हैं। हमें आज्ञा मत दीजिए कि जल्दी से निपटा दें...ये तो विधिपूर्वक ही होगा और एक-एक अध्याय पढ़ना होगा...जब कराएँ हैं तो ध्यानपूर्वक सुनिए आप लोग..."

माइक पर पंडित जी की दबंग आवाज़ गूँज रही थी। उनके बग़ल में बैठा एक सह-पंडित निर्लज्ज ढंग से हँस रहा था।

रघु और माँ जी के लिए ये पाठ सुनना अनिवार्य था लेकिन घर का अकेला सदस्य होने की वजह से तेरहवीं के इन्तज़ाम का सारा भार उसके ऊपर आ पड़ा था। वह बीच-बीच में उठकर किसी काम से चला जाता था। नन्दिता के लिए वहाँ बैठना असह्य हो गया था।

रघु ने माइक पर पंडित जी की दहाड़ सुन ली थी इसलिए अपनी धोती सँभालता हुआ भागा आया। वह किसी तरह का व्यवधान नहीं चाहता था। गाँव का मामला था, सारे लोग आरोप लगा सकते थे कि इकलौते बेटे ने बाप के मरने पर कुछ नहीं किया। उनकी आत्मा तड़प रही होगी। नालायक बेटा निकला कि बाप की मर्ज़ी के विरुद्ध पिछड़ी जाति की लड़की से विवाह भी कर लिया। रघु अब ज़्यादा तकलीफ़ नहीं देना चाहता था, अपनी माँ को। जितनी उसकी हैसियत थी, जितना वो कर सकता था, करने में लगा हुआ था। नन्दिता उसे हताशा के क्षणों में दूर से संकेत करके जताती थी कि तुम अपना बेस्ट दे रहे हो। जिस बेटे-बहू को कर्मकांडों से कोई मतलब नहीं, वे दोनों सारे कर्मकांड निभाए जा रहे हैं। यहाँ सामाजिक दबाब कम, माँ की इच्छा का आदर ज़्यादा था। रघु की नज़र में माँ हमेशा के लिए एक विस्थापित नागरिक में बदल चुकी थीं जिन्हें आगे जीने के लिए उसका सहारा चाहिए

था। वे अकेली नहीं रह सकतीं न वो उन्हें अकेला छोड़ सकता है। माँ को आसरा चाहिए था। फ़िलहाल उनकी इच्छानुसार सारे काम किये जा रहा था। रघु जानता था, शोक में डूबने के बावजूद वे इस बात के लिए सतर्क हैं कि रघु कहीं कोई कमी न छोड़ दे। वे ये सब चाहती हैं...सारे तामझाम चाहती हैं। पिता जी के क्रिया-कर्म में कोई कमी न रहे। रघु उनका चेहरा देखता, उनसे पूछता और फिर उस काम को अंजाम देता चला जाता। यहाँ पर उसने नन्दिता की बात सुनना और मानना दोनों बन्द कर दिया था।

पंडित जी की दहाड़ सुनकर रघु तेज़ी से आया और उसने सबसे हाथ जोड़कर निर्विघ्न पाठ सम्पन्न कराने की विनती की। वहीं माँ जी के पास बैठ गया। धोती सँभालने में उसे बहुत उलझन हो रही थी लेकिन कोई उपाय न था। वो ख़ुद को इस रूप में पहचान ही न पाता, अगर आईना देखता। जो इन दिनों देखना बन्द कर चुका था।

नन्दिता ने देखा, उस वक़्त माँ जी के चेहरे से शोक ग़ायब हो गया था और वे थोड़ा सीधा होकर बैठ गई थीं। जब उनके मन का कोई काम होता है तब वो ऐसे ही सीधी तन जाती हैं। मानो जीत का अहसास हो रहा हो। बेटा उनके मन के मुताबिक सब काम कर रहा था। बीच-बीच में बेटा उनका हाथ पकड़ लेता था। वे अपना सिर बेटे के कन्धे पर टिका देतीं।

नन्दिता उन्हें देखती हुई सोचती कि एक स्त्री माँ के रूप में बेटे पर भी अपना वर्चस्व चाहती है। उसे बँटते हुए देखकर इतनी तकलीफ़ से भर उठती है कि बहू जैसी साझीदार को अपना दुश्मन मान बैठती है।

अभी माँ जी को उस तरह देख नन्दिता को बहुत सहानुभूति न उमड़ी। उसे आगे के तनाव भरे दिन दिखाई देने लगे थे। अभी तमाशा बाक़ी था...क्या पति की मृत्यु इस स्त्री को बदल देगी या यह और आक्रामक हो जाएगी। क्या इनके ताने बन्द हो जाएँगे या कलह और बढ़ जाएगा। जातीय कटाक्ष करना बन्द करेंगी या प्रहार जारी रहेगा। ऐसे हालात में नन्दिता अपने भीतर किसी भली स्त्री को नहीं पाती थी। वह अनुदारों के प्रति बहुत उदार नहीं हो सकती थी। उसे माँ-बेटे को देखते हुए वो दिन याद आ गए जब पहली बार ससुराल

आई थी तब एक ऊँचे पलंग पर सोने को कहा था। जिस पर उचककर चढ़ना पड़ता था। किसी खुदाई में निकला पलंग मालूम पड़ता था। उसका रंग गटगैला हो चुका था, चारों पाये कमज़ोर हो चुके थे। ज़्यादा हिलने पर चरमर की आवाज़ आती थी। उसे डर लगता था कि उसके वज़न से दबकर टूट न जाए। कमरा भी छोटा-सा था। आवाज़ें बाहर-अन्दर सुनाई पड़ती थीं।

नन्दिता ने उस पर लेटते हुए रघु को कहा था, "बाबा आदम के ज़माने का पलंग हमारे लिए रखा था क्या। हमारे लिए कोई ढंग का बिस्तर नहीं..."

रघु ने मुँह पर उँगली रखकर चुप करा दिया।

"जानेमन...हम इस पलंग पर करवट भी नहीं बदल सकते...बदलकर देखो..."

रघु फुसफुसा रहा था।

नन्दिता ने करवट बदली और आवाज़ भी आई, "चररररर।"

"ज़्यादा बात मत करो...धीरे बोलो...हर ही बरामदे में माँ ने अपना बेड लगाया है..."

"क्या...लेकिन क्यों?"

"अरे पता नहीं...कमरे में वे नहीं सोतीं...उनका दम घुटता है...साँस की समस्या है न...फ्रेश हवा चाहिए। पिताजी तो बाहर सोते हैं...दालान में... माँ यहाँ...कमरे यूँ ही खाली पड़े रहते हैं..."

नन्दिता का सारा रोमांस हवा हो गया। कमरे में पंखा गरम हवा फेंक रहा था। बाहर की उमस अन्दर भर गई थी। रघु की बात से अचानक एक साथ पृथ्वी और उसकी देह का तापमान गिरा। बाहर बारिश होने लगी थी। अन्दर के मेघ भी बाहर जाकर बरस गए थे। रघु ने उसे तरसती निगाहों से देखा जैसे कोई बँधे पाँववाला क़ैदी पानी को देखता है। एक खस्ताहाल पलंग भी अरमानों पर पानी फेर सकता है। नन्दिता ने फ़र्श की ओर संकेत किया।

रघु ने कान के पास आकर उसे कहा, "डोंट इवेन डेयर। माँ के कान बड़े तेज़ हैं, सब सुन लेंगी, समझ जाएँगी..."

रघु धीमे-धीमे हँस रहा था। नन्दिता को ये हँसी बहुत मोहक लगी थी।

पूरी तरह समा जानेवाली हँसी। दोनों चुपचाप एक-दूसरे से लिपटकर सोए... एक नहीं पूरे एक सप्ताह की रातें ऐसे ही गुज़रीं...रघु उसे छेड़ता कि हमारा उपवास चल रहा है। नन्दिता कहती, "मैं तो सात्विक विचारों से भर गई हूँ... चलो वनवास की ओर।"

नन्दिता ने नोटिस किया था कि ऐसा कमरा देकर कहीं-न-कहीं माँ जी को सैडिस्टिक प्लेजर मिला होगा। भला कोई माँ ऐसा कैसे कर सकती है कि नवविवाहित के कमरे के बाहर बेड लगाकर सो जाए। कहीं-न-कहीं उनमें उन्हें तकलीफ़ पहुँचाने की, दूरी बढ़ाने की, उनकी बातें सुनने की प्रवृत्ति काम कर रही होगी। वे नन्दिता की बातें सुनना चाहती होंगी कि कहीं सास की बुराई तो बेटे से नहीं कर रही...। दिन-भर जो वे बहू को ताने मारती रहती हैं, और पलंग के बारे में सुनाती हैं, "तुम्हारे पिता ने दिया होता तो नये पलंग पर सोतीं न। हम अब नया क्या ख़रीदेंगे...कौन सोएगा...ये तो हमारे मायके से आया था, तब यही पलंग फ़ैशन में था..."

अच्छा...तो फ़र्नीचर का फ़ैशन भी समझ में आता है। तब तो ये भी समझ में आता होगा कि रात को उनके प्राचीन कालीन पलंग पर दो जिस्म एक-दूसरे के साथ प्राचीन क्रिया करने के लिए तरसते होंगे। ये क्या समझेंगी जिस्मों की बातें...ख़ुद तो अलग-अलग सोते हैं...। वह झुंझलाकर पूछती—

"एक बात बताओ रघु...तुम्हारे माता-पिता की कोई ज़्यादा उम्र तो नहीं...इतनी जल्दी दोनों अलग कैसे सोने लगे। क्या इनके भीतर यौन इच्छाएँ मर गई होंगी...क्या हमारा भी यही हाल होगा...?"

रघु उसे बाँहों में समेटता, "यार, माँ-बाप के बारे में कौन ऐसी बातें करता है, क्या तुम भी। मैं तुमसे कभी अलग नहीं सो सकता...लड़ाई के बावजूद...नींद में हमारी साँसें टकराती रहें...समझीं।"

नन्दिता ने माँ जी के मुख पर उस हफ्ते विजेता का ही भाव देखा था। बहुत सन्तुष्ट दिखाई देती थीं। नन्दिता ने वापसी के दिन गिने थे...। तय किया था कि अब यहाँ नहीं आएगी। रघु अपने परिवार को देखे, आए-जाए...उसे कोई वास्ता नहीं रखना है। उसे घरेलू सत्ता की किसी लड़ाई में नहीं फँसना था।

चलते समय पिताजी ने कटाक्ष किया था, "नन्दिता, दिल्ली आऊँगा तो तुम्हारे हाथ का खाना मिलेगा न...?"

कटकर रह गई नन्दिता।

जाने पिता जी को क्या समझाया गया था। कैसे बताए कि न माँ जी ने कहा न उसने ख़ुद रुचि दिखाई। उसे ऐसे किसी पारम्परिक काम में दिलचस्पी ही नहीं थी। मन हुआ दन्न से बोल पड़े, "रघु बहुत अच्छा फिश बनाता है, खिलाएगा।" चुप लगा गई। 'बिहारी ससुराल में कैसे व्यवहार करें' का पूरा पाठ रघु ने उसे पढ़ा दिया था। अपने वैचारिक भाषणों के लिए विख्यात नन्दिता ने उनके सामने चुप रहना, कम जवाब देना अपनी आदत बना ली थी।

यहाँ भी गरुड़ पुराण का पाठ सुनकर भीतर से उबल रही थी। लेकिन वही चुप। बोलने के ख़तरे उठाने का मन नहीं था। रघु से भयंकर झगड़ा हो सकता था और फिर नहीं जानती कि ख़ुद कैसे रिएक्ट करेगी। एक समय के बाद वह किसी के नियंत्रण में नहीं रहती है। उसने रघु को पहले ही बता दिया था कि अलौकिक प्रथाओं में उसे विश्वास नहीं है जो रूढ़ियों के नाम पर हमारे जीवन में, दिमाग़ में कूड़ा-कबाड़ भर दें।

पंडित पिछले पाँच दिनों से यही कोशिश कर रहा था और वह सुनने के लिए अभिशप्त थी। नन्दिता का मन वहाँ से उचट गया अचानक, उसे लगा उसे पाठ सुनना बन्द कर देना चाहिए। इसमें सिर्फ़ बकवास है और कुछ नहीं।

"कनिया...ऐ कनिया...पाठ ख़त्म होगा तब खाना बनाइएगा रघु बउआ के लिए...देर न हो जाएगी...?"

एक बुज़ुर्ग महिला नन्दिता के कान में फुसफुसाकर पूछ रही थी। अब पंडित से डाँट सुनने के डर से सीधे नन्दिता के पास ही पहुँच गई थी और नन्दिता अपने अतीत में गोते लगा रही थी।

नन्दिता को रघु के लिए अलग भोजन भी पकाना था। देर हो रही थी। उसने रघु को इशारा किया और चली गई।

रघु को सादा भोजन ज़मीन पर बैठाकर खिलाते समय दो मिनट का समय मिला नन्दिता को। उसे भोजन देकर वहाँ से हट जाने का निर्देश था।

माँ जी कई बार वहाँ आ जातीं। रघु को देखने कि उसका खाना ठीक से बना है या नहीं। वह ठीक से खा रहा है या नहीं।

तब तक माँ जी रघु तक पहुँची नहीं थीं। नन्दिता ने रघु पर ग़ुस्सा निकाल लिया—

"क्या ज़रूरत थी इस तरह के पाठ कराने की...क्या बकवास लिखा है। मृत्यु के बाद क्या होता है, इससे क्या लेना-देना हमें...चुपचाप तेरहवीं करो, यहाँ से चलो...मेरा दम घुट रहा है, दुख से और यहाँ के कर्मकांडों से। मैं मरूँ तो ये सब कुछ मत करना, एक भी पंडित को खाना मत खिलाना। गरीबो को भोज दे देना।"

"और मैं मरूँगा तब क्या करोगी...?" रघु ने हाथ में कौर उठाए सवाल दाग दिया। फिर कौर मुँह में डालकर खाने लगा। स्वादहीन, बिना हल्दी, तेल का भोजन। किसी तरह निगल गया।

"इस बारे में सोचा नहीं...बाद में इस पर रणनीति बनाएँगे...'आफ़्टर डेथ स्ट्रेटजी'...अब इस पर कोई बात नहीं...ओ. के. ..."

"मैं जा रही हूँ..." नन्दिता ने माहौल को थोड़ा हल्का किया।

"और हाँ, अपने सवाल से मेरी बात को टालना ठीक नहीं था। हम कब तक लकीर के फ़कीर बने रहेंगे। हम आत्म-निरीक्षण की ज़रूरत क्यों नहीं समझते। सोचना इस पर...।"

रघु को खाते हुए छोड़कर निकल गई। नन्दिता, रघु के सवाल से बचकर निकलना चाहती थी। शायद मुत्यु सबसे बड़ा आश्चर्य है, यक्ष के सवाल आज भी विचलित करते हैं। लेकिन हम उस पर बात नहीं करते। रघु ने यक्ष प्रश्न ही पूछा था। जवाब देते नहीं बना। इतनी जल्दी मरने के बारे में, मृत्यु के बाद के बारे में कौन सोचता है भला।

अगले दिन सुबह बारिश रुकी हुई थी। धूप निकलने के आसार दिखाई दे रहे थे। रघु के घर तक जो सड़क आती थी, वो थोड़ी कच्ची थी। उसमें पानी भर गया था। सुबह ही उठकर रघु ने कुछ जन-मजूर बुलाकर रास्ते पर ईंटें

रखवा दीं ताकि आने-जानेवालों को दिक़्क़त न हो। पानी और कीचड़ में पैर नहीं रखना पड़ेगा। वे सूखी ईंटों पर पैर रखकर आ-जा सकते थे। दूर से पंडित जी अपने चेले समेत झगकते हुए, चन्दन इत्र से गमकते हुए चले आ रहे थे, घुटने तक धोती उठाए। उनके चेहरे पर भाव बहुत कोमल नहीं थे। कुछ सशंकित से थे। जैसे किसी बलवे की आशंका से चेहरा तन जाता है। रघु ने ज़्यादा पूछताछ नहीं की।

रघु की कलाई घड़ी में दस बज रहे थे।

पंडित जी चौकी पर आकर जम गए। पूरे तामझाम के साथ। हर रोज़ लोग आते। बारिश कम हो तो संख्या बढ़ जाती थी।

नन्दिता को पाठ सुनने का मन नहीं था। उसका मूड भाँपते हुए रघु चलते-चलते धीरे से गिड़गिड़ाया, "माँ को बुरा लगेगा, अगर तुम नहीं बैठीं तो। थोड़ी देर...प्लीज़...लोग भी नोटिस करते हैं कि इनकी शहरी बहू केबड़े नखरे हैं..."

नन्दिता का जवाब सुनने के लिए वो नहीं रुका। जाने तब कैसा मूड रहा होगा। तंज जैसा ही लगा उसे।

मन मारकर वहाँ बैठ गई। मोबाइल हाथ में लेकर समय काटेगी। न कुछ सुनेगी न कोफ़्त होगी।

इधर पंडित जी दसवें अध्याय की तरफ़ बढ़ चले थे—

"पति की मृत्यु होने पर जब तक स्त्री उसके शरीर के साथ अपने शरीर को नहीं जला लेती, तब तक वह किसी प्रकार भी स्त्री शरीर से मुक्त नहीं होती..."

"पति के मरने के बाद जो स्त्री अग्नि में आरोहण करती है, वह महर्षि वशिष्ठ की पत्नी अरुन्धती के समान होकर स्वर्गलोक में सम्मानित होती है।"

"जो सती अपने भर्ता का अनुगमन करती है, वह अपने मातृकुल, पितृकुल, पतिकुल इन तीनों कुलों को पवित्र कर देती है..."

"एक महिला जो अपने पति के प्रति पवित्र और वफ़ादार रही है, उसे अन्तिम संस्कार शुरू होने से पहले अपने (मृतक) पति को प्रणाम करके चिता पर चढ़ना चाहिए।"

इतना सुनते ही नन्दिता का माथा गर्म हो गया। रघु को उसने विचलित होते देखा...माँ जी हौले से काँप उठी थीं।

नन्दिता ने कुपित होकर माँ जी की तरफ़ देखा। उसकी आँखों से चिनगारियाँ फूट रही थीं...उसकी आँखें माँ जी से पूछ रही थीं, "और बताइए माता जी, क्या कहना है आपका? आपको सती होना चाहिए?" उसने रघु की तरफ़ आग्नेय नेत्रों से देखा जिसमें चिनगारियों की तरह सवाल छिटककर निकल रहे थे, "क्यों श्रवण कुमार, माता जी को सती होना चाहिए?"

आख़िर सवाल बम की तरह फट ही पड़े, "पंडित जी से पूछो, क्या माता जी को ये भी करना पड़ेगा। पूछो न...माता जी को ये अनुष्ठान पूरा करवाना है या नहीं। बीच में रोकना अशुभ होगा न..."

माँ जी कलप उठीं, "कर दो, मेरा जो हाल करना है कर दो...जला दो हमको जीवित...यही लिखा है तो यही कर दो...उसी दिन काहे नहीं कर दिये...काहे जीवित छोड़े..."

विलाप करती हुई उठीं और धड़ाम से नीचे गिर पड़ीं। रघु उन्हें उठाने के लिए दौड़ा। और भी कुछ लोग दौड़े, शोर-सा उठ गया। पाठ थम गया था। सब अवाक् हो उठे थे।

नन्दिता ने अपने सिर से दुपट्टा हटाया, जो लोक लिहाज में हल्का-सा सिर पर रख लेती थी।

अपनी तोप का मुँह पंडितों की तरफ़ घुमाकर बम गोले छोड़ दिये—

"किस सदी के पंडित हो तुम...बस करो, एनफ़। रघु प्लीज़, स्टॉप दिस बुलशिट।"

"मैं बहिष्कार करती हूँ इस पूजा-पाठ का, एक विधवा स्त्री के सामने सती प्रथा का महिमा-मंडन कर रहे हैं आप, उन्हें उकसा रहे हैं...फाड़कर फेंक क्यों नहीं देते ऐसी किताब को..."

वहाँ और सन्नाटा छा गया।

पंडित जी का पाठ रुक गया। सारे लोग अवाक् नन्दिता को वहाँ से उठकर, कुर्सी पटककर जाते देखते रहे। बैठे हुए लोगों में फुसफुसाहट शुरू

हो गई। कुछ लोग उठने लगे थे। रघु ने माँ को सँभाल लिया था। बेहद तनाव और सदमे में होने के बावजूद वह इस आपातकालीन स्थिति को सँभालना जानता था। माँ जी को धराशायी होते देख पंडित जी का सारा ठसका ग़ायब। अपना सामान समेटने लगे थे और उनका शिष्य वहाँ पर रखे चढ़ावे को झोले में डालने लगा था।

शामियाने में बात फैल गई थी कि रघु की पत्नी ने गरुड़ पुराण पाठ का विरोध किया था। ससुर की आत्मा का भी ख़याल नहीं रखा। अभी तो उसी घर में होगी आत्मा...क्या बीत रही होगी...। कोई कह रहा था, "कितनी बेलिहाजी है बहू। सास के सामने चिल्ला पड़ी थी। धर्म-कर्म में ऐसे कोई औरत बोले तो अच्छा नहीं लगता न।"

सारे रिश्तेदार खाने-पीने, गपशप जैसे बाक़ी कामों में मशगूल थे। बेहद तनावग्रस्त अवस्था में नन्दिता अपने कमरे में चली गई थी। बाहर ही नहीं निकली थी।

थोड़ी देर सन्नाटे के बाद बाहर से औरतों की सम्मिलित आवाज़ें आने लगी थीं। बरामदे में ग्रामीण औरतों की भीड़ ने माँ जी को घेर लिया था। वे तरह-तरह की बातें कर रही थीं।

एक स्त्री कह रही थीं, "सती वाली बात पंडित जी को एतना ज़ोर-ज़ोर से नहीं न बोलना चाहिए था। आजकल की लड़की सब भड़केगी ही न। हम लोग तो सब सुन लेते हैं...लेकिन बात तो खराब ही है न..."

एक अन्य स्त्री की चिन्तित आवाज़ आई, "दुल्हिन क्या एकदम्मे धर्म-कर्म नहीं मानती हैं? ऐसे ही लोगों को मलेच्छ कहा गया है। हिन्दू हैं हम लोग...हमारी परम्परा है न, सबसे पुराना है, कुछ सोच-समझ कर ही न बनाया गया होगा, एकदम विरोध करने लगेंगे तो सब चरमरा न जाएगा..."

जितने मुँह, उतनी बातें।

नन्दिता समझ रही थी कि सम्पूर्ण जगत् की स्त्रियाँ अपने-अपने धर्मों के आदेशों की मारी हुई हैं, उसके प्रतिबन्धों और आदेशों के बीच छटपटाती रहती हैं। ये करो, ये ना करो, ये होना चाहिए, ये ना होना चाहिए। इसके

अलावा कुछ सिखाया ही नहीं। घोंट-घोंटकर पिला दिया गया है। उसके समाज ने जिस तरह मनुस्मृति को होम किया, उसी तरह सभी वर्गों और धर्मों की स्त्रियों को सारे स्त्री-विरोधी ग्रन्थों को नष्ट कर देना चाहिए।

एक और स्त्री कह रही थी, "आप दुल्हिन को समझाइए...इतना विरोध उचित नहीं है। माना कि कुछ बात ग़लत है...तो एक कान से सुनकर दूसरे कान से निकाल देना चाहिए। हम लोग कहाँ सब बात मानते हैं। है कि नहीं..."

नन्दिता को इन स्त्रियों पर बहुत दया आई जिनके विवेक का अपहरण हो चुका था। जो ब्रेनलेस परम्परा को ढोने के लिए अभिशप्त थीं।

उनकी कटु बातें सुन-सुनकर उसके कान गर्म हो रहे थे।

तभी माँ जी की लरजती हुई आवाज़ कानों में आई। वे धीरे-धीरे बोल रही थीं। नन्दिता दरवाज़े के पास कान लगाकर सुनने की कोशिश करने लगी।

"धरम-करम अपनी जगह है, लेकिन फालतू बात काहे सुनेंगे। जमाना बदल गया है, कौन सुनेगा ये पुराण। हमको क्या पता कि लोग काहे सुनते हैं। हमको तो रघु के पिताजी बोलते रहते थे, ये करा देना, वो करा देना...तो हम पाठ रखवा दिये। हम जानबो नहीं करते थे कि भीतर में इतना डरावना लिखा है..आप लोगों को सुनकर घिन नहीं आई का...हमको तो डर लगा... दुल्हिन न रोकवाती तो हम रोकवा देते...।"

वे बीच में रुक गईं।

सारी औरतों की बोलती बन्द हो गई। कुछ देर तक कोई न बोली। थोड़ी देर बाद किसी की आवाज़ आई—"हाँ, हम तो पहिले भी सुने थे। गाँव में सब लोग कराते हैं। छोट जात में नहीं होता है, अपने लोग में तो होता ही है...एतना ध्यान पहली बार दिये हम तो..."

"हम सुने होते तो कभी न बुलाते..."

"हम लोग तो सुने थे, लेकिन इस पर ध्यान कौन देता है...रिवाज है तो पाठ करा लेते हैं..."

एक स्त्री बिदककर बोली, "अब सती कौन होता है, आप काहे डर गईं चाची...आप तो बैठकर सुन लेतीं। बीच में रोकना अपशकुन होता है..."

"चुप हो जाओ तुम लोग...हमको कुछ नहीं सुनना है...जिस पर बीतता है न वही जानता है। हम किसी तरह बर्दाश्त कर रहे थे पाठ को। अब लग रहा है कि हम औरतें ख़ुद ही अपने पैरों पर कुल्हाड़ी मारने का इन्तज़ाम करती हैं। उस वक़्त हम पर क्या बीत रही थी...कौन समझेगा? वहीं बैठे-बैठे हमारी देह लहक उठी थी। हमको अकेला छोड़ दो...।"

माँ जी काँपती हुई आवाज़ में उन औरतों को डपट रही थीं। कुछ पल के लिए वहाँ उपस्थित सभी स्त्रियों को साँप सूँघ गया था। किसी के गले से आवाज़ ही नहीं निकली।

थोड़ी देर बाद साहस करके एक कमउम्र स्त्री ने कहा, "ठीक है चाची...हम लोग जाते हैं, कोई काम हो तो बताइएगा।"

कोई दूसरी औरत माहौल बदलने के लिहाज से कुछ और पूछ बैठी, "अब आप यहाँ रहेंगी या बेटा के साथ जाएँगी?"

अन्दर बैठी नन्दिता सब सुन रही थी। उसे इस सवाल पर माँ जी का वो बयान याद आ गया था जिसमें वो कह रही थीं, "ऐसे दिन कभी न आएँ..."

रघु का कलपता हुआ सवाल याद आया, "मेरी माँ विस्थापित हो गई हैं...कैसे रहेंगी अकेली यहाँ...?"

उसके स्त्री-धर्म ने एक स्त्री को विस्थापित नागरिक होने से बचाने की संवेदना पैदा की। अपने तमाम ग़ुस्से, उलाहने और तकलीफ़ों को भुलाकर उस स्त्री को बचाने को व्यग्र हो उठी जिसने कभी उसे अपनी जाति नहीं भूलने दी, जिसने उसे कभी अपने दिल और घर में उस तरह जगह नहीं दी जिसकी वो हक़दार थी।

वह दरवाज़ा खोलकर बाहर निकलकर कहना चाहती थी—

"साथी के जाने से दुनिया ख़त्म नहीं होती है। बल्कि ग़ुलामी में रही कुछ स्त्रियों की नई दुनिया बनती भी है। स्त्रियाँ तो इतनी मज़बूत होती हैं कि अभाव के संसार को भी नये भावों से भर देती हैं। वे जीने का कारण ढूँढ़ लेती हैं। वे अकेली कहाँ होती हैं।"

नन्दिता सोच में पड़ गई। उसके क़दम ठिठक गए थे। वो माँ जी को लोकाचार के नाते साथ चलने का आग्रह तो करना चाहती थी लेकिन सदा

साथ रहने का ख़याल उसे असहज कर देता था। मौक़े की नज़ाकत को देखते हुए भी वह कोई ऐसा प्रस्ताव नहीं देना चाहती थी जो उन दो धुव्रों पर खड़ी स्त्रियों को एक साथ खड़ा कर दे। वह माँ जी को कहे तो क्या, समझाए तो क्या। क्या इस समय कुछ कहना उचित होगा या मौन रखना ही सबसे उत्तम क्रिया? वह ख़ुद को टटोल रही थी कि तभी माँ जी की आवाज़ कानों में आई—

"इतना समझते हुए जीवन निकल जाता है। कई बार समझते ही कहाँ है...वैसे भी हम स्त्रियाँ तो इस घर से उस घर बदलती रहती हैं...जहाँ पैदा होते हैं वहाँ से उठकर कहीं और...फिर जहाँ-जहाँ पति जाए, पीछे-पीछे बोरिया-बिस्तर उठाकर भागते फिरो...स्थायी ठिकाना कहाँ होता है...होता है क्या? हम औरतें कभी नहीं बसती हैं। मर्दों के घर में हमारा डेरा होता है। हम अपने डेरा में ही रहेंगे। फिर तुम्हारे हिस्से की खेतीबाड़ी कौन देखेगा। हमारी देखभाल के लिए राजौरा वाली चम्पा है न। तुम लोग आते-जाते रहना।"

"मेरी चिन्ता मत करो...दुख पुरुष को तोड़ता होगा, हम औरतों को और मजबूत बना देता है। हम मजबूत हो गए हैं...जब तक देह चलेगी, हम कहीं नहीं जाएँगे, देह गिर जाएगी तब उठा ले जाना...बूझे...।"

नन्दिता ने देखा, रघु चुपचाप उनके पास बैठा उनकी बातें सुन रहा है। रघु ने माँ जी की पसीजी हुई नरम और कोमल हथेलियाँ थाम रखी थीं।

रघु के चेहरे से तनाव की रेखाएँ कम हुई थीं। उसके भीतर जो घुटन भरी थी, उससे मुक्ति मिली। अब तक अप्रत्यक्ष सत्ताओं के संघर्ष में त्रिशंकु की तरह डोल रहा था। यक-ब-यक चीज़ें बदल गई थीं।

नन्दिता ने क़दम पीछे खींच लिये। माँ-बेटे के संवाद और फ़ैसलों के बीच में पड़ना उसे मुनासिब न लगा। माँ जी ही अलग-अलग रहने की बात कर रही हैं, शायद ये समझ चुकी हैं कि हम दो स्त्रियाँ नहीं, दो अलग-अलग विचार हैं, जो एक साथ नहीं रह सकते।

कई बार साथ नहीं, दूरियाँ भी मज़बूत पुल बनाकर जोड़ती हैं।

['नई धारा', रमाकांत स्मृति पुरस्कार से सम्मानित कथा, 2023 में प्रकाशित]

सरकार से नाराज़ नहीं हैं ब्यूटी चौरसिया

अब तक किसी ने ब्यूटी चौरसिया को रोते हुए नहीं देखा था।

तब भी नहीं जब देश में टिकटॉक पर प्रतिबन्ध लग गया था। दुखी तो बहुत हुई थी। ऐसे फूट-फूटकर नहीं रोई थी, जैसे अभी रो रही है। रात-भर में उसकी क़िस्मत पलट गई थी। रात को डांस का एक वीडियो डालकर सोने का उपक्रम कर रही थी, नींद नहीं आई देर तक। यूट्यूब पर तेज़ी से लाइक और कमेंट बढ़ रहे थे। देर रात डांस वीडियो को बहुत व्यूज़ मिलते हैं। नींद से उठकर रातों को रील्स, शॉर्ट्स चेक करती थी। फिर सुकून की नींद सो जाती थी। उस रात भी सुकून की नींद सोई, सुबह जगी तो आँखों के सामने अँधेरा छा गया था। उसके सारे अकाउंट हैक हो गए थे। यूट्यूब चैनल सस्पेंड हो गया था। 3.3 मिलियन सब्सक्राइबर वाला इंस्टाग्राम हैक हो गया था।

कैसे हुआ...?

उससे ये सदमा बर्दाश्त न हुआ। वो गश खाकर गिर पड़ी थी। घर के सारे लोग उसे सँभालने में लग गए थे। इतना बड़ा लॉस वो दुबारा नहीं सह सकी। चेतना लौटी तो विलाप शुरू। छोटा भाई अपने मोबाइल से ब्यूटी की हालत का वीडियो बनाता रहा। ब्यूटी विलाप करती रही...कभी छाती पीटती तो कभी तेज़-तेज़ बोल-बोलकर रोती। वह रोते हुए भी अपने सब्सक्राइबर्स को सम्बोधित करती। उसका रोना सामान्य लोगों की तरह रोना नहीं था। उसका रोना अपने फॉलोअर को सम्बोधित था।

रोते-रोते कहती जाती, "हैलो गाइज...देखिए...मेरे साथ क्या हो गया।

मैंने किसी का क्या बिगाड़ा...मैं तो किसी का कोई नुकसान नहीं करती हूँ। मैं अपना काम करती हूँ। और भी लोग कर रहे हैं...जाने कौन मेरे पीछे पड़ गया है...क्यों मुझसे दुश्मनी कर रहे हो हैकर भाइयो...मेरा पीछा छोड़ दो..."

"गाइज...मुझे काफ़ी समय से धमकी मिल रही थी...मेरे इधर फॉलोअर भी नहीं बढ़ रहे थे, मुझे चिन्ता नहीं थी। लेकिन ये तो सचमुच मेरी ज़िन्दगी बर्बाद कर दी...हाय...अब मैं कहाँ से लाऊँगी इतने फॉलोअर...कितनी मुश्किल से बनाए थे...कितना वक़्त लगा। मैं क्या करूँ...आप सब वापस आ जाना...मुझे पता चलेगा तो मैं दुश्मनों को छोड़ूँगी नहीं...वे क्या समझते हैं कि ब्यूटी चौरसिया को बर्बाद कर देंगे। मैं छुपकर घर बैठनेवाली नहीं हूँ...आओ...अब मार ही दो मुझे...सब मुझे मारने पर तुले हैं...चैन आएगा दुश्मनों को..."

ब्यूटी का ये सारा विलाप छोटा भाई रिकॉर्ड कर रहा था। कभी आँसू पोंछती, कभी बिस्तर पर लेट जाती...कभी माथा ठोंकती, कभी बाल पकड़कर नोंचती। ऐसा करती हुई ब्यूटी वही पुरानी ब्यूटी लगने लगी थी, स्टार बनने से पहले वाली। जिसे न पहनने का शऊर न सँवरने का। बस पुराने, गन्दे कपड़ों में ही कहीं भी नाच उठने का हुनर जानती थी।

भाई उसकी हर हरकत को रिकॉर्ड कर रहा था। उसे देखकर ब्यूटी का विलाप अचानक रुका। भाई डर गया। उसने मोबाइल बन्द कर दिया और वहाँ से खिसकने लगा।

ब्यूटी ने उसे इशारे से रोका।

"अब शूट कर...चल...फिर एडिट करके मेरे नये अकाउंट में डालेंगे..."

"हैलो फ्रेंडा...मैं आपकी ब्यूटी...पहचाना...आपको बताना चाहती हूँ कि मेरे साथ क्या साजिश हुई है...मुझे बर्बाद करने की कोशिश...लेकिन मैं जानती हूँ...आपका प्यार मुझे वापस खींच लाया है..."

ब्यूटी फफक-फफककर रोती जा रही थी, बोलती जा रही थी।

"मेरी कहानी सुनेंगे आप...मैं गरीब घर की लड़की हूँ...अपनी कलाकार हूँ, कला के दम पर आप सबका दिल जीता था, जो कमाई होती है, उससे

मैं अपना घर चलाती हूँ। अपनी टीम की भी मदद करती हूँ।"

"मैं कैसे जुड़ी आप सबसे उसकी लम्बी कहानी सुनिए...।"

ब्यूटी कहानी सुनाते हुए पीछे अतीत में लौट गई थी।

"ब्यूटी चौरसिया का ऐलान—वोट तुमको नहीं देंगे सरकार"

दातापुर क़स्बे के स्थानीय अख़बारों में ख़बर छपी थी, स्थानीय यूट्यूबर ज़ोर-ज़ोर से सनसनीखेज़ ख़बर फैला रहे थे मानो किसी पार्टी ने गठबन्धन की सरकार से अपना समर्थन वापस लेने की घोषणा की हो। बात ही कुछ ऐसी थी।

केन्द्र सरकार के एक फ़ैसले ने ब्यूटी का दिमाग़ हिलाकर रख दिया था। उसका मनोरंजक संसार जिससे आर्थिक लाभ हो रहा था, वह पूरा सहारा छिन गया था। टिकटॉक ऐप पर भारत में पाबन्दी लगाने की ख़बरें आ रही थीं। टिकटॉक क्वीन, टिकटॉक डार्लिंग नाम से मशहूर ब्यूटी चौरसिया एकदम से चौराहे पर आ खड़ी हुई थी। उसकी आँखों के सामने अँधेरा छा गया था। थिरकते क़दम थम गए थे। वो लड़की जो समूची पृथ्वी को नृत्य मंच बनाकर अपना लोहा मनवा चुकी थी, खेत-खलिहान, बड़े-बुज़ुर्ग सब उसकी ताल पर नाचने लगे थे, गाँव का माहौल बदल गया था, अब उसके क़दम थम गए थे। गाँववालों ने चमत्कार की तरह ब्यूटी को देखा था। कोई जादूगरनी थी वो जो फ़िल्मी गानों पर नाच-नाचकर वीडियो मोबाइल पर डालती और ग़रीबी रेखा से ऊपर उठती जा रही थी।

ये सब कैसे हुआ, बाद में। पहले ब्यूटी के ऊपर जो गुज़री वो क़िस्सा सुनाते हैं।

कभी अख़बार न पढ़ने वाली, टी. वी. पर ख़बरें न देखनेवाली ब्यूटी उन दिनों ख़बरों में रुचि लेने लगी थी। उसका दिल तो कई दिनों से डरा हुआ था। इधर-उधर से ख़बरें आ रही थीं। उसका संसार वैसे भी बहुत विस्तृत हो चुका था। उसे ख़बर देनेवालों की कमी नहीं थी। बार-बार मोबाइल पर टिकटॉक देखती और सिहाती रहती। बड़बड़ाती, "क्या सच में तुम अब कुछ ही दिनों के मेहमान हो...?"

कोई जवाब नहीं आता...रील्स चलने लगते। उसका मूड सँवर जाता।

स्क्रीन पर उँगलियाँ फिराती...जैसे अपने प्रेमी की पीठ पर अपना नाम अदृश्य स्याही से लिख रही हो।

जैसे ही उसके दोस्त ने फ़ोन पर ख़बर दी, ब्यूटी चौरसिया ने ज़ोर से दोनों हथेलियाँ चटकाईं, भद्दी गाली बकी, "बज्जर पड़े तुम पर सरकार... सत्यानाश हो तुम्हारा...तुमने हमारे सपनों पर ही नहीं, पेट पर भी लात मार दिया है..."

उसका कलपना जारी था...

"हम अगले चुनाव में न देंगे वोट तुम्हें...देख लेना...तुम्हारे ख़िलाफ़ परचार करेंगे...ब्यूटी चौरसिया को कम मत समझना...तुमसे कम पोपुलर नहीं हैं सरकार...कोई दूसरा रस्ता पकड़ लेंगे, लेकिन छोड़ेंगे नहीं तुमको..."

दाँत पीस-पीसकर जी-भर गालियाँ निकाले जा रही थी।

उस साल टिकटॉक पर भारत में प्रतिबन्ध लगाए जाने की ख़बर आ चुकी थी और कुछ समय बाद ही देश में लोकसभा चुनाव होने वाले थे। उससे कई राजनीतिक पार्टियाँ अपने चुनाव प्रचार के लिए सम्पर्क कर चुकी थीं और मोटी रकम की पेशकश कर चुकी थीं। ख़बर आते ही बौखलाहट में ब्यूटी चीख़ने लगी थी। उसके आसपास काफ़ी बच्चे जमा हो गए थे। बच्चे भी उसके सुर में सुर मिलाकर चीख़ने लगे, "भोट तो तुमको नहीं देंगे सरकार...। नहीं देंगे, नहीं देंगे...। ब्यूटी दीदी जो कहेंगी, वहीं करेंगे...।"

बच्चों के लिए ब्यूटी उनकी हीरोइन थी। उन्हें वोट देने का अधिकार नहीं है और वे नारेबाज़ी करके सरकार का कुछ बिगाड़ नहीं पाएँगे, फिर भी उन्हें अपनी ब्यूटी दीदी के साथ खड़े होना था। उन्हें देश की विदेशी नीतियों का पता नहीं, न ब्यूटी को कोई जानकारी। उसने आठवीं के बाद पढ़ाई छोड़ दी थी, पिता के पास इतने संसाधन नहीं थे कि गाँव से दूर हाई स्कूल में उसे भेज पाते। उसके स्कूल छोड़ने के कुछ साल बाद ही शिक्षामित्र गाँव-गाँव घूमकर लड़कियों को शिक्षा के लिए घर से निकलने के लिए प्रेरित करने लगे थे, उन्हें राज्य सरकार साइकिल भी देने लगी थी। लेकिन ब्यूटी का सपना कुछ और था। एक बार स्कूल छूट गया तो छूट गया। उसकी आँखों में नर्तकी बनने का,

फ़िल्मों के गानों पर नाचकर वीडियो बनाने का सपना था जिसे दुनिया देखे और सराहे। पिता के मोबाइल पर सिर्फ़ गाने सुनती, गानों के वीडियो देखती और उसकी कॉपी करने की कोशिश करती। उससे मिलने के लिए कुछ बड़े लोग भी आने लगे थे। उस क़स्बे के लिए वो एक अचम्भा किन्तु इंटरनेशनल स्टार बन चुकी थी। वे लोग उसमें एक बड़ी हीरोइन की सम्भावना देखने लगे थे जिसे बस मुम्बई का कोई बड़ा निर्देशक मिल जाए तो प्रतिभा का विस्फोट हो जाए। उसकी प्रतिभा से सब प्रभावित थे। वे सब अपनी हीरोइन को बौखलाते हुए देखकर थोड़े परेशान हुए।

ब्यूटी की हालत ऐसी थी कि मानो संसार उजड़ गया हो। वैसे भी ऐप के बन्द होने की ख़बर से उसका खाना-पीना, नींद सब हराम हो गया था। उसके टिकटॉक के दोस्तों ने समझा दिया था कि अपने सारे वीडियो धीरे-धीरे गैलरी में सुरक्षित करना शुरू करे। ऐप बन्द हुआ तो कुछ हाथ नहीं लगेगा।

एक सप्ताह से उसने कोई वीडियो नहीं बनाया था और गम में डूब गई थी। मन में उछाह, उमंग की कमी हो तो बदन में हल्की हरकत नहीं होती। पिछले कुछ दिनों से वह ऐसी ही मनोदशा से गुज़र रही थी। किसी से क्या बताती कि टिकटॉक से उसका क्या जुड़ाव था। वो सिर्फ़ एक ऐप नहीं, उसके लिए समूचा संसार था जहाँ उसने ख़ुद को पाया, ख़ुद को पहचाना, मंच दिया और जहाँ से लक्ष्मी बरसने लगी थी। किसने सोचा था कि एक मामूली नाचने-गानेवाला ऐप एक दिन उसे इतना सब कुछ देगा। देश के एक पिछड़े इलाक़े में, पढ़ाई अधूरी छोड़कर बैठी एक 17 वर्षीय लड़की एक ऐप के सहारे अपनी और अपने घर की क़िस्मत बदल देगी। वो भी इतने कम समय में कि इलाक़े के लोग हैरानी में डूब गए थे। अख़बार वाले उसका इंटरव्यू लेने आते रहे थे। पिछले कुछ दिनों से यूट्यूबर पत्रकार भी आने लगे थे।

उससे दूर-दराज से लोग मिलने आने लगे थे। जो आता, उसके लिए कुछ उपहार लेकर आता। उसके साथ तसवीरें खिंचवाता, टिकटॉक पर उसके संग-साथ वीडियो बनवाता। उसके प्रशंसक उसके साथ नाचते, गाते,

तरह-तरह के चुटकुले पर लिप मैच करते और ऐप पर एक साथ अपलोड कर देते। समूचे इलाक़े में ब्यूटी अपने पिता के पान के स्वाद और गुणवत्ता की तरह ही प्रसिद्ध हो गई थी। दातापुर चौक पर उसके पिता की छोटी-सी पान की दूकान थी। पान की कम वैराइटी रखने के कारण उनके पास ग्राहक कम आते थे। अब वहाँ भीड़ उमड़ने लगी थी। क़स्बे के लोग उसे आदर से अपने घर बुलाते और आग्रह करते कि ब्यूटी उनके घर-आँगन, द्वार पर, खेत-खलिहान में अपना नाचने का वीडियो बनाए। वीडियो में वे लोग अपना लोकेशन देखने को बेचैन थे। ब्यूटी के पास अब जगह की कमी नहीं थी। उसके साथ की समृद्ध लड़कियाँ अपने कपड़े उसे पहनाने को बेताब रहने लगी थीं। पड़ोस की भाभी अपने रंगीन दुपट्टे उसे सौंप जाती कि चैन से पहनो और वीडियो बनाती रहो। जैसे-जैसे उसकी ख्याति बढ़ रही थी, लोग उसके प्रति उतने ही उदार हुए जा रहे थे।

उसे याद है वो पहला दिन, पहला वीडियो...जो देखते-ही-देखते वायरल हो गया था। उसे यक़ीन नहीं हुआ था। गाँववाले भी अचरज से देखते। जब अख़बारों में छपा तब सबको यक़ीन हुआ। पान में कत्था-चूना लगाते हुए ब्यूटी के पिता हरिराम चौरसिया के पास अख़बार पहुँचा तो हाथ से पान छूटकर गिर गया।

"अच्छा...तो यही सब करती है ब्यूटिया...घर पहुँचते ही मोबाइल लेकर कभी छत पर, कभी खेतों की तरफ भाग जाती है।" साथ में बच्चों की, लड़कियों की पूरी टोली हुड़दंग करती चलती थी। हरिराम देखते और मुदित रहते कि चलो बच्चों का मन बहला रहा है मोबाइल। ब्यूटी ने कई बार अपने लिए मोबाइल की माँग रखी, वे टाल जाते। उनके दिमाग़ में किसी ने ये बात डाल दी थी कि मोबाइल बच्चों को बिगाड़ देता है। लड़का-लड़की सब चैट करता है, दोस्ती हो जाती है और घर से जवान लड़कियाँ भाग भी जाती हैं। वे एक डरे हुए पिता थे जो जवान होती लड़की को बिगड़ने से बचाना चाहते थे। उसे घर के काम में उलझाए रखते। पान का पत्ता धोने का काम उसी का था।

एक दिन मजेदार दृश्य देखे...बाल्टी में पान का पत्ता धोते-धोते कोई गाना बजाकर उछल रही थी। अपने से मोबाइल एक हाथ में लेकर वीडियो बना रही थी...

"पान खाए सैंया हमारो...मलमल के कुर्ते पर छींट लाले लाल..."

ये गाना हरिराम को भी पसन्द था, कुछ पल ठिठके, फिर चिल्लाए..."ऐ ब्यूटिया, दे हमरा मोबाइल। हर समय कब्जा किये रहती है...क्या तमाशा है...काम कर लो, चाहे नाच लो...।"

ब्यूटी ने वीडियो झट से बन्द करके पिता को मोबाइल पकड़ा दिया। पकड़ाने से पहले वो वीडियो टिकटॉक पर अपलोड कर चुकी थी। लाइक्स, कमेंट उसे रात को देखने मिलेगा, जब पिता थके-हारे सो रहे होंगे। रात उसकी थी और मोबाइल भी उसके क़ब्ज़े में।

उस दिन अख़बार की कटिंग देखकर पिता को वो दृश्य याद आ गया था। उस दिन दूकान पर ज़्यादा भीड़ उमड़ी थी। पाने खाते-चबाते लोग उसी ख़बर की चर्चा करते—"वाह भाई चौरसिया जी, अपनी बिटिया तो वर्ल्ड फेमस हो गई है। आज तो एक पान फ्री खिलाओगे आप। पान-पार्टी कर दो..."

हरिराम को उस वक़्त कोई प्रतिक्रिया नहीं सूझी, न हँसते बना न रोते, न ख़ुश होते न दुखी। वो पहले घर जाकर मामले को ठीक से समझना चाहते थे, उसके बाद इस सफलता पर कोई एक मूड बनता।

जब वे शाम को घर पहुँचे तो वहाँ नज़ारा बदला हुआ था। ब्यूटी सेलिब्रिटी बनी बैठी थी और दो-चार अनजान पत्रकार उससे इंटरव्यू ले रहे थे।

पहली बार हरिराम ने वायरल शब्द सुना था। वायरल बुख़ार की चर्चा तो कई ग्राहक करते रहे थे। लेकिन वीडियो को भी बुख़ार होता है, वो भी वायरल। उन्हें ये बात समझनी थी।

"अरे भाई, तनि हमको भी समझाइए कि ये 'भायरल' क्या होता है... क्या किया ब्यूटी ने...हमसे छिप-छिपकर क्या कारनामा किया है...जरा हमें भी बताओ..."

वहाँ हरिराम की बात कौन सुने। ब्यूटी ज़रूर हड़बड़ाकर उठी। लेकिन

एक अनगढ़ से पत्रकार ने उसे रोक दिया। ठीक उसके बग़ल में खड़ा होकर वह मोबाइल कैमरे के सामने बोलने लगा—"साथियो, मैं दीपू सुल्तान... आज से अपना यूट्यूब चैनल शुरू कर रहा हूँ...कोई ग़लती हो जाए तो छमा करिएगा...सबसे पहले हम आ पहुँचे हैं, दातापुर गाँव में, जहाँ रहती हैं, टिकटॉक क्वीन ब्यूटी चौरसिया। उनसे ख़ास मुलाक़ात करेंगे और उनसे जानेंगे कि टिकटॉक से उनकी कितनी कमाई होती है। उनके सब्सक्राइबर्स की संख्या लाखों में होती जा रही है। किसी चमत्कार से कम नहीं। गाँव की एक साधारण-सी लड़की ने कर दिया कमाल। हम उनका घर भी दिखाएँगे और उनके घरवालों से बात भी करेंगे...हाँ तो ब्यूटी जी...।"

ये सारा नज़ारा देखकर हरिराम भौचक्के। ये सब कुछ नया था। उनकी उजड़े बालों वाली, झल्ली-सी बेटी कब इतनी मशहूर हो गई कि पत्रकार इंटरव्यू ले रहे हैं। ख़ाली नाचने-गाने से ही इतना सब। लेकिन कैसे, कहाँ...। और मन में एक और ख़तरनाक सवाल...इन सबसे क्या हासिल, क्या फ़ायदा। फूटी कौड़ी भी न मिले।

हरिराम तब और भौंचक्के जब वहाँ एक पत्रकार ने पूछा कि कितनी आमदनी होती है। ब्यूटी भी हैरान। वो तो अब तक सिर्फ़ वीडियो डाले जा रही थी। लाइक और कमेंट पर ही निहाल थी। हर वीडियो पर उसके सब्सक्राइबर बढ़े चले जा रहे थे। पिछले वीडियो पर छप्पर फाड़ सब्सक्राइबर बढ़ गए थे।

उस दिन कई क्रान्तियाँ हुईं। एक तकनीकी जानकार पत्रकार ने वहीं से टिकटॉक को मोनोटाइज़ कराने का ज्ञान दिया। ईमेल करवाया और सारी बातें बता दीं। हरिराम से कहकर ब्यूटी का बैंक अकाउंट खुलवाया गया। वो तो सारा पैसा पिता के अकाउंट में डालने को राज़ी हो गई थी लेकिन हरिराम ने कुछ देर सोचा और फिर ब्यूटी का बैंक अकाउंट खुलवाने का फ़ैसला सुनाया।

और सबसे बड़ी क्रान्ति ये हुई कि जब हरिराम को आर्थिक तंत्र समझ में आया तो उसी दिन क़स्बे के बाज़ार जाकर नया स्मार्ट फ़ोन ले आए ब्यूटी के लिए। ब्यूटी ने उसे हाथ में लेते हुए मन-ही-मन कहा, "मैं इससे सुन्दर स्मार्ट फ़ोन माँ और पिता जी आपको दिलाऊँगी एक दिन।"

अगले दिन से ब्यूटी के चेहरे पर चमक ही नहीं, रोब भी बढ़ गया था। वो वीडियो में 'हैलो गाइज और हैलो फ्रैंडा'...फ्रेंड नहीं, 'फ्रैंडा' बोलने लगी थी, जो काफी पसन्द किया जाने लगा था। ब्यूटी की चाल-ढाल बदल गई, कपड़े बदल गए। बाल सँवरने लगे और बाज़ार से नक़ली गहने और लहँगे लाए गए जिससे वो फ़िल्मी हीरोइन की तरह दीखे। वीडियो बनाने के लिए सुन्दर लोकेशन की तलाश होने लगी। इसके लिए गाँव के खलिहर बच्चों को काम पर लगाया गया। उनके भीतर भी सौन्दर्य-बोध विकसित होने लगा था। ब्यूटी की माँ शीतल देवी उसका सहयोग करने लगीं। माँ और पिता के हाथों में महँगे स्मार्ट फ़ोन आ गए। ख़ुद भी दो मोबाइल रखने लगी। डबल कैमरा का इस्तेमाल करने लगी और ख़ुद ही वीडियो एडिट करना सीख गई। उसका सारा समय इसी काम में चला जाता, उसे फ़ुर्सत न मिलती। गाना खोजने, तैयार होने, वीडियो बनवाने और उसे अपलोड करने में वह व्यस्त हो चली थी। हरिराम ने उससे पान के पत्ते धुलवाने बन्द कर दिये। माँ ने रसोई से छुट्टी दे दी। छोटे भाई ने पानी माँगना बन्द कर दिया। वो सबके लिए विशेष हो गई थी। गाँव की कई लड़कियाँ उसके साथ वीडियो में शामिल होकर नाचने लगी थीं। देखते-देखते समूचा माहौल बदल गया था। पैसा आता है तो इनसान की रंगत बदल जाती है। ब्यूटी अब कमाऊ पूत की तरह देखी जाने लगी थी।

ब्यूटी का वीडियो ख़ूब देखा जाने लगा था और आमदनी इतनी होने लगी कि देखते-देखते हरिराम ने मकान ठीक-ठाक करा लिया। घर के फ़र्नीचर बदल गए। बाहर की दीवारों पर रंग-रोगन होने लगा। दूकान थोड़ी और फैल गई और वहाँ किसिम-किसिम के गमकउआ जर्दा और मीठे गुलकन्द आ गए। बड़े-बुज़ुर्ग ब्यूटी का नाच देखकर कहते, "पेट से ही नाच सीखकर पैदा हुई है। भगवान इसको सिखाकर भेजे हैं...नहीं तो कौन इतना सही-सही नाचता है...देखो तो उसके सामने माधुरी दीक्षित फेल है। श्रीदेवी पानी भरेंगी...।" ब्यूटी की लोकप्रियता शिखर पर थी। उसके प्रशंसक तरह-तरह के उपहार भेजते थे। सब ठीक चल रहा था कि वर्ष 2019 में एक रोज़ वो मनहूस

ख़बर आई कि टिकटॉक बैन होगा। भारत और चीन के सम्बन्धों में खटास आ गई है, इसलिए उसकी सारी ऐप बैन होंगी।

यह ख़बर गाज की तरह गिरी। ब्यूटी समेत उसकी पूरी टोली बौखला उठी और वे सब मिलकर सरकार को कोसने लगे। इन्हीं ख़बरों के बीच नई सरकार आ गई थी। बुरी तरह भन्नाई ब्यूटी कहती रही कि फलाना पार्टी को भोट नहीं देंगे, तब भी आ गई। ये लोग पक्का बैन कर देंगे। उसे दूसरा कमाऊ ठिकाना ढूँढ़ना होगा। वो बेहद परेशान थी कि टिकटॉक का विकल्प किसे बनाए। उसे चीन के साथ देश के बिगड़ते सम्बन्धों का हवाला दिया लोगों ने। उसे तो लगा, उसके आगे से कोई खाने की थाली छीनकर ले जा रहा है। आसमान मानो सिर पर गिरनेवाला हो।

किसी ने कहा 'मौज' देसी ऐप है, उस पर वीडियो डालो। उसने 'मौज' को देखा, वहाँ मजा नहीं आया। उसे इंटरनेशनल ऐप पर वीडियो डालना था, जहाँ संसार-भर के लोग देखें। सब्सक्राइब करें।

ब्यूटी परेशान तो सब परेशान। और 2020 के जून महीने में 'टिकटॉक' पर भारत में सदा के लिए बैन लग गया। उससे जलने वालों ने कहा, "ब्यूटी बेरोजगार हो गई।"

उस समय गाँव में प्रचंड गर्मी पड़ रही थी। जेठ का महीना था। अमराइयों में कोयल की कूक सुनकर उसका मन हुआ कि एक गाने पर नाचकर वीडियो बनाए..."कोयल बोली...दुनिया डोली..."

मन मसोसकर रह गई।

कुछ दिन अवसाद में बीते। टोली छँटने लगी। टिकटॉक से अपने सारे वीडियो गैलरी में सुरक्षित कर लिये थे, उसी को देखती रहती और विकल्प के बारे में सोचा करती।

उसे नाचने की लत सताती और घरवालों को आर्थिक नुकसान की चिन्ता होने लगी थी।

राहतें कभी-कभी आसमान से भी बरसा करती हैं।

उस रोज़ झमाझम बारिश हुई थी। खेत-खलिहान में घुटने-भर पानी।

उसकी टोली की एक पक्की सहेली ने उसकी उँगली पकड़ी और मोबाइल ऑन करके उसे पानी में धकेल दिया।

ब्यूटी ने पानी में छपाछप करते हुए कहा, "हैलो गाइज, हैलो फ्रेंडा... सहर में बड़ा आप लोग स्वीमिंग पूल में जाते हैं, ये देखिए, हमारे खेत में ही स्वीमिंग पूल बन गया है..." और वो नाचने लगी...'बरसो रे मेघा...मेघा...' बारिश शुरू। वह भीगती रही, नाचती रही...छींटें उड़ाती रही...उसकी दुबली-पतली काया बिजली की तरह लहरा रही थी। मेघ झमाझम।

उसकी सहेली छाता तानकर वीडियो बनाने में लगी रही।

ब्यूटी नाचते-नाचते रुकी, भीगी लटों को झटके से पीछे फेंका, अपने दुपट्टे को कन्धे से कमर तक ठीक से बाँधा और सहेली से पूछा, "क्या करेंगे हम वीडियो का...?"

सहेली चिल्लाई, "यूट्यूब पर डालेंगे...दीपू सुल्तान ने फोन किया था मुझे। सब बता दिया। वो अभी चुनाव में खूब कमाई किया है। हम भी करेंगे। बस आज से शुरू...। ब्यूटी ऑफिशियल चैनल शुरू। चल अपने सब्सक्राइबर को बुलाने के लिए मैसेज रिकॉर्ड करा रे ब्यूटी।"

सच में! मन में संशय के बादल गहराए। क्या यूट्यूब पर वैसी ही सफलता दोहरा पाएगी। उसके टिकटॉक वाले दोस्तों ने फ़ोन करके सुझाया था कि यूट्यूब बेहतर विकल्प साबित हो सकता है, उस पर शिफ्ट हो जाना चाहिए। संशय ने, दुविधा ने उसकी राह रोक रखी थी। सहेली के उत्साह ने पहली बार अहसास कराया कि विकल्पहीन नहीं है संसार। उसने दिल बड़ा करते हुए सरकार को माफ़ किया। उसे लगा, माफ़ करने से अपने ही दिल का बोझ हल्का होता है। साथ ही उसने मन-ही-मन प्रार्थना की, "इस पर कुदृष्टि मत डालना सरकार।"

तो गाइज़...

सरकार ने सुनी या नहीं, क़ुदरत ने ज़रूर उनकी प्रार्थना सुन ली थी, इस बार अदृश्य दुश्मनों की कुदृष्टि पड़ी थी जो उनकी अप्रत्याशित समृद्धि से जलकर ख़ाक हो रहे थे। इसीलिए ब्यूटी चौरसिया अपनी कहानी विस्तार से

सुनाकर, स्मरण करने के बाद फिर से अकाउंट खोलने में लग गईं। अतीत-यात्रा में इतनी ताक़त होती है कि वो साहस, सूझ के साथ-साथ सजगता भी दे देती है। अब एक बार फिर नये सिरे से उनका संघर्ष शुरू होनेवाला था। लाइक, सब्सक्राइबर और फॉलोअर के लिए कड़ी मेहनत और लम्बा इन्तज़ार करना पड़ सकता था। या फिर कोई वायरल वीडियो बनाना होगा।

ब्यूटी की टीम को सुकून मिला कि इस बार वो सरकार से नाराज़ नहीं हैं, अदृश्य दुश्मनों से नाराज़ हैं।

ब्यूटी को इत्मीनान है कि उसकी कला को कोई हैक नहीं कर सकता।

['लोकमत समाचार' (दीप भव रचना वार्षिकी), 2024 में प्रकाशित]

स्वप्नभंग

"ऊहूँ...मुझे सोने दो ना..."

"उठ न सबरी की माँ...तुझे काम पर नहीं जाना...आज से आफिस खुल गया...काम पर लौटना है। चल उठ...कालरात्रि बीत गई, अब जग जा...देख कैसी भोर हुई है...।"

पति की खुरदुरी आवाज़ ने उसका स्वप्नभंग कर दिया था। अक्सर सुन्दर सपने भोर में ही आते हैं। वो इस यक़ीन में जीती है कि भोर के सपने हमेशा सच होते हैं, एक न एक दिन होंगे। इस वक़्त भी वह सपने में विचरण कर रही थी, जहाँ अलगनी में अनेक जलेबियाँ लटकी हुई थीं, सबके हाथ पीछे बँधे हुए हैं और सब जलेबी की तरफ़ दौड़ रहे हैं...जो सबसे पहले जलेबी मुँह से झपटेगा, वह विजेता घोषित। वो भी दौड़ रही है...बस पहुँचने वाली है...सबसे आगे...जलेबी और उसके होंठों के बीच दूरी कम होती जा रही है...उत्तेजना से हाँफ रही है...।

तभी किसी ने पीछे से धक्का दिया, बिना जलेबी अलगनी से उतारे वह गिर पड़ी। भक्क से आँखें खुल गईं। जलेबी उसका निवाला बनते-बनते रह गई। दौड़ में हार-जीत की उतनी चिन्ता नहीं, जितनी उस ताज़ा जलेबी की थी, जिसमें से रस टपक रहा था। मन-ही-मन पति को भद्दी-सी गाली देकर रह गई। जाने कब से जलेबी नसीब न हुई। कमबख़्त सपने में भी नहीं खाने देता है। हक़ीक़त में ज़माने से नहीं खाई, देखना तो दूर की बात। रोटी नसीब हो रही थी, ये क्या कम बड़ी बात थी। लेटे-लेटे लम्बी आह निकली और

हवा में विलीन हो गई। जाने किस दौर से गुज़री पिछले कुछ महीने ज़िन्दगी कि सिर्फ़ साँसें गिनना याद रहा, पेट भर लेना काम लगा और लोगों से दूरी बनाकर जीने का सलीक़ा आ गया।

खटिया पर बग़ल में बैठा पति लगातार उसे धक्का देकर उठा रहा है। वह ऑफ़िस जाने के नाम से ही उत्साहित हो उठा है।

उनींदी आँखों से ओमादेवी ने खिड़की के बाहर देखा, सुबह जलेबी की तरह चमक रही थी और दिन का रंग जलेबी की तरह पीला-नारंगी हो रहा था।

मन को दिलासा देती है—कोई बात नहीं, लौट आए जलेबी के दिन। अब मिलेगी। पहले की तरह सब कुछ सामान्य हो गया है। तनखाह उठाते ही किलो-भर जलेबी लाकर भकोसेगी। जलेबी के बारे में सोचते ही मुँह में पानी भर आया। उसकी स्मृति ही मुँह को पनिया देने के लिए काफ़ी है।

खटिया से उठना नहीं चाहती है। पता ही नहीं चला, कितने समय से समय ठिठका रहा। न तारीख़ बदलते पता चली न दिन-रात का पता। बस किसी तरह भयावह वक़्त है, घर में छुपकर, रूखी-सूखी खाकर काट लेना है। एक दिन सब ठीक होगा, उसका दिल दिलासा देता रहता था।

उसे उसी तरह पड़ा देखकर पति झुँझला उठा—

"उठ न...क्या बहाने करती है, तुझे आराम-हराम की आदत पड़ गई है, काहिल औरत...तुझे खुश होना चाहिए कि हम वापस काम पर लौट रहे हैं...!"

"काम पर..!" ओमादेवी बुदबुदाई। उसे बाहर जाने की, काम करने की आदत ही नहीं रही। सारी दुनिया उसी एक कमरे में सिमटकर रह गई थी। दो छोटे बच्चे, पति राजभर निषाद और ओमादेवी ख़ुद। क्या फिर से उसी तरह अपने काम से जुड़ पाएगी, मन में सवालों के अंधड़ और उसमें उधियाती ओमादेवी। उसे ख़ुद पर इतना भरोसा है कि कोई भी काम कर लेगी, उसके लिए कोई काम छोटा या बड़ा नहीं। बहुत से हुनर ख़ुद में छुपाए रखती हैं औरतें, वक़्त पड़ने पर किसी भी काम में मन-प्राण से लगकर अपना और अपने परिवार का पेट तो पाल ही लेती हैं। उसके आसपास की कितनी औरतें कोठियों और सोसायटीज़ में मेड का काम करती हैं। सुबह-सुबह बन-सँवर

कर सब की सब घर से निकलती हैं, मज़े में लौटती हैं। ऐसी औरतें किसी भी तरह का काम करना जानती हैं, इसीलिए ठसके में रहती हैं कि उनके पास काम की कमी नहीं। ओमा ने क्रेच की दाई बनने का काम चुना था। उसे बच्चों की देखरेख करना पसन्द था। कई बार ठेकेदार ने उसे साइट पर आने को कहा। ज़्यादा पैसे का लालच दिया, ओमादेवी को लगा, शायद उससे ज़्यादा शारीरिक श्रम का काम नहीं हो पाएगा। अपनी दुबली-पतली काया देखकर वह सकपका जाती थी। कहीं ईंटों और रेत के ढेर में गिरकर दब न जाए। कल्पना में वह टोकरी से रेत उठाती, सिर पर ईंटों का ढेर रखती और उसकी समूची काया हिलने लगती। फिर अपनी दुबली टाँगें ज़मीन पर धँसाकर तनकर खड़ी हो जाती। फिर ख़ुद को समझाती, "कर सकती है...कोई भी काम...ओमा...तू कर सकती है...कोई भी काम...बस हिम्मत मत तोड़ना...।"

"क्या सोच रही है, सबरी की माँ...उठ, हिम्मत कर...मैं भी आलस करता तो कहाँ जा पाता।"

राजभर ने उसे उकसाया कि वह उठ खड़ी हो। नौकरी पर लौटने की ख़ुशी ओमादेवी के चेहरे पर भी देखना चाहता था।

"देखा, मैं न कहता था, जल्दी आफिस खुलेगा, साहब वापस काम पर बुलाएँगे...बुला लिया न...उनको मेरे जैसा चाय बनानेवाला कहाँ मिलेगा... साहब को मेरे हाथ की चाय की लत पड़ गई है...हमको बोले ही थे, गाँव मत जाना, कोई दिक़्क़त हो तो हम लोग हैं...मदद करेंगे..."

इतना सुनते ही बिदककर बिस्तर से उछल पड़ी ओमादेवी।

"बड़ा मदद किये, क्या मदद कर दिये...बोलो...शुरू के कुछ महीने आधी तनखाह दिये, फिर वो भी बन्द। थोड़ा-बहुत राशन भिजवाए...उससे हम लोग जी पाते...वो तो हम बहुत बचत किये, उसी से जान बची...नहीं तो क्या हालत होती...ये मालिक लोग कहते बहुत हैं...हमें फँसाकर रखने की चाल होती है इनकी..."

कभी कमर पर हाथ रखती तो कभी दोनों हथेलियाँ पीटती चंडिका

बन गई थी ओमा। लेकिन ओमादेवी की तीखी प्रतिक्रिया से बेपरवाह राजभर निषाद ऑफ़िस जाने के लिए तैयार होता रहा। उसको नोएडा, सेक्टर 63 का चमचमाता कॉरपोरेट ऑफ़िस बुला रहा था। वह तैयार होता रहा और पत्नी को समझाता रहा—

"उनके बारे में सोच, जो गाँव लौट गए, कहाँ आएँगे अब। मनसुखवा तो रस्ते से बिला गया और सुरेश्वर साइकिल से केतना दिन में पहुँचा...हम लोग बच गए...मालिक ने बचा लिया...नहीं तो किधर लौटते? जवान होती लड़की को लेकर पैदल जाना सुरक्षित नहीं था न सबरी की माँ...।"

राजभर उसे उसी अवाक्, हताश हालत में छोड़कर समय पर ऑफ़िस निकल गया।

"हमको तो मालिक बुलाए नहीं...तुम जाओ, हम पता करेंगे, क्रेच खुला कि नहीं।"

पीछे पलटकर बोला, "तू फोन कर ले, मोबाइल तो है न तेरे पास। हाथ पर हाथ धरे न्योता का इन्तजार करेगी क्या...?"

राजभर का चेहरा ख़ुशी से दमक रहा था। चेहरे पर मास्क लगा था, ओमादेवी ठीक से देख न सकी कि वो कितना ख़ुश दिखाई दे रहा था।

बिल्डर के दफ़्तर में चाय बनाते-बनाते राजभर को दस साल हुए। उसके हाथ की बनी चाय का स्वाद सबको पसन्द था। अपने गाँव भगवानपुर के हाईवे के ढाबे पर स्वादिष्ट चाय बनानेवाला राजभर एक दिन परिवार समेत उखड़कर नोएडा चला आया था। दस साल से बिल्डर के दफ़्तर में किचन सँभाल रहा है और मालिक समेत सभी स्टाफ का प्रिय चायवाला बन चुका है। उसे मज़ाक़ में ऑफ़िस के कर्मचारी कहते भी थे—"मालिक सबकी छँटनी कर देगा, तेरी नौकरी सबसे पक्की है भाई।"

राजभर भी जानता था कि अच्छी चीज़ों का विकल्प नहीं होता। उसे कोई और काम तो आता नहीं था, बचपन से ढाबे में छोटू बना और एक दिन ख़ुद छोटू का उस्ताद बन गया। गाँव से उठकर शहर तक का सफ़र उसे रोमांचक लगा था। उसने कभी वापसी के बारे में नहीं सोचा। उसके हिसाब

से बच्चों की ज़िन्दगी बन रही थी। ओमादेवी भी काम पकड़ ली थी क्रेच में। बच्चों को बिल्डर के ही अस्थायी स्कूल में डाल दिया था, जहाँ मज़दूरों और मिस्त्रियों के बच्चे पढ़ते थे। नोएडा का पूरा एक सेक्टर बिल्डर के क़ब्ज़े में था, सालों वहाँ काम होते रहना था। वहाँ मज़दूरों की अस्थायी किन्तु बड़ी बस्ती बस गई थी। राजभर अपनी कमाई से ख़ुश था। पगार आठ हज़ार से बीस हज़ार तक जा पहुँची थी। परिवार चल रहा था। कभी पत्नी के चेहरे पर कोई हीनता या दीनता के भाव नहीं दिखते। दोनों अकुंठ भाव से बतियाते, जीते चले जा रहे थे। उनकी रोज़ शाम की गप्पों में बेटी की शादी के लिए पैसा बचाना, गाँव की तरफ़ कोई लड़का ढूँढ़ना और अट्ठारह साल की होते ही विवाह कर देना जैसी चिन्ताएँ, योजनाएँ शामिल होतीं। या फिर शाम को सारे बस्ती वाले जहाँ अड्डे पर जुटते तो उनकी महफ़िलों में गाने-बजाने में लग जाते। कोई पी-खा रहा होता तो कोई जुआ खेलने की फ़िराक़ में होता तो राजभर जैसा व्यक्ति जिसे सिर्फ़ चाय का नशा हो, वह फागुन-चैत के बीच का कोई लोक गीत टेर देता...

"गोरिया पातरि जइसे लवंगिया के डार...पनवा जइसन गोरी पातरि हो...फुलवा अइसन सुकुमार...।"

मज़दूरों के बच्चों को पढ़ाने वाले मास्टर जी हारमोनियम लेकर बैठ जाते। कोई ताली बजाता, कोई खपड़ी उठाकर बजाने लगता। जिसके हाथ में जो लगता, उससे धुन निकालने की कोशिश करता। लगभग रोज़ शाम महफ़िल जमती थी जहाँ सारे अपनी दिन-भर की थकान भूल जाते। राजभर ने अपने कंठ में सुर बचा रखा था। अपनी स्मृति में वे गीत भी जिन्हें पुरखों को गाते सुना था। उसके बच्चे इन गानों से मुँह बिचकाते थे। उनके हाथों में माता-पिता से शाम को झटक लिये मोबाइल होते थे, जिनमें वे नये दौर के फ़िल्मी गाने सुना करते थे। उनके संग गाते थे। बेटे का कंठ सुरीला था, वो संग-संग गाने का अभ्यास करता था। बेटी सुस्त थी, किताबों में डूबी रहती। माँ का हाथ बँटाती या किताबें पढ़ती रहती। उसकी आँखें ज़्यादातर शून्य में टिकी होतीं, मानो क्षितिज में कुछ तलाश रही हो। राजभर ये सब नहीं समझता

था। उसे तो ज़िन्दगी ठीक चलती हुई लगती थी।

जब सब कुछ ठीक चल रहा होता है तो अचानक ज़िन्दगी ब्रेक लेती है, जैसे किसी एक्सप्रेस ट्रेन की ज़ंजीर खींच दी हो किसी अदृश्य हाथ ने।

अकेले राजभर का जीवन नहीं, समूची दुनिया की ट्रेन की ज़ंजीर खींच दी गई थी। ट्रेन किसी सुनसान, निर्जन जगह पर खड़ी थी। सवारियों का दम घुट रहा था। न वे उतर सकते थे न किसी गन्तव्य तक पहुँच सकते थे। सब कुछ ठहर गया था। राजभर की हिम्मत डगमगाई एक बार। सोचा, बसें चल रही हैं, गाँव निकल ले। पैदल गाँव जाने की तो हिम्मत न हुई। पूरी गृहस्थी उठाकर कहाँ जाता। हाईवे का वो ढाबा बड़े होटल में तब्दील हो चुका था। उसके मालिकान बदल चुके थे। गाँव में भी कुछ नहीं बचा था। पुश्तैनी धन्धे के बारे में कुछ नहीं पता उसे। बस सुना करता था कि दादा जी नाविक थे। सवारियों को पहलेजा घाट से महेन्द्रू घाट तक नाव से पहुँचाया करते थे। एक दिन वो भी बन्द हो गया तो वे भी दर-ब-दर हो गए।

राजभर को और कोई काम नहीं आता था। वो चाय बनाने के सिवा कोई और काम नहीं जानता था। चाय से उसकी साख बनी थी। सबका प्रिय हो चला था। उसका विकल्प मालिक के पास भी नहीं था, तभी तो उसे कभी निकालने की धमकी नहीं दी।

जब दफ़्तर अनिश्चित काल के लिए बन्द हुआ तो राजभर सदमे में चला गया था। लेकिन जब बिल्डर मालिक ने उसे फ़ोन पर कहा कि उसे पगार मिलती रहेगी। अगर लम्बा खिंच गया तो पगार आधी मिलेगी ताकि जीवन चलता रहे। चिन्ता न करे। जो चाहिए, मिलता रहेगा। गाँव नहीं लौटने की हिदायत भी दी। पहली बार धमकी दी कि गाँव गया तो लौटकर वापस नौकरी नहीं मिलेगी। राजभर नौकरी के बारे में सोचकर ही काँप गया। यही नौकरी उसकी पहचान है, शान है और उसके परिवार की जान है। ओमादेवी भी उससे थोड़ा ही कम, कमाती तो है। तभी अच्छी ज़िन्दगी जी पा रहा है। ओमादेवी ने भी उसे बताया कि क्रेच हालात ठीक होने तक बन्द हो गया है, उसे कोई पगार नहीं मिलेगी, आधी भी नहीं, तो दोनों की आँखों के सामने

अँधेरा छा गया था। उसने भी बच्चों की देखरेख के अलावा कोई काम सीखा ही नहीं था। क्रेच में उसकी तारीफ़ होती थी, वह अपने काम से ख़ुश थी। इस काम में मेहनत और परेशानी तो थी मगर शाम को जल्दी छूटकर घर आ जाती थी। घर पर दोनों बच्चे अपना काम ख़ुद कर लेते थे। इस ख़बर ने अचानक उन्हें अवाक् कर दिया था। दोनों बच्चे माँ-बाप को फटी-फटी आँखों से देखते रहे थे देर तक। तनाव से उभरी हुई ललाट की नसों को वे देख नहीं पा रहे थे। ओमादेवी की आँखों से जैसे सूखी रेत झरने लगी थी। कई दिनों तक वह माथा पकड़े उसी रेत पर बैठी रही। आपस में सबके अबोला रहा। सिर्फ़ हिदायतें थीं, बाहर नहीं जाना, ये नहीं करना, मास्क लगाकर रखना...।

एक दिन रेत में उसकी साँसें उखड़ने लगीं तो रेत झाड़कर उठी। फिर ज़िन्दगी को उस बन्द की आदत होने लगी। फिर चिन्ताएँ दूसरी हो गईं। कम पगार में घर चलाने की चिन्ता उन्हें खाने लगी। झुग्गी-बस्ती के आधे से अधिक लोग गाँव लौट गए। कुछ हिम्मत करके पड़े रहे। कुछ अब हार मानकर जाने की सोच रहे थे। सबकी जमापूँजी ख़त्म होने लगी थी। जो बच गए थे, वे आपस में राशन बाँटने लगे थे। ठीकेदारों ने मदद पहुँचाई। सरकार की तरफ़ से भी थोड़ी राहत पहुँची। लेकिन ज़रूरतें ज़्यादा होती हैं, उनकी पूर्ति कम। राजभर की पगार आधी, वो भी समय पर नहीं मिल रही थी। वो मालिक को फ़ोन करने की हिम्मत नहीं कर पाता था। ओमादेवी ने अपनी बचत के पैसे निकालकर राजभर के हाथ में धर दिये। वह पैसे बेटी के लिए गहने बनवाने के लिए जमा कर रही थी। उन्हें देते हुए कलेजा काँपा मगर बुदबुदाई, "ज़िन्दगी बची तो न गहने बनेंगे। पहले हम तो बचें...।"

राजभर ग्लानि से भरा बैठा रहा। बेटा सोमू दूर से यह सब देख रहा था। उसने घर के कोने में रखे अपने कपड़ों में हाथ लगाया, कुछ निकाला और पिता के हाथ पर धर दिया।

कुछ सिक्के, कुछ मुड़े-तुड़े दस और बीस के नोट थे।

राजभर ने हक्का-बक्का होकर उसे देखा, "यह क्या?"

दाएँ-बाएँ देखते हुए, पिता से नज़रें चुराते हुए सोमू ने कहा, "वो,

अपनी बस्ती की विमला आंटी हैं न, टिफिन वाली, मैं दोपहर में रोज लोगों को टिफिन पहुँचाने जाता था, वे मुझे बदले में दस-बीस रुपये देती थीं। मेरी कमाई के हैं, चोरी के नहीं हैं पापा...।"

शुरू में बोलते हुए आवाज़ अटक रही थी, अन्त में वो तनकर खड़ा हुआ। कमाई के पैसे बोलते हुए चेहरे पर स्वाभिमान की झलक आई।

"तू स्कूल छोड़कर डिलीवरी करता था...?"

"नहीं पापा, टिफिन टाइम में करता था...रोज नहीं, कभी-कभी..."

राजभर ने उसे ग़ौर से देखा, रूखा-सूखा चेहरा, बाल बढ़े हुए, मुड़ी-तुड़ी टी-शर्ट। अपनी कमाई का दम भरनेवाला लड़का पैसे ख़र्च क्यों नहीं किये? किसलिए बचा रहा था?

अनेक सवाल कुलबुला रहे थे। उसे बेहिसाब क्रोध भी आ रहा था। उसे किसी तरह दबाकर बस इतना ही पूछ सका, "तू इन पैसों का क्या करनेवाला था...क्या ज़रूरत पड़ गई थी...?"

राजभर का चेहरा स्याह हो गया था। भीतर कुछ सुलग रहा था। शायद वह यक़ीन सुलग रहा था कि ज़िन्दगी ठीकठाक चल रही थी...आख़िर उसके बच्चे को कमाने की ज़रूरत क्यों पड़ी? कहाँ कमी रह गई थी? रोटी और किताबें, कपड़े तो दे ही रहा था। इसके अलावा भी कोई ज़रूरत होती है बच्चों की क्या, जिसे वो नहीं जानता था।

उसने बेटी की तरफ़ घूरकर देखा, क्या पता वो भी उसे हैरान कर दे। बेटी के चेहरे पर ज़रा भी सिलवट नहीं पड़ी थी। ओमादेवी की आँखों से ज़रूर तीर-तरकश छूट रहे थे। इस समय कोमल स्वभाव राजभर पत्थर की तरह सख़्त दिखाई दे रहा था सबको।

सोमू पिता की सख़्त आवाज़ से सिहर उठा। उसने सिहरते हुए जवाब दिया, "मुझे और दीदी को एक मोबाइल खरीदना है..."

"किसलिए? पढ़ाई के लिए जब ज़रूरत पड़ती है तो मेरा या माँ का तो मोबाइल लेते ही हो...अलग से क्या ज़रूरत पड़ गई दोनों को...किसका दिमाग़ है, तेरा या इस छोकरी का..."

बेटी सबरी को उसने आग्नेय नेत्रों से घूरते हुए पूछा।

"हम दोनों का..."

दोनों एक साथ बोल पड़े।

"लेकिन क्यों...?"

ओमादेवी चिल्लाई। उसका मन हुआ, पास में रखा गिलास उठाकर दोनों पर फेंक मारे।

"क्या करेगा मोबाइल का...? बित्ता भर का छोकरा...पढ़ाई के अलावा क्या करेगी तू सबरी...?"

"इंस्टाग्राम चलाएँगे...मौज ऐप पर मैं गाना डालूँगा...मुझे गाना सीखना है...यूट्यूब पर क्लास लूँगा..."

इतना बोलते हुए सोमू सरपट बाहर भाग गया। सबरी इधर-उधर खिसकने का रास्ता देखने लगी थी।

सोमू के जवाब से माँ-बाप की बोलती बन्द हो गई थी। न ग़ुस्सा उगलते बने न चिल्लाते। वह ख़ुद उन्हें मोबाइल ख़रीदकर नहीं दे सकता था। पढ़ाई के लिए जितनी देर ज़रूरत होती थी, दे देता था। उसके बाद दोनों अपना मोबाइल लेकर काम पर निकल जाते। स्मार्ट फ़ोन सिर्फ़ राजभर के पास था। ओमादेवी के पास साधारण फ़ोन था जिस पर सिर्फ़ बात हो सकती थी। व्हाट्सएप भी नहीं चलता था। बच्चे पिता के फ़ोन पर लगे रहते थे। शाम को वह घर लौटता तो मोबाइल बच्चों के हाथ में चला जाता। वह समझता था, वे गेम खेल रहे हैं। लेकिन वहाँ तो बच्चे कुछ और ही दुनिया तलाश रहे थे। जब तक घरों में बन्द थे, बच्चों के हाथ मोबाइल सिर्फ़ पढ़ाई के लिए लगता था, शाम को थोड़ी देर के लिए हाथ में लेने को तरस जाते। दफ़्तर के दिनों में राजभर जब थका आता तो मोबाइल उन्हें थमाकर बाहर निकल जाता या लेट जाता।

बच्चों की बातें सुनकर उसे रहम आ गया। कितना तरसते रहे होंगे ये बच्चे, कभी माँगा नहीं...।

ओमादेवी का ग़ुस्सा एक मिनट में पिघल गया। उसके बच्चे कितने

लायक हैं कि अपने अरमानों को मिट्टी में मिलाकर उन्हें घर ख़र्च के लिए पैसे दे रहे हैं। वह है कि उन पर ग़ुस्सा हुई जा रही है। उसे गर्व होना चाहिए कि उसके बच्चों ने काम करके पैसा कमाया। काम कोई छोटा-बड़ा नहीं होता। ईमानदारी से श्रम करने से जो पैसे मिलते हैं, उससे मन और जीवन दोनों तृप्त होता है, बरकत भी होती है। क्या पता, कल उसे कोई और काम करना पड़े। सोमू ने मेहनत करके कमाई की, ये बड़ी बात है, चोरी तो नहीं की, माँगा तो नहीं किसी से। हाथ फैलाने से बेहतर है, मेहनत और ईमानदारी से पैसा कमाना। अच्छा है, छोटी उम्र में ही बड़ी बात समझ आ गई उसे।

उसने राजभर को हाथ के इशारे से चुप कराया। राजभर ख़ुद ही अवाक् बैठा रहा। कहे तो क्या कहे।

सबरी के पास जाकर माथे पर हाथ फेरा, "चिन्ता मत कर, जल्दी सब ठीक होगा। आफिस खुलेगा, पूरी पगार मिलेगी, मालिक से कुछ उधार लेकर मोबाइल खरीद दूँगा। कुछ ही दिन की बात है...बताना था न मुझे... चुपके-चुपके ये सब करना ठीक नहीं...।"

सबरी ने सिर हिलाया। बस कह न सकी कि इस बीहड़ और निर्जन समय में, ऐसी फ़रमाइशें रखकर उनके सुख-चैन में सूराख कैसे कर देती। अपने सपनों और अरमानों का बोझ कैसे लाद देती कि वे कराह उठें। किस तरह वे रात-दिन उनकी खातिर चिन्ता में घुलते रहे, उसकी आँखों ने सब देखा है। ऐसे समय में मोबाइल खरीदकर क्या कर लेगी। उससे परिवार का पेट नहीं भरेगा। ये पैसे अगर परिवार के काम नहीं आए तो बेकार है पैसा। उसने भाई को समझा-बुझाकर, बहुत जोखिम उठाकर पिता के हाथ में पैसे धर दिये थे।

इस घटना के बाद से सबरी ने पिता को ज़्यादा ही नरम और ख़ामोश पाया। मानो कुछ खो दिया हो या कुछ पा लिया हो। माँ को ज़्यादा ही चिन्ता में डूबे देखा। जैसे कोई बड़ी चिन्ता उन्हें भीतर-भीतर खाए जा रही हो। उसके जमा पैसों ने घर का खर्च तो चला दिया कुछ दिन। उनके ख़त्म

होते ही कई तरह की दिक़्क़तें शुरू होने वाली थीं। इसका अन्दाज़ा सबरी को कम, ओमादेवी को ज़्यादा था। वह ज़्यादातर समय हकबकाई-सी घर-बाहर घूमती रहती। कभी बाहर बैठे दूर निर्माणाधीन इमारतों को देखती, जहाँ चहल-पहल शुरू होने लगी थी। साइट पर लोग आने लगे थे। मास्क पहने लोग काम पर लौटने की तैयारी में दिखे। कुछ लोग घरों से निकलकर काम ढूँढ़ने निकले थे। कुछ को ठेकेदार ने बुलाया भी था। बिल्डिंग का काम फिर से शुरू होनेवाला था।

राजभर मोबाइल पर लगातार फ़ोन करता रहता, अपने ऑफ़िस वालों को। और कभी झुँझलाता, तो कभी माथे पर हाथ रखकर घंटों सोचता रहता। वे दिन अजीब मनहूस से थे जो काटे नहीं कट रहे थे। चारों को लगने लगा था कि वे अपने-अपने निविड़तम प्रदेश के तनहा बाशिन्दा हो गए हैं। किसे अपनी व्यथा-कथा सुनाएँ। सबकी व्यथाएँ और चिन्ताएँ अलग-अलग सी हो गई थीं शायद।

उस सुबह जब दफ़्तर से फ़ोन आया तो राजभर झूम उठा था। पहले जिस काम पर कभी-कभी जाने से मन भागता था, थकता था, छुट्टी के बहाने खोजता था, उस सुबह वह वहाँ जाने के लिए एक पल भी इन्तज़ार नहीं कर सका। सबके आने से पहले ही अपने चायघर में जाकर दूध औट लेना चाहता था। पानी गरम रखना चाहता था। चायपत्ती भी रास्ते से लेते हुए जाना था। जाने किचन कितना गन्दा पड़ा होगा, साफ़-सफ़ाई भी करनी होगी। बर्तन पड़े होंगे। उन्हें धोना होगा। अदरक रास्ते से लेकर जाना होगा, साहब तो आते ही बोलेगा, अदरक वाली चाय...मौसम भी ठंडा है। अदरक फ़ायदा ही करती है। जेब में कुछ पैसे पड़े थे, जेब टटोली, आश्वस्त हुआ कि ये चीज़ें ख़रीद सकता है। कितना काम...और उसके पास सोचने का समय नहीं था। उसके प्राण विकल हो उठे थे। उसने उल्लास से भरकर ओमादेवी को जगाया था। उसे उम्मीद थी कि उसका क्रेच खुल गया होगा। उसे भी फ़ोन आता ही होगा। या उसे ख़ुद फ़ोन करके पता करना चाहिए। वह तैयार होकर सरपट घर से दफ़्तर की ओर भागा। इस बात से बेख़बर कि उसकी

पत्नी जलेबी के सपने में खोई हुई है। उसे आलस ने घेर रखा है। उसे और नींद चाहिए। जब तक नींद में रहती है, चिन्ताओं से बची रहती है। नींद दवा की तरह काम करती है।

राजभर के जाते ही ओमादेवी सजग हुई। उसे मानो होश आया। जलेबी की मिठास होंठों पर महसूस ही नहीं हो रही थी। कई बार तलब से भी स्वाद मिलता है। यहाँ तलब तो थी, स्वाद नहीं।

मन को समझा-बुझाकर घर के काम जल्दी निपटाए और क्रेच में फ़ोन लगाया। लगातार घंटी बजती रही। किसी ने फ़ोन नहीं उठाया। मन को ढाढ़स देती हुई वह तैयार हुई और क्रेच के लिए पैदल चल पड़ी।

उसके जाते ही सोमू डिलीवरी के लिए घर से निकल गया। सबरी किताब लेकर बैठ गई। बहुत दिन बाद उसे ख़ाली घर मिला था, वो एकान्त जिसकी चाहत अक्सर होती थी। उसे सुकून मिल रहा था कि माँ-पापा दोनों काम पर रोज़ जाएँगे, घर के हालात ठीक हो जाएँगे। पापा ने वादा किया है तो मोबाइल भी दिला देंगे। मोबाइल के बारे में सोचते ही वो छोटे से दर्पण के सामने चेहरा ले गई, पाउट बनाया। फिर तरह-तरह की मुखमुद्राएँ बनाती रही। गहरे विषादपूर्ण दिनों से बाहर निकलने के बाद ये उसका अपना ऐच्छिक एकान्त था जहाँ वह अपने चेहरे को, बालों को जैसा चाहे बनाकर दर्पण में देख सकती थी। उसे कोई दर्शक नहीं चाहिए था। ख़ुद ही देखना था, ख़ुद ही ख़ुश होना था। देर तक उसकी उत्तेजना, उसका उल्लास, उसका आह्लाद उसके चेहरे से टपकता रहा। लेकिन ये देर तक नहीं चल पाया। अचानक ओमादेवी घर लौटी थी। सबरी ने हड़बड़ाकर दरवाज़ा खोला, सामने सर्दी में भी पसीने-पसीने हुई वो खड़ी थी। आँखें लाल हो उठी थीं।

"टोकरी कहाँ है...?"

"वो उधर रखी है...क्या हुआ माँ...?"

सबरी उसे इस हालत में देखकर घबरा गई।

"टोकरी ख़ाली कर दे...मुझे लेकर काम पर जाना है।" बड़ी खुरदुरी आवाज़ थी, मानो रेत झड़ रही हो।

सबरी की हिम्मत न हुई कि पूछे, काम पर ही तो गई थीं, जल्दी लौट क्यों आईं। वहाँ क्या हुआ...?

ओमादेवी कुछ बुदबुदा रही थी। सबरी बदहवासी में सुन-समझ नहीं पा रही थी। उसे अन्देशा हो गया कि काम पर गई हुई माँ के साथ कोई हादसा ज़रूर हुआ है। अभी बता नहीं रही हैं, पापा के आने पर बताएँगी। उसने चुपचाप एक टोकरी लाकर माँ को पकड़ा दी। अपनी देह पर ओढ़ी हुई पतली शॉल का गोल घेरा बनाकर माथे पर रखा और बग़ल में टोकरी दबाकर निकल गई। सबरी ने देखा, दूर उस तरफ़ चली जा रही है माँ, जिधर बिल्डिंग का काम फिर से शुरू हो गया था। उस दिन काफ़ी लोग नज़र आ रहे थे। थोड़ी देर बाद माँ ओझल हो गई थी। उसकी दुबली-पतली काया हवा में हिलती हुई उसी भीड़ में गुम हो गई थी। जाते हुए माँ की परछाईं लम्बी होती जा रही थी। धूप तेज़ थी। हवा में बस सर्दी का अहसास था।

शाम को राजभर जल्दी लौटा। कुछ दिन तक दफ़्तर आधे दिन के लिए खुलेगा। काफ़ी लोगों को घर से काम करने के लिए बोला गया था। राजभर पर काम का बोझ कम हो गया था। न सिर्फ़ काम का बोझ बल्कि पैसे भी कम। पगार आधी हो गई थी। आश्वासन मिला था कि सब कुछ सामान्य होते ही पहले जितनी हो जाएगी। इसी उम्मीद पर वह थोड़ा सुकून में था कि कम-से-कम पगार आधी ही सही, मिलेगी तो। काम पर तो लौटा। घर के ख़र्च की चिन्ता तो न करनी पड़ेगी। उसका पुराना काम तो वापस मिल गया। कितनों के काम छिन गए, उनकी जगह नये लोगों ने ले ली। कुछ छोड़ गए, कुछ निकाल दिये गए।

बहुत रोना-पीटना देखकर घर लौटा तो बाहर सबरी और सोमू बैठे दिखाई दिये। उसने ओमादेवी को आवाज़ लगाई। सबरी ने उसे सामने देखने का इशारा किया। राजभर की आँखें पहले से ही थकान और दुख से भरी थीं। ज़िन्दगी से इतना नाराज़ तो कभी न हुआ था। उसकी मनोदशा अजीबोगरीब थी। उसने सामने देखा, वहाँ दृश्य ही बदला हुआ था। थोड़ी दूर से सिर पर टोकरी लिये हुए ओमादेवी आती दिखाई पड़ी।

पास आकर वो रुकी।

राजभर उसे देखता रह गया...ओमादेवी के चेहरे पर स्वाभिमान की, आत्मविश्वास की जो गर्वीली चमक थी, उससे रोशनी फूट रही थी। वह इस औरत को कहाँ पहचानता था...पहली बार देख रहा था...। वह जिस जलेबीप्रिया को जानता था, वो कोई और थी। दोनों में कोई तालमेल नहीं। जाड़े की साँझ थी, पसीने की बूँदें ओमादेवी की कनपटी पर झिलमिला रही थीं। बेटी के चेहरे पर निचुड़ी हुई मुस्कान थी। बेटा द्रवित-सा माँ को देख रहा था।

राजभर को हक्का-बक्का देखकर ओमादेवी ने कहा—

"ले लोगे नौकरी
छीन न पाओगे टोकरी।"

ओमादेवी ने टोकरी नीचे उतारी, उसमें ढेर सारा रेत भरा हुआ था। ब्लाउज़ के भीतर से रुपये निकालकर सोमू को दिये, "चल जा, बन्नेलाल हलवाई के यहाँ से आधा किलो जलेबी लेकर आ।"

"नौकरी ही तो गई है, मेरे लिए काम की कमी नहीं है सबरी के पापा। काम की चिन्ता हो चाहे नफा-नुकसान, इसकी परवाह वो करते हैं जिनके लिए काम इज्जत-प्रतिष्ठा से जुड़ा है। हम लोगों का क्या, हर काम एक बराबर, न छोटा, न बड़ा। रोज कमाना है और खाना है। अपने को ज़िन्दा रखना है, बच्चों को पढ़ाना है।

"सुनू नहे सबरी के पप्पा, कि टुकुर-टुकुर देखइछि? हम तो रोज घर में नगदी लायब हो, रोज आध पाव जलेबी तअ खाइये सकइछि हो...रउरा कथी सोचइछि? कि हम बेसी बोलइछि, ई बात सही हय कि न हय।"

अचानक बोलने का लहजा बदल गया ओमादेवी का। फुलवा जइसन मेहरारू की बातें सुनकर राजभर हैरान पर हैरान।

सारी उम्र साथ रहकर भी क्या अपनी मेहरारू को सम्पूर्ण रूप से जाना जा सकता है? ओमादेवी के प्रति अब तक की बनी-बनाई सारी छवियाँ अर्रा कर गिर गईं, जैसे सूखी टहनियाँ गिरती हैं शाखों से। अपनी इच्छाओं को सबसे छुपाकर रखनेवाली, उन्हें अपने दाँतों तले दबाने वाली उसकी पत्नी

आज अपनी बोली में कैसे रहस (इठला) रही है। राजभर के चेहरे से सारा विषाद, टोकरी की रेत की तरह झड़ने लगा था।

ओमादेवी की बातों से जलेबी का रस चू रहा था।

जलेबियों से भरी अलगनी टूटकर ओमादेवी के कन्धे पर गिर गई थी। जीवन की बाधादौड़ में वह जीत हासिल कर चुकी थी। उसे अब कोई पीछे लंगी लगाकर गिरा न पाएगा। वो जीवन-जलेबी हासिल कर चुकी है।

राजभर ने महसूस किया, उसके सूखे होंठों पर ओमादेवी ने अपने जलेबी-होंठ धर दिये हैं और उन पर मिठास पसरती चली जा रही थी।

वह स्वेद में डूबी मेहरारू के पहलू में खड़ा करुण-रस से भीग उठा था।

[‘वर्तमान साहित्य’ (महिला लेखन महाविशेषांक), मार्च-मई 2023 में प्रकाशित]

महानगर की हवा

तीसरी बार उसकी छँटनी हुई है। उँगलियों पर गिन रहा है—पहली बार कब, दूसरी बार क्यों और अब तीसरी बार क्या?

पहली छँटनी से उबरकर ज़िन्दगी सँभल गई थी कि दूसरी बार फिर छँटनी हुई और उससे उबरने का रास्ता ढूँढ़ ही रहा था कि तीसरी बार छँटनी हो गई।

उसने अपना चेहरा छुआ, जो किसी दुर्घटनाग्रस्त क्षेत्र की तरह छँटनीग्रस्त हो गया था। बढ़ी हुई बेतरतीब दाढ़ी, मूँछें। घनी काली भौंहें भी फैलते-फैलते आँखों को साइड से घेर चुकी थीं। चेहरे की त्वचा क्रीम के अभाव में खुरदुरी हो चुकी थी। अपनी हथेलियाँ चेहरे पर फिराते हुए माथे तक ले गया, उस पर बालों की रूखी लटें झूल आई थीं, छूते हुए लगा, नारियल की रस्सी छू रहा है, इन सबने उसे और दहशत से भर दिया, कपार पर हाथ रखकर वहीं बैठ गया। तनावों के बीच वो अपना ख़याल रखना ही भूल गया था।

पिता का घर था, छोटे शहर का एक घर जहाँ कुछ भी तरतीब से नहीं रखा था। जहाँ जो चीज़ें रखी जानी चाहिए थीं, वे वहाँ नहीं थीं। जिन्हें जहाँ नहीं होना चाहिए, वहाँ वे बेशर्मी से विराज रही थीं। इस समय वे सबसे मुँह चिढ़ा रही थीं। सोफ़ा और चौकी एक साथ बरामदे में रखे थे जिसके पीछे पुराने पर्दे झूल रहे थे। सोफ़ा टेबल पर कई दिन पुराने हिन्दी अख़बार रखे थे, जिन पर चाय के कपों के दाग़ दिखाई दे रहे थे।

ये सब देखकर पहले कभी उसे इतना बुरा नहीं लगा जितना तीसरी

छँटनी के बाद लगा। मन हुआ उठकर सारी चीज़ें तोड़-फोड़ दे, अख़बार फाड़ दे और पर्दे नोच ले। ये सब किस काम के? बरामदे में भला पर्दा कौन लगाता है? खुली हवा आने दो भाई। कितने अजीब माता-पिता हैं कि एक घर को भी ढंग से नहीं रख सकते। यहाँ कैसे रहा जा सकता है।

कल तक दिल्ली में रहते हुए इसी घर के लिए वह तरसता था और यहाँ के माहौल में रम जाता था। दिल्ली से आने पर उसका भाव वैसे ही बढ़ा रहता था।

ये भाव, शेयर मार्केट की तरह इतनी जल्दी गिर जाएगा और उसे तीसरी बार छँटनी का शिकार होना पड़ेगा, अपनी पत्नी के हाथों...उसने सोचा तक न था। उसकी बातें कानों में गूँज रही हैं। शब्द क्या थे, बर्छी की तरह कलेजे के आर-पार हो गए थे। शब्दों की धार का अन्दाज़ा हमें पहले नहीं होता, होता तो शायद सोच-समझकर बरतते। वो सँभलने की कोशिश कर रहा है। उस मरहम की तलाश में है जो शब्दों से मिले घाव को भर देता है। एक इनसान क्या-क्या झेले। कितना झेले। जिनसे उम्मीद नहीं थी, वो भी घायल करके, ख़ारिज़ करके चले गए।

वो तीसरी छँटनी पर विचार करने से पहले पूर्व की दो छँटनी पर सोचने लगा।

छँटनी-1

दिल्ली में कमानेवाले पूत का भाव वैसे भी बढ़ा रहता है। रिश्ता अगर गाँव-देहात से आए तो दिल्ली को वो लोग अमेरिका से कम नहीं समझते हैं। शैलेश को याद आ रहा है कि कैसे पाँच साल से दिल्ली में नौकरी करते हुए वो न्यूज़ चैनलों की लड़कियों में प्रेमिका ढूँढ़ता रहा, वे उसे दोस्त बनाती रहीं और प्रेम किसी और से करती रहीं। हर बार उसकी उम्मीद टूट जाती। धीरे-धीरे महानगर की लड़कियों, कामकाजी लड़कियों से उसका भरोसा उठ गया। वे तो उसका घर बसने से पहले ही उजाड़ चुकी थीं। साथ घूमतीं,

रिपोर्टिंग करतीं, दूर-दराज के इलाक़ों में उसके भरोसे निश्चिन्त रहतीं। वीडियो जर्नलिस्ट के रूप में वो लड़कियों में ख़ूब लोकप्रिय हो चुका था। तकनीकी रूप से कमज़ोर, पीटीसी यानी पीस टू कैमरा करने में कमज़ोर किन्तु ख़ूबसूरत लड़कियों का चहेता कैमरा पर्सन बन चुका था शैलेश। कई बार उन्हें वो ख़बरों का एंगल भी समझा देता था। उसे लगने लगा था, एक दिन इन्हीं लड़कियों में से कोई उसकी बीवी बन जाएगी, जीवन कितना आसान हो जाएगा। दोनों मिलकर किसी चैनल में साथ काम करेंगे, जीवन समृद्ध होगा। अपने शहर में रोब झाड़ेगा कि उसकी बीवी कमासुत है, स्मार्ट है, टी. वी. पर दिखाई भी देती है। उसके सपने जल्दी झड़ गए जैसे सर्दियों में कश्मीर के चिनार के पत्ते झड़ने लगते हैं। वो इस नतीजे पर पहुँचा कि ये लड़कियाँ दोस्ती के लिए ठीक हैं, घर बसाने लायक नहीं हैं। 'नॉट माई टाइप' फीलिंग उसके भीतर भर गई। उसने अपनी मम्मी को साल-भर पहले ही तो मैसेज किया था, "मेरे लिए आप लोग ही लड़की ढूँढ़ दो।"

बेटे की बातों से हैरान हुई मम्मी का जवाब—"कैसी चाहिए। ख़ुद ही क्यों नहीं ढूँढ़ लेता। तेरी पसन्द की कैसे तलाशूँ...पता नहीं तू पसन्द करे न करे...बायोडाटा तो रोज़ आ रहे। पापा तो मुझ पर छोड़ देते हैं। तू बता, कोई पसन्द है तो...?"

"मम्मी...मुझे बस 'होमली' और 'सिंपल' लड़की चाहिए...बस। ऐसी तो आप आराम से ढूँढ़ सकती हो...।"

उधर से मम्मी का जो जवाब आया उसमें सिर्फ़ हैरानी वाली इमोजी थी।

बाद में पापा ने उसे फ़ोन पर बताया कि तेरी मम्मी बड़ी दुखी होकर कह रही थीं कि आजकल सबके बच्चे अपने लिए साथी ढूँढ़ लेते हैं, हमारा बच्चा ही नालायक है। लड़कियों के साथ घूमता है, शादी के लायक कोई न मिली। क़स्बे-देहात की लड़की के साथ वहाँ कैसे एडजस्ट करेगा।

इस बात पर वो हँसकर रह गया था। पापा को क्या बताता कि यहाँ घोर अभाव से गुज़र रहा है। लड़कियाँ उसके साथ इतनी फ्रेंडली हैं कि प्रेम करने के बारे में सोचती ही नहीं हैं। कुछ के लिए टाइमपास बनकर रह गया था।

इधर पापा को इस बात की भी हैरानी थी कि इस सदी में भी कोई लड़का, नौकरी वाली लड़की नहीं खोज रहा है। क्या है इसके दिमाग़ में?

शैलेश को अन्दाज़ा न हुआ कि उसने शर्तें रखकर माता-पिता को मुश्किल में डाल दिया था। परेशानियों का नया दौर शुरू होनेवाला ही था। माता-पिता बेटे के लिए लड़की ढूँढ़ने लगे, बायोडाटा आने लगे, दोस्त-यार भी रिश्ते लेकर आने लगे थे। बेटा दिल्ली में, चैनल में नौकरी कर रहा है, लोग लुभा रहे थे। बस नहीं लुभा रही थीं तो उनकी लड़कियाँ। ज़्यादातर लड़कियाँ टेक्निकल पढ़ाई कर रही थीं जिन्हें नौकरी करनी थी। लोगों को होमली और सिंपल लड़की की आवश्यकता समझा-समझाकर दोनों थक रहे थे। बेटे के पास बायोडाटा भेजने से पहले ख़ुद ही फ़ैसला कर लेते थे कि करियर पर फोकस करनेवाली लड़की 'होमली' और 'सिंपल' नहीं हो सकती। ख़ासकर पापा गहराई से छानबीन कर रहे थे कि एक लड़की का पता मिल गया। लड़की के बायोडाटा में साफ़-साफ़ लिखा था, जॉब-निगोशिएबल।

बस लड़की जम गई माता-पिता को। शैलेश ने भी हामी भर दी। उस लड़की का मोबाइल नम्बर मम्मी से लेकर चैट करना शुरू कर दिया। लड़की ने जवाब देना शुरू किया। लड़की ने उससे उसका वर्क प्रोफ़ाइल पूछ लिया। शैलेश ने बताया वीडियो जर्नलिस्ट, उसने कहा—"ओ, अच्छा, वीडियो बनाते हो आप।"

बस। बात यहीं अटक गई। लड़की को अपने क़स्बे का वीडियोग्राफ़र याद आ गया जो शादी-ब्याह में सबके यहाँ वीडियो बनाने जाता है। प्रीतिभोज के समय हर महिला की व्यंजनों से भरी प्लेट पर कैमरा ज़्यादा फ़ोकस करता है और उनकी डाँट सुनकर भागता है। महिलाएँ उसे गाली निकालती हैं—छुछुँदर कहीं का। लड़की को याद आते ही चक्कर आ गया। उसने तत्काल प्रभाव से ब्लॉक कर दिया। उसके घरवाले भी पीछे हट गए।

अनगिन लड़कियों के विवाह प्रस्ताव छोड़कर जिसे चुना था, उसने उसे छाँट दिया। शैलेश को लगा, जीवन की नैया टाइटेनिक जहाज़ की तरह किसी हिमशिला से टकराकर टूट गई है और बस डूबने वाली ही है। कितनी

बेइज़्ज़ती महसूस हुई उसे। इस दुख को किसे कहे कि मन हल्का हो। जीवन में पहली बार उसे छँटनी का अहसास हुआ था। उसे दुख के साथ-साथ गहरी ठेस पहुँची कि कोई 'होमली' और 'सिंपल' लड़की भी उसे छाँट सकती है। हालाँकि उसने इन दो शर्तों को तब भी नहीं छोड़ा। माता-पिता तलाश में लगे रहे कि ढूँढ़ने से क्या नहीं मिलता, ईश्वर भी मिल जाते हैं।

मनचाही लड़की, जिसे जैसे चाहे नियंत्रित कर सकता हो, वो भी एक दिन मिल ही जाएगी।

छँटनी-2

दफ़्तर के बाहर अपना सामान लेकर कुमार शैलेश अकेला नहीं निकला था। दस और कर्मचारी थे उसके साथ। सब में एक बात कॉमन थी कि सबकी मोटी तनख़्वाह थी और लम्बे समय से जमे हुए थे। इन सबको बिना चेतावनी के, बिना किसी तैयारी के नौकरी से निकाल दिया गया था। मीडिया हाउस की नौकरी वैसे भी स्थायी नहीं होती है फिर भी सब लोग इसी उम्मीद से काम करते हैं कि नौकरी टिकी रहेगी।

उस मनहूस दिन जब घर से चला था तब कहाँ अन्दाज़ा था कि उसकी छँटनी हो चुकी है। उसका क़सूर सिर्फ़ इतना है कि वह पिछले पाँच साल से अपने पद पर डटा हुआ था और सबकी नज़र में उसकी सैलरी ज़्यादा थी। शैलेश अपने पुराने होने की अकड़ में रहता था। उसने मान लिया था कि उसके पाँव अंगद की तरह इस न्यूज़ चैनल में धँसे हैं, कोई डिगा नहीं सकता। ऊपर से नीचे तक, डेस्क से लेकर रिपोर्टर तक सबसे उसकी यारी थी। वह लगभग निश्चिन्त-सा हो गया था और जब उसे लगने लगा कि अब उसका करियर स्थिर है, तब उसने एक साल पहले विवाह भी कर लिया। वो भी अपने माँ-बाप की मर्ज़ी से। जहाँ उन्होंने विवाह तय कर दिया, उसने लड़की से फ़ोन पर, वीडियो कॉल पर बात की और तैयार हो गया। उसे अपने आसपास घूमने वाली लड़कियों से कम न लगी थी वो लड़की, जो

जीवनसाथी बनने जा रही थी। उसे एक और बात का इत्मीनान था कि ख़ुद छोटे से क़स्बेनुमा शहर से दिल्ली पहुँचा और होनेवाली पत्नी छोटे क़स्बे से आ रही है। ज़रूर 'होमली' और 'सिंपल' होगी।

विवाह को साल-भर हुआ, इस बीच पत्नी कई बार ससुराल, मायके हो आई। हमेशा वहाँ जाने को तत्पर रहती। शैलेश के घरवाले बहुत ख़ुश रहते थे कि बहू उनसे कितना लगाव रखती है, बार-बार हर त्योहार में उनके पास चली आती है। बेटा बहुत व्यस्त है मगर बहू तो ध्यान रखती है। नौकरीपेशा बहू न लाकर घरवाले ख़ुश थे और शैलेश भी निश्चिन्त था। कहाँ मिलती है ऐसी लड़की जो कोई नौकरी न करना चाहे। सब नौकरी करना चाहती हैं। ऐसे में उसकी गणित से एम. ए. पास पत्नी नौकरी की बात नहीं करती। ये दो निश्चिन्त लोगों का मेल था जो एक-दूसरे का साथ पाकर निश्चिन्त हो गए थे। उन्हें ज़िन्दगी के खेल का अन्दाज़ा नहीं था। जब खेलती है तो लोगों को फ़ुटबॉल बना देती है।

शैलेश की गृहस्थी जम ही रही थी कि अचानक वज्रपात हुआ। नौकरी हाथ से चली गई और धरती पैरों तले खिसक गई। घर में क्या कहेगा? बीवी को क्या मुँह दिखाएगा? माँ-बाप को कैसे समझाएगा? ससुराल वाले क्या सोचेंगे? नाते-रिश्तेदार क्या कहेंगे?

दफ़्तर से निकलते हुए जब उसके संगी-साथी बाहर छोड़ने आ रहे थे तब उसे चक्कर आया, क़दम लड़खड़ाए, चैनल का विशालकाय दफ़्तर गोल-गोल घूमने लगा। वो गेट के बाहर पहुँचने से पहले सीढ़ियों पर ही धम्म से बैठ गया। मोटी तनख़्वाह वाले, सभी विभागों से लोग निकाले गए थे। बिना पूर्व सूचना के सुबह-सुबह उन सबको पत्र थमा दिया गया था। उनकी दफ़्तर में एंट्री बैन कर दी गई। बाहर जमावड़ा लगा था। शैलेश को दुख इस बात का हो रहा था कि उसके साथ मस्ती करने वाले दोस्त भी बाहर आकर मिल नहीं रहे थे। यहाँ तक कि उसका बॉस जो उससे अपने सारे पर्सनल फ़ोटोशूट करवाता था, वीडियोज़ बनवाता था, वो भी ग़ायब था। जो लोग वहाँ बच गए थे, किसी के चेहरे पर शिकन तक न थी। वे ऐसे अन्दर-बाहर आ-जा रहे थे

मानो उन्होंने कुछ देखा-सुना ही न हो। ये लोग उसे हत्या के चश्मदीद गवाह लग रहे थे जो गवाही से बचने के लिए या हत्यारे के ख़ौफ़ से मुकर रहे थे। ऐसे शो कर रहे थे जैसे कुछ हुआ ही न हो। नौकरी गई तो गई, दोस्त-यार भी गए। एक हाथ आगे बढ़कर थामने नहीं आया। हर रात कारोबार (कार में बार) करनेवाले दफ़्तर के दोस्तों ने फ़ोन तक नहीं किया। उस पल जब उसे उनकी ज़रूरत थी, ज़्यादा तनख़्वाह वाले छँटनीग्रस्त कर्मचारियों के शोरगुल के बीच वह तनहा खड़ा था। वे लोग कुछ-कुछ प्रतिरोध जता रहे थे। कुछ कोर्ट जाने की बात कर रहे थे तो कुछ धरना-प्रदर्शन की। कुछ के चेहरे पर मुर्दनी छाई हुई थी। कुछ लोग तो बर्ख़ास्तगी का पत्र मिलते ही लौट गए थे। शैलेश ने रौनक सिन्हा को जाते देखा था। ज़रूर ये किसी और चैनल में नौकरी खोजने गया होगा। इससे पहले कि बर्ख़ास्तगी की सूची सभी चैनलों तक पहुँचे, वो वहाँ पहुँच जाना चाहता होगा। सीढ़ियों पर कुछ देर बैठकर शैलेश वहाँ से चला। मोबाइल पर नम्बर डायल करते नहीं बन रहा था। बाइक चलाने की हालत नहीं थी। क्या पता कहीं ठोकर न मार दे।

घर पहुँचकर पत्नी को कैसे बताएगा कि वो बेरोज़गार हो चुका है। वो सुनकर कैसे रिएक्ट करेगी। ये सब कल्पना से परे था। जीवन कितना सहज चल रहा था। अगली छुट्टियों में पत्नी को लेकर थाईलैंड उड़ जानेवाला था। उसके लिए सस्ता पैकेज भी ढूँढ़ लिया था। पत्नी के लिए ये सरप्राइज़ रखा था। अच्छा हुआ, नहीं बताया था, उसके सपने भी टूटते। अभी तो एक उम्मीद बाक़ी है कि किसी और चैनल में नौकरी मिल सकती है। इतने दोस्त किस दिन काम आएँगे। इतना सोचते ही हिम्मत आई। उम्मीद की एक किरण कौंधी मन में और वो उठ खड़ा हुआ। बिना किसी से बात किये, चुपचाप बाइक स्टार्ट की और सीधे घर की तरफ़ चला गया।

घर पर पत्नी को बताने की हिम्मत अभी तक जुटा नहीं पाया था। अगले दिन दफ़्तर जाने की हड़बड़ी न देखकर पत्नी ने पूछ ही लिया।

"मैं कहीं और नौकरी ट्राई कर रहा हूँ...यहाँ मन नहीं लग रहा है, लीव पर हूँ कुछ दिन की...। दूसरी मिलते ही रिजाइन कर दूँगा।"

आँखें चुराते हुए इतनी बात कहकर लैपटॉप पर बायोडाटा अपडेट करने लगा। उसने पत्नी का चेहरा नहीं देखा। देखा होता तो शायद तीसरी छँटनी से बच जाता। पत्नी के चेहरे का रंग उड़ गया था। दफ़्तर नहीं जाएगा, घर पर रहेगा, जाने कब नई नौकरी मिलेगी। कब तक रहेगा...कुछ पता नहीं।

पत्नी यानी सुरेखा कुमारी से कुछ कहा न गया। पति के कन्धे पर सान्त्वना के लिए हथेलियाँ रखीं और रसोई की तरफ़ मुड़ गई।

मुश्किल से दस दिन बीते होंगे सन्नाटे में। दोनों के बीच चुप्पी-सी छाई रही। न सुरेखा कुछ पूछती न वो अपनी तरफ़ से कुछ कहता। शैलेश एकाध दिन बाहर निकला था, जल्दी लौट आया था।

सुरेखा ने ये दिन मुश्किल से काटे थे। उसके पैरों में जैसे ज़ंजीरें पड़ गई थीं। उसका बाहर निकलना बाधित हो गया था। घर में बँधकर रह गई थी। सहेलियों के ग्रुप के साथ भी बाहर न गई। घर में हर समय मुँह लटकाए उसका पति बैठा रहता है, कैसे अकेले छोड़कर चली जाए। दस दिन बाद ही शैलेश ने ऐलान कर दिया, "हम लोग कुछ दिन के लिए घर जाएँगे। वहाँ कुछ समय बिताकर तब लौटेंगे। तब नई शुरुआत करेंगे। एक नया चैनल खुलनेवाला है, उसमें बात पक्की हो गई है। नये चैनल में साल-भर छुट्टी नहीं मिलेगी, इसलिए अभी ही घर हो आते हैं।"

स्वभाव से शान्त सुरेखा इस बात पर बुरी तरह भड़क उठी, "हमें छठ-पूजा में गाँव-घर जाना होता ही है। अभी तो सितम्बर का महीना ही चल रहा है। दीवाली के बाद छठ में ही जाएँगे। तुम्हारा क्या, तुम न जाओगे तो मुझे भेज दोगे।"

शैलेश ट्रेन की टिकट बुक करा चुका था। सुरेखा जानती थी, उसकी मर्ज़ी नहीं चलेगी। उसे जाना ही होगा। वो किसी सामान की तरह बँधी हुई डोलती रहेगी। ठीक ही कहा था शैलेश के एक शराबी पत्रकार मित्र ने—"भाभी आप तो इसकी स्टेपनी हो। आपको हर जगह बाँधकर ले जाता है।"

सही कहा था। स्टेपनी को तो जाना ही पड़ेगा। मना करने का कोई फ़ायदा नहीं। सीधा पूछेगा, "तुम अकेली यहाँ रहकर क्या करोगी?"

इस सवाल का फ़िलहाल उसके पास कोई जवाब नहीं है। उसे जाना ही होगा। इस घर से ज़्यादा उसे अपने मायके वाले घर से लगाव था। उसके पापा ने विवाह के समय ही नोएडा एक्सटेंशन में दो बेडरूम का घर उसे उपहार में दिया था। वे नहीं चाहते थे कि उनकी बेटी किराये के घर में भटकती रहे। विवाह तय होते ही यहाँ 'रेडी टू शिफ्ट' फ्लैट ख़रीद चुके थे। उसने आसपास अच्छा-ख़ासा अपना समाज भी बना लिया था। जल्दी लौट आने के वादे के साथ वो शैलेश के साथ चली गई।

चली तो गई, लौटने की सूरत न बन रही थी। माता जी कहतीं, 'दुर्गा पूजा के बाद जाना।' दशहरा बीता तो 'दीवाली के बाद जाना।' दीवाली बीत गई तो 'छठ पूजा में भला कौन बेटा-बहू घर छोड़कर जाता है।'

और अब छठ पूजा सम्पन्न हो गई। छठ का परसाद ठेकुआ खा-खा के लस्त-पस्त हुआ शैलेश दिल्ली लौटने के मूड में नहीं दिखाई दे रहा है। उसकी सारी बातें झूठ निकलीं।

उस रोज़ जब शैलेश बड़े उत्साह से बाज़ार से घर लौटा तो उसके हाथ में रोज़गार के कुछ विकल्प थे। वो अपनी माँ और सुरेखा से साझा करने जा रहा था। उसने मन बना लिया था कि क्या करना है। हमेशा के लिए उसके भीतर से कुछ मोह झर गए थे। ये नितान्त उसका अपना फ़ैसला था जिसे वो घरवालों को सुनाना चाहता था। उसे किसी की सहमति या अनुमति की ज़रूरत नहीं थी। वो अब अपने मन का मालिक ख़ुद था।

उसने माँ और सुरेखा के सामने जैसे ही कहा, "मैं अब यहीं पर अपना कारोबार करना चाहता हूँ...और इसके लिए मैंने..."

"सुनिए, यहीं रुक जाइए...पहले आप मेरी सुनिए। मुझे कुछ कहना है, पहले मुझे कह लेने दीजिए।"

सुरेखा ने उसे रोक दिया।

"मैं दिल्ली जा रही हूँ, मेरे पापा ने फ्लाइट की टिकट करा दी है, वो कल मुझे लेने आ रहे हैं..."

"क्या...!"

सब कुछ इतना अप्रत्याशित, उम्मीद से परे था कि शैलेश और उसकी माँ का मुँह खुला का खुला रह गया और कोई शब्द ही नहीं सूझे कि उससे पूछें। शैलेश अपने भीतर सवालों की आँधी से घिर गया। सुरेखा ने उसकी बात पूरी सुनी ही नहीं। अपने और उसके लिए ही तो वो अपने ही क़स्बे में व्यवसाय करने की सोच रहा था जिससे भविष्य में आर्थिक दिक़्क़तें न हों। उसने तो बिना सुने ही बात काटकर अपना फ़ैसला सुना दिया। क्या उसे शहरी जीवन खींच रहा है? क्या कोई और आ गया है उसके जीवन में? जब ऑफ़िस चला जाता था या जब कई दिन शहर से बाहर कवरेज के लिए जाना पड़ता था तब तो ये अकेली रहती थी। बहुत ख़ुश लगी। कभी शिकायत नहीं की। उसे कई बार हैरानी होती कि समय को लेकर शिकायत क्यों नहीं करती है। कैसे समय गुज़रता होगा इसका घर में? क्या करती होगी...कभी सोचा ही नहीं कि होमली और सिंपल लड़की को भी अकेलापन खलता तो होगा। बच्चे पैदा करने के बारे में तो दोनों में से कोई भी बात नहीं करता था। शैलेश के पास हमेशा वक़्त कम होता था। सुरेखा के पास बातें कम। सुरेखा के सख़्त प्रतिवाद के बाद भी शैलेश को यक़ीन नहीं आ रहा था कि सुरेखा अकेली दिल्ली जाने के बारे में सोच भी सकती है। यक़ीन हो भी तो कैसे? क्या ये वही लड़की है जिसने हर क़दम पर साथ रहने का वादा किया था। वो सिर्फ़ एक महीने में इतनी कैसे बदल सकती है? क्या हो गया है इसे? क्यों ऊब गई यहाँ से। कोई तो वजह होगी। उसे फ़ैसला लेते हुए किसी से डर भी नहीं लगा, न उसे परवाह है। वो शायद शादी के समय की शर्तें भूल गई है।

शैलेश की माँ वहाँ से उठकर चली गईं। ऐसी जगह जहाँ से उनकी बातें कानों में पड़ती रहें।

"मुझे मत रोको। अब मैं पीछे नहीं लौट सकती...तुम्हें रहना है यहाँ तो तुम रहो...मेरी दुनिया अब वहीं है। मेरा घर, मेरा शहर अब वही है..."

"इतनी जल्दी वो तुम्हारा शहर कैसे हो गया सुरेखा?"

"वो तो पहले मेरा था...मेरी वजह से तुम्हारा हुआ जब मैं ही वहाँ नहीं

रहना चाहता तो तुम क्यों वहाँ वापस जाना चाहती हो...?"

शैलेश लगभग गिड़गिड़ा रहा था।

"मत जाओ वापस...कुछ नहीं रखा वहाँ...सब ख़त्म...मेरे लिए कुछ नहीं वहाँ...।"

"अच्छा! क्या करोगे यहाँ?" अपने कन्धे से शिफॉन की रंगीन चुन्नी उतारकर सुरेखा ने वहीं कुर्सी पर धर दी। वो ख़ुद को बहस के लिए तैयार कर रही थी।

"अपना घर है, अपना शहर है, छोटा ही सही। स्मॉल टाउन में सब एक-दूसरे को जानते हैं। सुख-दुख में साथ खड़े होते हैं। वहाँ कोई काम नहीं आया मेरे...।"

"शैलेश जी...सुनिए..."

पहली बार उसने नाम लेकर सम्बोधित किया। अब तक सुनिए, सुनो...ए जी...ओ जी...ही करती रही थी। ख़ासकर ससुराल में नाम लेने से बचती थी। इस बहस में वो भूल गई कि कहाँ खड़ी है। यहाँ उसका सम्पूर्ण अस्तित्व दाँव पर लगा था, जिसे हर हाल में बचाना था।

शैलेश उसका मुँह ताकता रहा। जाने क्या बम फोड़ने वाली है। एकदम क्रान्ति करने पर आमादा है।

"यहाँ क्या है मेरा। शहर भी तुम्हारा, घर भी तुम्हारा, परिवार भी...हम औरतों के आने के बाद क्या कुछ भी हमारे अनुसार बदलता है, या हमारा होता है। वहाँ कम-से-कम मेरे पिता का दिया हुआ, लोन फ्री एक छोटा-सा घर तो है..."

"यहाँ मेरे पिता का घर है...," शैलेश ने प्रतिवाद किया लेकिन उसकी आवाज़ में दम नहीं था।

"आपके पिता का घर...है न। जहाँ मुझे एडजस्ट करना होगा। वहाँ मुझे एडजस्ट नहीं करना होगा...मेरे नाम का घर है...मेरा घर...एक स्त्री के पास एक छत हो और एक नौकरी...वो उसे छोड़कर कहीं एडजस्ट क्यों होना चाहेगी...आप करेंगे नहीं मेरे साथ एडजस्ट...?"

"एक बात बताइए...आप यहाँ रहकर करेंगे क्या? आपके लायक यहाँ कोई काम नहीं मिलेगा। कहीं-न-कहीं जाना ही होगा...हम पलायन क्यों करते हैं, जब हमारे मन-मुताबिक काम नहीं मिलता। यहाँ क्या है आपके लिए? होता तो आप जाते। बताइए...फिर यहाँ का मोह क्यों घेर रहा है आपको?"

सुरेखा ने आँखें फाड़कर उसके ऊपर जलता हुआ सवाल फेंका था ताकि वह झुलस जाए। उसने सुरेखा को ग़ौर से देखा। चेहरा तप रहा था। बहस से गेहुँआ रंग लाल हो रहा था। आँखों में आँसू की बूँदें झिलमिला रही थीं। माँ की पसन्द के रंग-बिरंगे सलवार-कुर्ते, चुन्नी में वो एकदम होमली और सिंपल लग रही थी। बस बातचीत एकदम उलट कर रही थी। सवाल भी तीखे-तीखे उछाल रही थी। मानो चोट करना चाहती हो। उसके हर सवाल से गहरी चोट लगी। ये तो कोई और स्त्री है, जो इसके भीतर छुपकर बैठी थी, मौक़ा पाते ही बाहर निकल आई। क्या हर स्त्री के भीतर कोई और स्त्री छुपी-दबी बैठी होती है? उसके जलते सवालों से शैलेश के भीतर भी सुलगते सवाल घुमड़ने लगे थे। उसके पास अपनी पत्नी की बातों की काट नहीं थी। उसके सवाल इतने जायज़ लग रहे थे, क्या बोलता।

मगर जवाब तो देना ही था...नहीं देता तो वो चुप न रहती।

"वही तो बतानेवाला था, कोई बिज़नेस या अपनी खेती-बाड़ी..."

शैलेश की बात अधूरी रह गई।

सुरेखा भड़क उठी, "तुम्हें ये सब मुबारक शैलेश बाबू...हम तो चले अपने...। तुम्हें नहीं आना है तो यहीं रहो। मैं यहाँ नहीं रह सकती...मुझे बहस नहीं करनी है..."

"और हाँ, मैंने नोएडा के एक पब्लिक स्कूल में गणित टीचर के लिए एप्लाई किया था, मुझे नौकरी मिल गई है। अगले हफ़्ते ज्वाइन करना है। मैं तुम पर निर्भर नहीं हूँ...। मुझे अहसास हो गया है कि तुम्हारी नौकरी में स्थायित्व नहीं है। मुझे तुम्हारे लिए बुरा लगता है। आसान नहीं है ये सब झेलना। हमेशा असुरक्षित बने रहना कि कब नौकरी चली जाए, कब चैनल बन्द हो जाए। कोई एक तो ऐसा काम करे कि घर चल सके। इस नौकरी को

पाने के लिए मैंने बहुत भाग-दौड़, तैयारी और मेहनत की है। मैं ये अवसर नहीं गँवा सकती।"

शैलेश, सुरेखा की किसी बात से सहमत नहीं हो पा रहा था। या शायद उसके भीतर का पुरुषोचित अहंकार उसे सहमत नहीं होने दे रहा था। उसे तो हैरानी के, दुख के, क्षोभ के दौरे पड़ रहे थे, ये सोचकर कि क़स्बाई लड़की के भीतर महानगरीय आत्मविश्वास कहाँ से आया। इसके पिता भी शादी की शर्तें कैसे भूल गए। क्या उसे धोखे में रखा गया कि लड़की किसी तरह महानगर पहुँच जाए, फिर अपनी मनमानी कर ही लेगी। क्या वो महानगर तक पहुँचने का ज़रिया बनकर रह गया।

दिमाग़ में बिजली कौंधी, "ओह, तभी पिता ने फ़्लैट ख़रीदकर दिया बेटी को। पहले से ही कुछ प्लानिंग रही होगी।"

भीतर क्रोध का लावा फूटने लगा। एक बार मन हुआ कि घर से निकलने न दे। या फिर धमकी देकर बात मनवाए। उसके भीतर का चतुर पुरुष जागा। पहले ज़रा आराम से संवाद करके देखा जाए।

"अरे यार...तुमने सोचा है कि तुम वहाँ...मैं यहाँ..."

"तुम बहुत जल्दी हिम्मत हार गए हो। मैं हारकर नहीं लौटूँगी कभी।"

और वो चली गई। शैलेश को क्रोधित, अवसन्न, पराजित-भाव में छोड़कर। उसका एक बदली हुई स्त्री से सामना हुआ था। निडर, बेख़ौफ़, आत्मविश्वास से लबालब भरी हुई। थोड़ी उदासी, थोड़ी खिन्नता का भाव चेहरे पर लिये उसे जाता देखता रह गया। काफ़ी जिरह के बाद भी न मानी। शैलेश ने अपने माता-पिता को सुरेखा से बात करने या रोकने से मना कर दिया था। माँ को सिर्फ़ इतना कह पाया, "आपने ही तो ढूँढ़ी थी, होमली और सिंपल लड़की...। देख लिया न...।"

सब छटपटाकर रह गए। सुरेखा चिड़िया बन चुकी थी जो अपना जाल लेकर उड़ गई थी। वो बहेलिया की तरह मुँह बाए खड़ा रह गया था।

माता जी बड़बड़ाती रहीं—"देहात की लड़की को सहर का हवा लग गया है। साल-भर में ही दिमाग़ ख़राब। तुम्हारी ग़लती है। इतनी छूट दिये

हो। मजाल कि हम कभी ऐसा करते। तुम्हारे पापा हमारी टाँग तोड़ देते।"

"हम पापा नहीं हैं मम्मी, न सुरेखा आपकी तरह है...आप बॉटनी की टॉपर होकर क्या कर रही हैं घर में...? छोड़िए।"

उसने अपनी माँ को पहली बार इस नज़र से देखा कि एक पढ़ी-लिखी लड़की कैसे कॉलेज की नौकरी छोड़कर घर-परिवार में खप गई। माँ अपनी उम्र से ज़्यादा की लगती हैं जिनकी सोच भी समाज के हिसाब से बन गई है।

"उसका बाप बिगाड़ा है लड़की को, कोई बाप ब्याहता लड़की को पति से अलग शहर में ले जाकर नौकरी करने को कहेगा क्या...हम नहीं कर सकते थे नौकरी...नहीं किये न। घर-परिवार तो हम औरतों को ही सँभालना पड़ता है...मर्द तो शुरू से ही बाहर कमाता रहा है। अब ये उलटी चाल शुरू हो गई है...हे भगवान...महानगर की हवा ही खराब होती है।"

माँ लगातार प्रलाप करती जा रही थीं। वह बहू के जाने से हैरान कम, चिन्तित ज्यादा हो गई थीं। उन्हें अब इस घर में दो-दो पुरुषों को सँभालना होगा। पहले पति के नखरे उठाती रहीं, अब सुख-सुविधा का अभ्यस्त जवान बेटा सिर पर बैठनेवाला है। चार की जगह अब दस रोटी बेलनी पड़ेंगी। बाप अलग दरवाज़े पर मोहल्ला जमा करके चाय पिलाता रहता है, ऊपर से बेटा अपने दोस्तों की खातिर करवाएगा। बहू तो निकल गई, वो कहाँ भागेंगी। यही सब सोचकर उनका प्रलाप और बढ़ गया था। अपनी उँगलियों को देखा जो काम करते-करते घिस गई थीं। बाप-बेटे दोनों को इनके ही हाथ का बना खाना पसन्द है। कई बार अच्छा होना, कितना त्रासद हो सकता है।

शैलेश को माँ की बातें अब चुभने लगी थीं। ख़ुद जैसी थीं, वैसी बनाना चाहती हैं सुरेखा को...और वो ख़ुद क्या चाहता था...माँ जैसी ही 'होमली' और 'सिंपल' पत्नी ही तो ढूँढ़ रहा था...। इतना तगड़ा झटका उसे लगा है, उससे उबर पाना कठिन लग रहा था।

पापा जब घर लौटे तो उन्हें ये सारा कांड पता चला।

वे चीख़ पड़े, "तू गया क्यों नहीं बहू के साथ? यहाँ क्या धरा है? इसीलिए बाहर भेजकर पढ़ाया-लिखाया कि तू हार मानकर लौट आए?"

चीख़ते-चीख़ते वो अन्दर आए, कमरे में पत्नी सिर पकड़कर बैठी थी। वहाँ चीख़ने लगे—"आपका ये बुद्धिहीन पुत्र यहाँ ख़ामख़ाह हर चीज़ में टाँग अड़ाएगा। अख़बार क्यों यहाँ पड़ा है, सोफ़ा यहाँ क्यों रखा है, पर्दे यहाँ क्यों लगे हैं...समझाइए उसे।"

पापा को चिन्ता ये हो रही थी कि इस घर को बेटा अपने हिसाब से न चलाने लगे। ये आवाज़ें बाहर बैठे शैलेश तक भी पहुँच रही थीं। अचानक वो सबके लिए अवांछित हो उठा था। वहाँ से चुपचाप उठा और ख़ाली सड़क की तरफ़ पैदल निकल पड़ा। किसी हारे हुए जुआरी की तरह वो घरेलू शोरगुल से दूर कहीं बैठकर अपनी ज़िन्दगी के बारे में फिर से सोचना चाहता था। इससे पहले कि ज़िन्दगी उसे छाँट दे, एक बार उसे फिर से थाम लेना चाहता है। उसने हवा में हाथ बढ़ाया...मानो ज़िन्दगी को दृश्य हाथ से पकड़ने की कोशिश कर रहा हो। हवा में ठंड की हल्की खुनक थी। सर्दियों की आहट सुनाई दे रही थी। घर से थोड़ी ही दूर पर बूढ़ी गंडक नदी बहती है। उसकी अनगिन उदासियाँ लेकर बहा करती है। उसने कभी नहीं छाँटा उसे। बाक़ी दोनों छँटनी तो वो विस्मृत कर जाएगा, आख़िरी नहीं।

बाक़ी दोनों छँटनी से अलग थी ये जिसमें आश्वस्ति थी कि ख़ारिज़ के बाद दाख़िल हुआ जा सकता था। उसे पहली बार अहसास हुआ कि एक इनसान कभी वैसा नहीं होता, जैसा दीखता है। समय-समय पर सब केंचुल उतारते हैं।

अपवित्र पानी

पहली बार बान्थु चाची ने अपने दोनों जेठ पुत्रों रंजन और अंजन को मना किया, "अब पैसे मत भेजना। तुम्हारी चाची अब कमाने लगी हैं। मेरे जीने लायक और घर मेंटेन करने लायक भरपूर पैसा आ रहा है। अब तो हम वीडियो एडिटर के लिए दीपा की बेटी को तैयार कर रहे हैं और कैमरे का काम रजिया को सिखा दिये हैं। काम बहुत बढ़ गया है...बेटा।"

रंजन उछल पड़ा। चाची का तो काया पलट हो गया है। उसने इंस्टा खोला और चाची की सबसे सुपरहिट रील देखने लगा जिसमें वो बहुत मज़ेदार ढंग से बिहारी टोन में कह रही हैं—

"हम बिहारी चाची हैं
हम बच्चों को पीटते नहीं—थूर देते हैं
हम बिहारी चाची हैं...
हम खाना खाते नहीं, हम भकोसते हैं
हम बिहारी चाची हैं...
हम मेकअप नहीं, सिंगार-पटार करते हैं
हम बात समझते नहीं, हम बूझते हैं...
हमारा पैर दर्द नहीं करता, गोर टटाता है
हम बुद्धू, मूर्ख नहीं बुरबक, बकलोल, बताह कहते हैं"

इस वीडियो पर कमेंट और लाइक की झड़ी लगी हुई थी। उसने यूट्यूब

खोला, वहाँ चाची के इतने फॉलोअर थे कि वह आँखें मल-मलकर देखता रह गया। चाची के वीडियो के शॉर्ट्स, जीवन जीने का सलीक़ा, कभी चाची कुछ बना रही हैं, कभी कुछ पका रही हैं, सब में बिहारी टोन में समझा रही हैं। एकदम अनगढ़ स्त्री जो तकनीक के कुलीन संसार को अपने तरीक़े से मोह रही थी। एक वीडियो में फुल्लौरी-चटनी बना रही हैं...गाना भी गा रही है..."फुल्लौरी बिना चटनी कैसे बनी..., नहीं बनी, तो बनाइए न...बिहारी चाची सिखाएगी आपको...।"

चाची के पास स्मार्ट फ़ोन था और फ़ेसबुक पर उनका प्रोफ़ाइल भी बना हुआ था। वो पोस्ट कुछ नहीं करती थीं, बस मन बहलाने के लिए रोज़ एक घंटा शाम को, पूजाघर में दीया जलाने के बाद फ़ेसबुक पर विचरण करने पहुँचतीं। परिवार के लोगों का प्रोफ़ाइल ज़रूर चेक करतीं और बहसें, झड़पें देखतीं। धार्मिक-अधार्मिक बहसें देखतीं। समय बचता तो यूट्यूब पर भजन या कोई मनोरंजक वीडियो देखतीं। जब से उनके पास फ़ोन आया है, उनका अकेलापन दूर हो गया है। कोई ऐसा साथी मिल गया है जो उन्हें एक बड़े संसार से जोड़ देता है। यूट्यूब पर पुरानी फ़िल्में खोज-खोजकर देख डालतीं। समय इसी तरह कट जाता था। गाँव छोड़कर जब से मुज़फ़्फ़रपुर रहने आई हैं, उनका रहन-सहन थोड़ा बदल गया है। उतनी देहाती नहीं रहीं जितनी गाँव में थीं। शहर सबको बदलता है। चाची को भी बदल दिया था लेकिन अपने नाम से तब भी नहीं जुड़ पाईं।

नाम जो गुम हुआ, उसे इस जन्मदिन पर यानी पैंसठवें जन्मदिन पर पोते आरव ने ढूँढ़ निकाला—'मधु कामिनी!'

पूरा नाम पहली बार सबने सुना।

रंजन, कमल समेत सबके मुँह से निकला, "वाऊ, कितना पोएटिक नाम है...किसने रखा चाची! गाँव में भी होते थे तब लड़कियों के ऐसे नाम?"

चाची ने बताया, "मेरे बाबूजी संस्कृत के मास्टर थे।"

बताते हुए चाची के चेहरे पर अभिमान छलक आया था। रंजन को याद आया कि चाची का जीवन कैसे बदला। क्या हुआ था दो साल पहले।

कोरोना महामारी के बाद पहली बार जब सारा परिवार वहाँ जुटा था तब कई सुघटनाएँ हुईं।

उस साल पहली बार बान्थु चाची के जन्मदिन को अलग तरीके से मनाने की तैयारी घर में हो रही थी। पूरा घर उत्साह में डूबा था। चाची सब कुछ देखती हुई मन्द-मन्द मुस्करा रही थीं। उनसे योजनाएँ छुपाई जा रही थीं। पहली बार इतना उत्साह देखा जा रहा था घर में। ये संयोग की बात थी कि सब छठ पर्व में जुटे और चाची का जन्मदिन पड़ा। किसी को याद भी कहाँ आता। वो तो बात-बात में रंजन का बेटा आरव चाची से पूछ बैठा, तो चाची ने झिझकते हुए बता दिया। फिर तो आरव ने तहलका ही मचा दिया। घर-भर में घूम-घूमकर सबको बताता फिरे। बात फैल गई। चाची के दो जाउत थे, उनके जेठ के दोनों लड़के, रंजन सबसे बड़ा, वो बंगलौर और दूसरा अंजन, वो दिल्ली। दोनों सपरिवार पधारे थे। रंजन का बेटा चाची को ही अपनी दादी मानता था। उसकी अपनी दादी कोरोना में गुज़र गई थीं। चाची के पति यानी सुशील चाचा भी जवानी में ही किसी अज्ञात रोग का शिकार होकर चल बसे थे। तब से चाची ने रंजन और अंजन पर ही अपना मातृत्व लुटाया। सन्तानविहीन चाची को दो बेटे मिल गए थे। उन्हीं में मग्न रहीं, वही उनका परिवार था।

चाची का असली नाम कम लोगों को पता था। सब उन्हें उनके मायके के गाँव के नाम से बुलाते थे। बान्थु गाँव में उनका नैहर था। इसलिए वे बान्थु वाली थीं, बान्थु वाली चाची, भाभी, दादी सब। उन्हें शादी के बाद किसी ने नाम से कभी पुकारा ही नहीं। वे ख़ुद भी अपना नाम बमुश्किल याद रख पाई थीं। जब पोते आरव ने उनसे नाम पूछा था तब वे बहुत खिलखिलाई थीं, शरमाई थीं। नाम बताने से पहले ख़ुद से जूझती रहीं मानो कोई गुनाह करने जा रही हों या पुरानी पहचान मिटाकर उन्हें लोग नई पहचान देने वाले हो। उन्हें अटपटा लगा था।

आरव नहीं माना। उसे केक का ऑर्डर देना था और उस पर दादी का नाम लिखवाना था।

केक का नाम सुनते ही चाची भड़क गई थीं। वे कभी केक नहीं खाती थीं। चाचा की मृत्यु के बाद शाकाहारी बनी चाची केक अंडे के कारण नहीं खाती थीं। कोई कितना भी उन्हें समझाए कि केक एगलेस है, वे मानती नहीं थीं। इस बार वे आरव को मना नहीं कर सकती थीं। पहले समझाने की कोशिश की, "मेरा नाम लिखने की क्या ज़रूरत है, बान्थु चाची-दादी लिख दो।"

अंजन ने ज़िद की तो चाची ने हँसी उड़ाई—"ख़ूब समझते हैं अंजन बउआ, तुम फ़ेसबुक पर लगाओगे...है न...आजकल दुनिया पगलाई हुई है, सबका जन्मदिन, मैरिज एनवर्सरी मनाया जा रहा है...।"

सब ज़िद करने लगे तो चाची ने सुझाव दिया, इतना ही मन है तो क्यों नहीं सत्यनारायण भगवान की कथा रख दो और दस पंडित को भोज करा दो। कुछ पुण्य भी मिलेगा तुम सबको। बाहर जाकर तो ये सब भूल ही गए होगे।

"क्या बान्थु चाची...आप भी न..." अंजन ने मुँह बनाया।

"चाची, जब फ़ेसबुक पर आपका प्रोफ़ाइल बना हुआ है तो आप कुछ पोस्ट क्यों नहीं करतीं?" आरव की मम्मी यानी रंजन की पत्नी समायरा ने बात को दूसरी तरफ़ घुमा दिया।

चाची मुँह बनाकर रह गईं मानो ये खलिहर लोगों का काम हो।

रंजन को याद आ रही हैं चाची की वे तमाम प्रतिक्रियाएँ, जब पहली बार केक काटना पड़ा तब कितना नखरा—"अरे, हम कभी जीवन में नहीं काटे हैं केक। बुढ़ारी में क्या नया काम शुरू किये हो तुम लोग। बूढ़-पुरनिया को सोभा देगा कि हम केक काटें। ये बच्चा सभ को सोभा देता है न। तुम लोग खाली दुनिया के देखादेखी ये सब कर रहे हो...।"

तब चाची को अंजन से अच्छे से समझाया, "देखो चाची, आपकी प्रिय नेता उमा भारती ने आपके भगवान को केक चढ़ाया था न परसाद में, फिर आपको क्या है। कोई भी काम तो नया ही शुरू करना होता है। आप हम लोगों की खातिर करिए न।"

केक के लिए तैयार हुईं तो रंजन ने घोषणा कर दी—"चाची को लेकर हम लोग वाटर पार्क जाएँगे।"

शहर से पाँच किलोमीटर दूर के गाँव में नया-नया वाटर पार्क खुला था। शहर और आसपास के गाँववालों के लिए वो कौतुहल बना हुआ था। लोग अचरज से देख रहे थे। कुछ बुजुर्ग उसे पानी की बर्बादी मानकर घोर निन्दा कर रहे थे तो कुछ स्त्रियाँ वहाँ के पानी में नहाने से कतरा रही थीं। चाची भी जबरन ले जाई गई थीं तो वहाँ उन्होंने कृत्रिम समन्दर में नहाने से मना कर दिया था, वे साड़ी के सिवा कोई पोशाक पहनने को राज़ी न हो रही थीं। वहाँ जाकर वे एकदम फैल गईं कि वे पार्क के नियमानुसार उनके कपड़े नहीं पहनेंगी, चाहे अन्दर जाने दें या न दें। किसी तरह रंजन अपने परिचित से पैरवी कराकर चाची को एक शर्त पर अन्दर ले गया कि वे चुपचाप एक जगह बैठकर आनन्द लेंगी। पानी में नहीं उतरेंगी। अन्दर सारे लोग वीडियो, रील्स बनाने में डूबे थे। रंजन की पत्नी समायरा और अंजन की पत्नी शिवानी को रील्स बनाने का बहुत शौक़ था। वे वीडियो बनातीं फिर गाने चुनकर डाल देतीं। दस वर्षीय आरव अपनी मम्मी का फ़ोन लेकर चाची के पीछे वीडियो बनाने के लिए पड़ा था। चाची एक कुर्सी पर बैठकर नज़ारा देख रही थीं—कृत्रिम समन्दर की लहरों का आनन्द तमाम ग्रामीण स्त्रियाँ ले रही थीं। उनमें चाची को कोई सम्भ्रान्त स्त्री नहीं दिखाई दी थी। उनके भीतर मन्थन चल रहा था। वे क्लास कॉन्शस उतनी नहीं थीं जितना जातीय व्यवस्था में उनका विश्वास था। ग्रामीण स्त्रियों को देखकर वे चिढ़ भी रही थीं।

"राम...राम...जाने कौन किस जाति, धर्म का, सब एक ही जगह नहा रहा है...अलग व्यवस्था होना चाहिए था न...एक साथ कैसे...।" उन्हें लग रहा था कि रोज़ जो सब्ज़ी की टोकरी माथे पर लेकर आती है, कहीं वो भी तो नहीं...। उसके साथ कैसे वो नहाने का आनन्द ले सकती हैं...।

"चाची...आप वही सोच रही हैं न जो मैं समझ रहा हूँ?"

चाची ने रंजन को घूरा।

"चाची...वाटर पार्क हो या कोई भी पब्लिक प्लेस, वहाँ भेदभाव नहीं चलता...सबका समान हक़ होता है...आप किस ज़माने की हो..."

"मुझे ज्ञान मत दो...हम लोग गाँव और छोटे शहरों में रहते हैं, हमें

बहुत कुछ देखना होता है। तुम लोग नहीं समझोगे...न मानोगे...हमें निभाव कर लेने दो...कितने दिन बचे हैं जिन्दगी के..."

"ऐसा मत कहिए चाची..." पानी से तरबतर रंजन उनके पास बैठ गया।

"एक क़िस्सा सुनाता हूँ चाची...मैंने कभी कॉलेज डेज़ में एक कहानी पढ़ी थी कि एक औरत रोज़ गंगा से पानी भर अपने भगवान को जल चढ़ाती थी। रोज़ एक लोटा पानी लाती। एक दिन लोटे में जल लेकर आई और भगवान को चढ़ाने लगी तो उसमें से एक मछली नीचे गिर पड़ी। अब उस औरत को लगा, उसके भगवान अपवित्र हो गए। उन पर मछली चढ़ गई। कहानी में उस औरत के भीतर द्वन्द्व चलता है और सवाल उठते हैं कि जिस जल से भगवान शुद्ध होते हैं, उस जल में रहनेवाली मछली अपवित्र कैसे हो गई।"

"आप बताइए चाची...हम सब कुछ पानी में धोकर पवित्र करते हैं न, पानी को धोया जा सकता है? पानी को कैसे पवित्र करें..? जब सब कुछ पानी से पवित्र हो सकता है तो पानी पवित्र हुआ न। आप इस पानी को अपवित्र कैसे मान सकती हैं?"

इससे पहले कि चाची कुछ कहतीं, आरव आया और रंजन को पकड़कर पानी में खींच ले गया।

काफ़ी देर चाची अकेली बैठी रहीं। सब मस्ती करने, झूला झूलने, रेन डांस करने इधर-उधर चले गए थे।

बीच-बीच में कोई-न-कोई आकर चाची को देख जाता।

एक बार अंजन आया, रेन डांस करके, झूमता, गाना गाता तो चाची अपनी सीट पर नहीं थीं। वो परेशान, कहाँ गईं। उन्हें यहीं पर बैठने को कहा था। उसके पास मोबाइल नहीं था कि उनको फ़ोन लगाता। सिर्फ़ शिवानी लेकर आई थी मोबाइल, वो कहीं दूर वीडियो बनाने में मस्त है। चाची अपना मोबाइल लेकर आई थीं। अंजन ने उन्हें आवाज़ लगाना शुरू किया, "बान्धु चाची..."

उसे यहाँ के माहौल में ऐसे पुकारना अजीब लगा। उसने फिर पुकारा, "मधु कामिनी जी...।"

थोड़ी देर में सब हैरान-परेशान उन्हें इधर-उधर ढूँढ़ने लगे। चाची इस भीड़भाड़ में कहाँ ग़ायब हो गईं। ये बूढ़े लोग किसी की नहीं सुनते। आख़िर शिवानी ने उन्हें ढूँढ़ निकाला।

"चाचीऽऽऽ...आप यहाँ हो, हम सब बावले हो गए हैं आपको ढूँढ़-ढूँढ़कर...चलिए जल्दी, सबको बताती हूँ कि आप मिल गई हैं।"

तभी शिवानी ने देखा, चाची को अनजान-सी औरत के साथ मिलकर पानी में ठिठोली कर रही हैं। अनजान औरत चाची के मोबाइल से उनका वीडियो बना रही थी और चाची अपने बाल खोलकर पानी में भिगोकर झटके देकर वीडियो बनवा रही थीं। बालों से पानी की बूँदें चारों तरफ़ छिटककर समाँ बाँध रही थीं।

चाची को क्या हो गया है। हैरानी से शिवानी का बुरा हाल। उनका ये रूप तो देखा ही नहीं था। हमेशा अपने बालों को जूड़े में बाँधकर रखती थीं, मानो अपनी कामनाओं को बाँध रखा हो। शिवानी मानती थी कि ज़्यादातर औरतें अपने बालों में अपनी इच्छाएँ बाँधकर रखती हैं। बँधी हुई औरतें ऐसा करती हैं, जबकि शिवानी की पीढ़ी और उसके बाद की लड़कियाँ बाल बाँधना जानती ही नहीं। चोटी बाँधने के भी ज़माने गए। पानीटेल सिर्फ़ स्कूल के समय बाँधती हैं लड़कियाँ। सबके बाल खुले, उनकी इच्छाओं की तरह। उनके व्यक्तित्व की तरह खुले-खुले गेसू। चाची बँधी और बन्दी रही हैं। शिवानी मुग्ध होकर उनकी छवि निहारने लगी, फ़ोन करना भूल गई। पानी से धुला चाची का चेहरा कितना दिव्य लग रहा था। साँवली किन्तु पानीदार चेहरे वाली चाची के बाल घुँघराले थे, आज तक उसे नहीं पता था। कभी खुले रखें तो पता चले न। चाची हमेशा उसे किसी तपस्विनी-सी लगतीं जो सबको रिनेह करने, केयर करने के लिए ही पैदा हुई थीं। सबके काम आना ही उनके जीवन का लक्ष्य था। सब उन्हें बुला लेते, वे मदद के लिए चली जाती थीं। उनकी कोई इच्छा या कामना बची ही नहीं थी न उनकी स्वीकृति या अस्वीकृति का किसी के लिए कोई महत्त्व था। चाची की कॉटन साड़ी गीली होकर उनके बदन से चिपक गई थी। वाह, क्या शरीर है उनका।

चाची कितना मेंटेन करती हैं। शिवानी ने ख़ुद को निहारा, वो मोटी होती जा रही थी। चाची कुछ गुनगुना रही थीं...तभी शिवानी के कान में चाची...मधु कामिनी...की पुकार आई। उसकी चेतना लौटी। उसका मन न हुआ कि चाची को रोके-टोके। उसने अंजन को फ़ोन लगाकर बताया कि चाची यहाँ हैं...

चाची ने आवाज़ सुनकर शिवानी की तरफ़ देखा और एकदम से हड़बड़ा गईं। मानो चोरी पकड़ी गई हो। वे शर्मिन्दा हो उठी थीं। जल्दी से गीले बालों को लपेटकर जूड़ा बना लिया। एक बार फिर वे अपनी इच्छाओं को बाँधकर तैयार हो गई थीं। एक उन्मुक्त स्त्री फिर से चाची बन गई थी। अनजान-सी औरत चाची को मोबाइल थमाकर दूर भाग गई। चाची ने मोबाइल पर्स में रख लिया। शिवानी के साथ चलने लगीं...शिवानी मुस्करा रही थी, चाची झेंप रही थीं।

चाची को ढूँढ़ते हुए सारे उनसे आ मिले। किसी के मुँह से निकला, "वाह, वाह चाची भी पानी में उतरीं...मज़े आए न...।" किसी ने कहा, "बताकर जाना था न।" कोई बोला, "आपने तो हमारे प्राण सुखा दिये।" सबके अपने-अपने उद्‌गार थे। शिवानी चाची का हाथ पकड़कर खड़ी रही देर तक। चाची के हाथों का कम्पन सिर्फ़ वही महसूस कर सकती थी।

अंजन हैरान था कि चाची को जब यही करना था तो नखरे क्यों कर रही थीं। रंजन ने चाची को देखकर राहत की साँस ली थी। उसे लगा, इन चाची को तो उसने कभी बचपन में एक बार देखा था। अल्हड़-सी युवती जो हँसती ख़ूब थी। उनके संग खेलती थी। उनके कॉमिक्स, लोटपोट, चन्दा मामा पत्रिकाएँ झटककर पढ़ डालती थी। बाद में युवती गुम हो गई थी, किसी प्रौढ़ स्त्री के खोल में प्रवेश कर गई थी। चाचा ज़ी के साथ उनका साज-सिंगार सब चला गया था। मछली खाने की शौक़ीन चाची को शाकाहारी बनते देखा था। वे ललचाई नज़रों से उसकी प्लेट देखतीं, रंजन इशारे करता, वो मुँह फेर लेतीं। चाची को पूजा-पाठ की तरफ़ उनकी मम्मी, दादी ने भेज दिया था। कभी कोई ख़्वाहिश जताते नहीं देखा-सुना था रंजन ने।

वाटर पार्क के पानी में धुलकर चाची के भीतर से वही युवती झाँक

रही थी। मानो चाची की देह पेड़ की कोटर हो, युवती किसी चिड़िया की तरह उसमें से झाँककर छुप-छुप जाती हो।

समायरा ने चलते चलते चाची से कहा था, "आप न चाची, बूढ़ों की तरह मत रहा करो। आपने अपने को असमय बूढ़ा बना लिया है। आप दिल्ली में देखना, आपकी उम्र की औरतें क्लबों में जाती हैं, ताश खेलती हैं, पार्टी करती हैं। क्या आप दिन-भर पूजा-पाठ करती रहती हो? वो भी करो, लेकिन हर चीज़ का वक़्त होता है। उसे अपने ऊपर हावी मत होने दो न।"

"अपने को खोलो चाची जी...बन्द मत रहो अब...अब नहीं तो कब जिओगी अपने हिसाब से ज़िन्दगी...हमीं लोगों की सेवा करते ख़त्म हो जाएगी आपकी ज़िन्दगी...बाहर निकलिए...हम सब सँभाल लेंगे ख़ुद को... आप अपनी हॉबी को ज़िन्दा करो...बोलो न क्या है आपकी हॉबी...गाना गाती हैं न आप..."

सारे रास्ते चाची उन सबको सुनती और झेपती रहीं। उन्होंने ध्यान नहीं दिया कि चाची केंचुल उतार रही हैं...धीमे-धीमे।

चाची का जन्मदिन मनाकर सब अपने-अपने ठिकाने लौट गए थे। शिवानी ने चलते समय कहा था—"मैंने आपका वीडियो रील्स में, यूट्यूब पर और इंस्टा पर डाल दिया है। वायरल हो जाएगा...देख लेना। बस इसको कंटीन्यू करना आप, बेपरवाह...किसी की चिन्ता मत करना...। पैसे भी आएँगे, फिर बोलने वालों का मुँह बन्द हो जाएगा।"

शिवानी ने चाची को उनके नाम का महत्त्व समझाना चाहा।

"आप अपने नाम को गुम मत होने देना चाची...मैं आपको अब बान्धु चाची नहीं, मधु चाची कहूँगी। हम औरतों के नाम इसी तरह गुम होते रहते हैं। ...मैं जिस अपार्टमेंट में रहती हूँ वहाँ लोग मुझे या तो मिसेज़ शर्मा कहते हैं या सोनू की मम्मी। जितनी कामवालियाँ हैं, वे मुझे फ़्लैट नम्बर से बुलाती हैं, बी-1042 वाली मैडम...।"

शिवानी ज़ोर से हँसी थी।

"मैं कितनी बार नाम बताती हूँ...किसी को याद नहीं रहता। अगर

कोई एक स्पेस है जहाँ मैं अपने नाम से जानी जाती हूँ...वो है मेरा वर्क प्लेस या फिर सोशल मीडिया।"

"आपका नाम तो फूल का नाम है, झाड़ीनुमा पौधों में खिलनेवाला सफ़ेद फूल, हमेशा ख़ुशबू से गम-गम करनेवाला...। इससे पहले कि झड़ जाए फूल...अहसास दिला दो कि ख़ुशबू अब भी बची हुई है...।"

सब चले गए थे। घर सन्नाटे में डूब गया था। चाची यानी मधु कामिनी को पहली बार अहसास हुआ कि सन्नाटे ज़ोर से बोलते हैं, चीख़ते हैं। उकसाते हैं, जीवन-मरण दोनों के लिए। सन्नाटे में रंजन की बातें, शिवानी की बातें हवा की तरह भर गई थीं, वे बैलून की तरह फूलती जा रही थीं, कभी लगता कि फट जाएँगी, कभी लगता कि छत और दीवारें फोड़कर ऊपर उड़ जाएँगी। उनके भीचर चाची और मधु कामिनी के बीच कड़ा संघर्ष प्रारम्भ हो गया था। सामने कड़ा संघर्ष, जगनिन्दा, रिश्तेदारों के ताने, जगहँसाई... सब सामने नज़र आने लगा था। मधु कामिनी कह रही थी कि मुझे तुम्हारी तरह निराश, तनहा औरतों को लाइफ़ लेसन देना है, उन्हें मनोरंजक बनाना है, उन्हें खोल से बाहर निकालना है। सुविधाओं और लोक-लाज के घेरे में छुपी बैठी औरतों को बाहर निकलने की प्रेरणा देनी है। जीवनसाथी नहीं तो क्या, जीवन से बड़ा साथी कौन, जो अन्त तक साथ निभाता है।

यही सब सोचते हुए चाची को कुछ महीने गुज़र गए थे। हिम्मत जुटातीं, टूट जाती। शिवानी फ़ोन करके पूछती रहती।

उस दिन आँगन में सब्ज़ी का टोकरा सिर पर लिये आई रज़िया ने जो कहा, उसने छलाँग लगाने को विवश कर दिया।

"मलकिनी...जिनगी बहुत फीका हई, नेनुआ जइसन, एकरा में नून मिला द्, फेर देखू सुवाद...(स्वाद)...।"

रज़िया उस दिन के बाद से तरकारी का टोकरी न उठा पाई। चाची ने उसे अपने यहाँ काम पर रख लिया। उस दिन मधु कामिनी फिर से पैदा हुई थी।

रज़िया मोबाइल कैमरा सीख गई थी और चाची देसी अन्दाज़ में लाइफ़ लेसन देना। शिवानी निरन्तर गाइड और तकनीकी मदद भी कर रही थी।

एक साल बीतते-बीतते चाची ने अपने दोनों जेठ-पुत्रों को हैरानगी दे दी। उन्हें आर्थिक रूप से मुक्त कर दिया और चाची अब देश की सबसे ग्लैमरस बूढ़ी-जवान बन गई थीं। उनकी संगति में रज़िया भी खेतों में गाते-नाचते रील्स बनाकर लोकप्रिय हो रही थी। दोनों अपने जीवन की कथा सुनातीं और स्त्रियों को प्रेरित करतीं कि कैसे वे अपने का खोजें, कैसे उद्यम करें, दूसरों के ज़ीवन में रंग भरें। वे बिहारी टोन में दिलचस्प बातें करके सबको हँसाती। कुछ भी ऐसा करतीं जिससे मनोरंजन के साथ लोगों को प्रेरणा मिले। चाची के पास सिल्वर के बाद गोल्ड ट्रॉफ़ी यूट्यूब की तरफ़ से आ चुकी थी और इंस्टा पर इनफ्लूएंसर बन चुकी थीं। ब्रांड वाले उनके पास अपने ब्रांड के विज्ञापन के लिए आने लगे थे। एक फ़िल्म के प्रचारक ने उनसे देसी अन्दाज़ में प्रचार के लिए सम्पर्क किया था। चाची के घर पर प्रशंसकों का ताँता लगा रहता था। उनके साथ रील्स बनाने के लिए हरेक उम्र के लोग पहुँचने लगे थे।

ये सारी जानकारी रंजन को देते हुए चाची की आँखें छलक रही थीं। रंजन का दिल अन्दर से डरा हुआ था कि कहीं चाची ग़लती से भी बेवसाइट पर वो ख़बर न पढ़ लें या कोई दिलजला न पढ़ा दे, जिसमें लिखा था—'उम्रदराज महिलाओं पर भी चढ़ा रील्स का बुख़ार।'

बमुश्किल अपनी आशंकाओं पर क़ाबू पाकर रंजन ने चाची से फ़ोन पर बस इतना कहा, "प्लीज कीप गोइंग, नेवर स्टॉप मधु चाची।"

चाची कहना चाहती थीं, "बेटा, हम औरतों में आत्मविश्वास बहुत देर से, बहुत मुश्किल से आता है और जब आता है तो उसे डिगा पाना नामुमकिन होता है। उसे ईश्वर भी नहीं डिगा सकते। हम औरतें बार-बार जन्म लेती हैं।"

चाची के कहने से पहले रंजन ने फ़ोन रख दिया था।

चाची के चेहरे पर जो मुस्कान थी, आत्मविश्वास का जो नूर फैला था, उसे दुनिया की कोई ताक़त छीन नहीं सकती थी।

['किस्सा', जुलाई-सितम्बर 2024 में प्रकाशित]

जी-हुज़ूरी

अपनी आँखों से जो देख रही थी, जो सुन रही थी, उस पर यक़ीन करना थोड़ा मुश्किल था। वो वही स्त्री नहीं थी जिसे बीस बरस पहले मैंने देखा था। वह बिफर रही है मौसी पर। पूरे घर में तांडव करती घूम रही है। घर में मेहमान आए हुए हैं, यानी मैं। मौसी चाहती हैं कि घर में कलह न हो। मुझे बुरा न लग जाए। मुझे बरामदे में बिठाकर वे आँगन में गईं। वहाँ शान्ति के बजाय ज़ोर-ज़ोर से झड़प की आवाज़ें आने लगीं। मैंने दबंग मौसी को पहली बार किसी से दबते देखा। वे पूरी कोशिश कर रही हैं कि उनकी आवाज़ ज़्यादा ऊँची हो। मेरा मन हो रहा है कि अन्दर जाऊँ और उन्हें चुप कराऊँ। दो स्त्रियों की लड़ाइयों को पुरुषों ने हमेशा कैट-फाइट की संज्ञा दी है। वही अन्दर चल रहा था।

दो स्त्रियाँ, सास-बहू अन्दर लड़ रही थीं और मौसा बाहर आराम से कुर्सी पर बैठे हथेलियों से खैनी मल रहे थे। सुशील गमछे से मुँह पोंछता हुआ बाहर निकला और खेतों की तरफ़ जाने को मुड़ा। मैंने आवाज़ लगाई, "सुशील...ये क्या हो रहा है...मैं इतने दिनों बाद आई हूँ...ये चल क्या रहा है...?"

"थोड़ी देर झेल लो...तुम्हारी मौसी भी तो नहीं मानतीं। बराबरी पर भिड़ जाती हैं। उसकी भी उम्र हो गई है। 45 की होने जा रही है, कितने साल सहेगी? अब उसका राज है..."

ये सुनकर मेरा मुँह खुला रह गया।

"अरे...क्या मतलब, राज...ये क्या होता है? तुम्हें शान्ति करानी चाहिए, उलटा तुम..."

"दीदी, तुम कितने साल बाद आई हो...तुम्हें पता ही नहीं, इस बीच क्या-क्या हुआ। तुम दोनों से अलग-अलग बात करो, शायद कुछ ठीक हो। हम लोग तो थक गए हैं। अच्छा है, उनको कान से सुनाई देना कम हो गया है।"

सुशील अपने पिता की तरफ़ हाथ दिखाते हुए कह रहा था।

"क्यों होता है ये सब...मैं कैसे बात करूँ...?"

मेरी उलझन बढ़ गई है। कौन सुनेगा मेरी? मैं तो मेहमान हूँ इनकी। पता नहीं मेरा हस्तक्षेप करना सही होगा या नहीं। मौसी तो सुन भी लें, उनकी बहू चुन्नी कुमारी पता नहीं किस तरह ले? मेरी बेइज़्ज़ती कर दी तो। जैसी बेइज़्ज़ती अन्दर मौसी की हो रही है। फिर भी वे भिड़ी हुई हैं।

"दीदी, मैं खेतों की तरफ़ जा रहा हूँ। तुम कुछ कर सको तो करो... घर की शान्ति सबसे ज़रूरी है। एक कोशिश तुम भी कर लो, एक बात ध्यान रखना, उसका वक़्त आ गया है, वो अब दबेगी नहीं।"

जाते-जाते सुशील मुझे चेतावनी दे गया है। वो दबेगी नहीं...मतलब...।

अन्दर वाक् युद्ध जारी था। मुझे याद आ रही है, बीस साल पहले की चुन्नी कुमारी जिसे आज लोग कई नामों से पुकारते हैं।

इन बीस सालों में वो अपनी पहचान खो चुकी है।

चैनपुर वाली, अभय की माँ, सुशील की कनिया, रामपवित्तर बाबू की पतोहू हमेशा से ऐसी नहीं थी। उसका असली नाम शादी के कार्ड में आख़िरी बार छपा था, उसके बाद किसी ने उसे नाम से नहीं पुकारा। पति ने कोशिश की थी लेकिन घरवालों के सामने शरमाकर रह गया। ऐ...सुनती हो...कहने लगा। सब बात यक़ीनन कह रही हूँ। पिछले तीस वर्षों से उसे देख रही हूँ। दूर से ही सही, साल में एक बार मिलना होता है, वो भी अलग माहौल में। मैंने हमेशा उसे विनम्र, मृदुभाषी, मितभाषी रूप में देखा और जाना है। जब नई-नई घर में आई थी तब ज़ोर से आवाज़ सुनकर काँप जाती

थी। कोई पुकारे तो सिहर उठती थी। बाबूजी बुलाते तो काँपते क़दमों से उन तक पहुँचती। अम्मा बुलातीं तो भयभीत हिरणी की तरह उनके पास आकर खड़ी हो जाती। सिर पर आँचल रहता और आँचल का एक छोर दाँतों से दबा लेती, पता नहीं चबाना चाहती थी या पल्लू सिर से न गिरे, इसके लिए उसे दबाए रखती। चुपचाप उनकी बातें सुन लेती, आज्ञा सुनकर सिर हिला देती और उसी अवस्था में लौट जाती। कभी-कभी मौसी समझातीं कि कुछ बोला भी करो।

तब उसके मुँह से निकलता, "जी!"

मौसी पुकारतीं तब भी यही कहती, "जी!"

लगता है यही सिखाया गया था उसे कि ससुराल में कोई भी बड़ा-छोटा पुकारे या कुछ आदेश दे तो सिर्फ़ 'जी' कहना है। रिश्ते में छोटे-बड़े सबके नाम के साथ जी जोड़कर पुकारना है।

उम्र ज़्यादा नहीं रही होगी तब। 20 साल की उम्र में ब्याहकर एक गाँव से एक क़स्बे में गई थी। माहौल बदल गया था। परिवेश बदल गया था। उसे नये, अनजान लोगों के बीच जीना सीखना था। उठना-बैठना सीखना था। पति नामक जीव भी लगभग अनजाना ही था। शादी के समय ही देखा था उसे। ऐसा नहीं था कि उस दौर में प्रेम-विवाह नहीं हो रहे थे। ख़ूब हो रहे थे लेकिन उसमें ख़तरे बहुत थे। ख़ासकर गाँव और क़स्बों में। लड़कियाँ अपने लालची प्रेमियों के संग भाग जाती थीं, मुम्बई, दिल्ली, कोलकाता। कभी लौटकर घर नहीं आ पाती थीं। कुछ तो नारकीय जीवन जीती थीं। कुछ का कभी पता नहीं चलता, माता-पिता उसे मरा हुआ मानकर सन्तोष कर लेते थे। घरों से भागने वाले कुछ प्रेमी जोड़ों का गुज़ारा सिर्फ़ मोहब्बत से नहीं होता था। कुछ घर को लौट आते। वापस लौटे लड़के का स्वागत होता, इसलिए कि माँ-बाप को लगता, उनका दहेज-कार्ड लौट आया है। और लड़कों की कोई बदनामी नहीं होती, उनका कोई चरित्र होता नहीं तो दामन पर दाग़ कैसे लगेगा। बदनामी लड़कियों के हिस्से की चीज़ होती है। हर काल और स्थान में। इसीलिए लौटी हुई लड़कियों का वैसा स्वागत नहीं

होता। अपने ही घर में वे जीवन-भर प्रताड़ना झेलती थीं। कुछ तो आत्महत्या कर लेती थीं। उनके भीतर पाप का अहसास इस तरह भर दिया जाता था कि वे मरने में ही मुक्ति ढूँढ़ लेती थीं।

अस्सी का दौर ख़त्म ही हुआ था और नब्बे का दौर शुरू हो गया था। उस दौर में कुछ प्रेम-विवाह सफल भी हुए, अगर दोनों की जाति एक ही हुई तो। दूसरी जाति में प्रेम-विवाह तो संगीन अपराध की तरह माना जाता था। दो सवर्ण जातियाँ भी एक-दूसरे के ख़िलाफ़ लट्ठ उठा लेती थीं, उनमें अपने वर्चस्व का ऐसा ग़रूर होता था।

ऐसा नहीं चैनपुर वाली ने कोशिश न की होगी। पढ़ाई कम की थी इसलिए...पढ़े-लिखे लड़के शहरों की लड़कियाँ पसन्द करते थे। उन्हें अंग्रेज़ी बोलने वाली लड़कियाँ भाने लगी थीं। सरकारी स्कूल में पढ़ी लड़कियों की शादी में भी थोड़ी अड़चन आती थी। लड़के वाले पहला सवाल पूछते, "कॉन्वेंट में पढ़ी है कि नहीं? कौन विषय लेकर पढ़ी है?" जिनके बेटे फ़ौज में होते तो वो किसी भी गाँव की लड़की को क़तई भाव नहीं देते। द्वार पर आए अगुआ को बिना चाय-पानी पिलाए टरका देते थे। वे अपने बेटे के टक्कर की लड़की ढूँढ़ते थे ताकि बेटा अपने साथ बाहर ले जा सके। वहाँ की सभा-सोसायटी में उसके साथ एडजस्ट हो सके। गँवारपन की वजह से बेटे को शर्मिन्दगी न उठानी पड़े। शायद बेटे ने माँ-बाप को ठीक से समझा दिया था। चैनपुर वाली यानी चुन्नी कुमारी ने एक फ़ौजी लड़के की बहू देखी थी। वो लड़का बहुत पसन्द था उसे। दूसरे टोले का था। सुन्दर, स्मार्ट फ़ौजी। मन करता कि ऐसे ही किसी लड़के से ब्याह करके कहीं दूर चली जाए। हाथ में पर्स टाँगकर, रंगीन गॉगल्स लगाकर, भारी जूड़ा बनाकर, स्लीवलेस ब्लाउज़ पहनकर घूमे। फ़ौजी की बहू ऐसे ही रहती थी। जब भी गाँव आती, सबसे अलग दिखती थी। सुनते थे कि शहर के सबसे बढ़िया कॉन्वेंट स्कूल में पढ़ी थी।

मैट्रिक पास, मन में सुन्दर, बाँके, छैल-छबीले दूल्हे की मूर्ति मन में बसाए चुन्नी कुमारी की शादी एक बेरोज़गार किसान से हो गई। जिसका

मन भी उसी की तरह पढ़ाई में कम लगता था, पिता ने किसानी समझा दी थी। जो देखने में ठीक-ठाक था लेकिन था परम देहाती। चुन्नी के अरमान चकनाचूर हुए। शिकायत करती भी तो किससे। उसके बड़के भैया कहते, "बी.ए. पास कर लेती तो शहर में नौकरी करनेवाला लड़का मिल जाता। तुमको डॉक्टर, इंजीनियर तो नहीं मिलेगा न चुन्नी।"

चुन्नी यही सब देखते-सुनते बड़ी हुई थी इसलिए अपने भाग्य को स्वीकार कर लिया था।

चुन्नी से मेरा रिश्ता दोस्त की तरह बना था। रिश्ते में भाभी लगने के बावजूद मैंने हमउम्र होने के नाते उससे दोस्ती का रिश्ता क़ायम किया था। उसके चेहरे से लगा था कि उसे ख़ुशी हुई थी।

एक बार ज़रूर उसने हौले से कहा, "हम तो आपको अलका दीदी जी ही कहेंगे। यहाँ लोग बुरा मान जाएँगे।"

मैंने हामी भर दी, "मैं भाभी कहूँगी मगर भाव दोस्ती का रहेगा। हमारे बीच कोई औपचारिकता नहीं।"

हमने ख़ुशी-ख़ुशी दोस्ती क़ायम की। फिर लम्बे समय के लिए बिछड़ गए थे।

मैं शुरू से दिल्ली में पली-बढ़ी। गाँव से कोई नाता नहीं रहा। सिर्फ़ शादी-ब्याह में हम गाँव आते। पिछले कुछ सालों से वो भी छूट गया था। मैं अपने काम और परिवार में इतनी गुम हो गई थी कि दूर के रिश्तेदारों की खोज-ख़बर लेने की न फ़ुर्सत थी न याद न उतनी ज़रूरत। कई रिश्ते विस्मृत हो चुके थे। दिल्ली में ही परिवार की शाखाएँ इतनी फैली हुई थीं कि दूर के रिश्तेदार कम ही याद आते। माँ के जाने के बाद मौसी से भी बातचीत कम ही हो गई थी। पता ही नहीं चला कि इस बीच उनके घर में क्या हुआ। हाल ही में मैं लम्बे समय बाद उनके परिवार के सम्पर्क में आई थी। मेरे मन में उनकी वही छवि थी। मेरा भ्रम था कि मन में एक बार जो छवि बन जाती है वो स्थायी होती है। यहाँ भ्रम टूटा मेरा। मैं उस सहमी बहू की मृदु छवि लेकर दूर चली गई थी और जब लौटी हूँ तो छवि खंडित हो गई।

चैनपुर वाली यानी चुन्नी का बदला हुआ रूप देखकर, उसकी प्रचंड गाथाएँ सुनकर मेरे भीतर कुछ होने लगा था। उससे मिलकर मुझे लगा कि हम हमेशा एकतरफ़ा छवियाँ बनाते हैं, उन्हें आदर्श मानकर सारी जिन्दगी पोसते हैं, सहेजते हैं और एक दिन जब वो सब टूटती हैं तो उनकी किरचें बहुत चुभती हैं। उनकी नोक अपनी आत्मा में ज़्यादा चुभती है।

साहेबगंज प्रखंड के एक पिछड़े गाँव में पली-बढ़ी चुन्नी जब इस परिवार का हिस्सा बनी थी तब उसने अचरज से हमें देखा था। मौसी के परिवार में अभी भी प्राचीन नियम लागू थे जबकि हम लोग खुले विचारों के हिमायती थे। मौसी की मजबूरी थी, कम पढ़ी-लिखी, ग्रामीण बहू लाने की जो उनके सिर्फ़ बी.ए. पास बेरोज़गार बेटे के साथ सामंजस्य बिठा सके।

हाँ, तो मैं उसमें आए बदलाव की चर्चा कर रही थी।

वो किस तरह का बदलाव है या वो ऐसा क्या कर रही है जिसकी सर्वत्र चर्चा हो रही है। आसपास की सारी औरतें, रिश्तेदार तक उसकी निन्दा करने में मशगूल हैं।

जब मैं सालों बाद मौसी के गाँव पहुँची तो वह क़स्बा शहर में बदल चुका था। हाईवे पर एक मॉल खुल गया था जिसमें सिनेमा हॉल था। सारे ब्रांड की दुकानें और मैकडी, केएफसी, डोमिनोज़ टाइप रेस्तराँ खुल गए थे। क़स्बा बदल चुका था और लोग एडवांस हो चुके थे। शनिवार-रविवार लोग मॉल में नज़र आने लगे थे।

जब जगहें अपना रूप बदलती हैं तो लोगों का आचरण, व्यवहार, स्वभाव सब बदल जाता है।

मैं तो गाँव-क़स्बे के बदलाव को देखकर हैरान थी, जबकि मौसी बहू को लेकर बेहद ख़फ़ा थीं।

मेरे पास शहर बनते क़स्बे को लेकर सवाल थे तो मौसी के पास बहू के अत्याचारों के अनगिन क़िस्से।

सास-बहू के फ़िल्मी ड्रामे में मेरी कोई रुचि नहीं थी। मुझे ये बीते दिनों की बातें लगती थीं। शहरों में सब अपने-अपने घरों में रहते हैं, कोई

किसी के जीवन में कहाँ हस्तक्षेप करता है न कोई टोका-टोकी। बाहर-बाहर से वहाँ हर घर में शान्ति दिखाई देती थी।

हम कई बार सत्य को ऊपरी सतह से जानते हैं। उसकी परतों के भीतर नहीं उतरते। जबकि यक़ीनन सत्य बहुपरतीय होता है।

शहरों में जो सत्य बहुत भीतर घुसकर जान पाते हैं, वही सत्य यहाँ ऊपर-ऊपर छलछलाता रहता है। चुन्नी कुमारी और मौसी के रिश्ते का सत्य इसी तरह मेरे सामने बड़ी आसानी से खुल गया था जिसे मौसी दबाने की कोशिश में लगी थीं। मुझे अहसास भी हुआ कि वे एकतरफ़ा सत्य मेरे सामने उजागर करने की कोशिश करेंगी। वही हुआ।

भीतर का झगड़ा बीच में ही छोड़कर वे मेरे पास बाहर लौट आई थीं। भीतर चुन्नी कुमारी का बड़बड़ाना जारी थी। मानो वो चाहती थी कि मैं सारा सत्य जान लूँ। या उसे यक़ीन था कि मैं उससे उसका सत्य न पूछूँगी और मौसी के पक्ष में एकतफ़ा राय क़ायम करके लौट जाऊँगी। तभी उसका बोलना बन्द नहीं हुआ था।

मौसी पसीना पोंछती हुई, फीकी मुस्कान लिये मेरे पास आकर बैठ गई थीं। ऐसा लग रहा था, वो इस कलह की आदी हो चुकी थीं, रोज़ाना ख़ुराक की तरह था ये झगड़ा। ऐसा नहीं होता तो वे अन्दर जाकर भीषण संघर्ष नहीं करतीं। मेरे जाने तक झगड़ा टाल देतीं।

दोनों योद्धाओं में से कोई पीछे हटने को तैयार नहीं था और एक-दूसरे को परास्त करने पर आमादा था। कुछ बातें तो मैंने सुन ली थीं, कुछ मुद्दे समझ नहीं आए। मौसी से ज़्यादा तेज़ आवाज़ चुन्नी कुमारी की थी। मैंने तो हमेशा उसकी मधुर वाणी सुनी थी। सिर नीचे करके, पलकें झुकाकर बोलती। सिर पर हमेशा आँचल रहता। सलवार-कुर्ते में भी सिर पर दुपट्टा अनिवार्य था। बाहर केवल साड़ी पहनकर ही निकल सकती थी। घर के बाहर बैठने की अनुमति नहीं थी। मैं भी बाहर बरामदे में बैठी तो चुन्नी दरवाज़े के पास पर्दा पकड़कर बात करती रही। मैंने बाहर बुलाया तो वो हिचकिचाई, कुछ मौसी की तरफ़ इशारा किया। मौसी ने मेरा आग्रह देखकर कहा, "नहीं न

आएगी, काहे बुला रही हो, बाहर अभी दस लोग आकर बैठेंगे, आते-जाते कोई भी चाय पीने रुक जाता है, तुम्हारे मौसा जी बैठकबाज आदमी हैं, देखती नहीं हो। अभियो खैनी खाने कोई आएगा। ई कहाँ बैठेगी बाहर...।"

"मौसी...हमेशा कोई अन्दर कैसे रह सकता है, दम नहीं घुटेगा..."

"अरे, एतना बड़ा अँगना है, पीछे भी घेरकर बड़ा अहाता बनवा दिये हैं, साग-सब्जी लगा है, पाँच ठो आम और लीची का पेड़ है, और भी फल हैं, घूमे, बैठे, टहले...कौन मना करता है। बेटा, भले गाँव शहर जइसा हो रहा है, चाल-चलन नहीं न बदला है।"

ये बातचीत ख़त्म हुई और चुन्नी अन्दर चली गई चाय बनाने। अचानक मौसी अन्दर से कुछ चिक-चिक की आवाज़ सुनकर उठीं, अन्दर गईं और वहाँ युद्ध प्रारम्भ हो गया था।

मुझे कई बार लगा, उठकर अन्दर जाऊँ। ज़्यादा देर चलता तो शायद चली जाती। जल्दी ही मौसी बाहर आ गई थीं।

थोड़ी झेंपी हुई-सी बैठीं तो मैंने सीधा पूछ दिया, "कब से चल रहा है ये सब?"

"बहुत समय से, जब से सुशीलवा दो-चार पैसे बिजनेस में कमाने लगा है तब से ऐंठने लगी है।"

"आप क्यों सहती हैं?" ऐसा पूछते हुए मेरे भीतर की ननद जागी, मुझे चुन्नी पर थोड़ा ग़ुस्सा आया।

"बहुते बदल गई है, पहले वाली चुन्नी नहीं है। असली रूप में आ गई है। रणचंडी है, मेरा जीना मुश्किल कर दी है..."

मैं बात करूँ उससे, शायद फ़र्क़ पड़े।

"ना ना...तुम एकदम मत पड़ो, तुमको गलत बात सब बताएगी, मेरे खिलाफ गलत बात कहेगी, सबको कहती है, लोग सभ हमीं को गलत समझता है। मेरी बुढ़ारी खराब हो गई...इनको (मौसा जी की तरफ़ इशारा करके) कोई फर्क नहीं पड़ता, ईहे तो बढ़ावा दिये हैं, सिर पर चढ़ा लिये हैं। इनकी खातिर में कोई कमी नहीं...सब जुलुम हम पर...।"

मौसी सुबकने लगी थीं। आँचल के कोर से आँसू पोंछते ही उनका चेहरा फिर तन गया था, "सुनो, तुम झगड़े वाली कोई बात मत करना। हम रोक नहीं रहे। तुम अन्दर जाओ, उससे अपनी बात करो। हमारी जिनगी जैसी चल रही है, चलने दो। वो कहेगी कि हम तुमसे लुतरी (चुगली) लगाए हैं... छोड़ो। एक दिन के लिए आई हो, कहाँ टेंसन लोगी।"

मौसी के चेहरे पर भय झाँकने लगा था। मुझे महसूस हुआ कि वे नहीं चाहती थीं, मैं उनकी बहू से ज़्यादा बातें करूँ, कुछ पूछताछ करूँ या उसकी तकलीफ़ें, शिकायतें सुनूँ। ज़ाहिर है, सिक्के के दो पहलू होते हैं। बिना दूसरा देखे न्याय सम्भव नहीं है। वे कुछ छुपा रही थीं।

मैं उन्हें क्या बताती कि सुशील पहले ही बहुत कुछ बताकर चला गया है। दो पाटों के बीच फँसे हुए उस दाने की तरह नज़र आ रहा था जिसे हर हाल में पिस जाना है।

इस घटना के बाद मौसी सहज होने की कोशिश कर रही थीं, लेकिन मेरा मन उचट गया था। जैसे यह मुलाक़ात अपनी सहजता खो चुकी थी। मैं तो बस इस बार सारे रिश्तेदारों से मिलने के अभियान में पटना से गाड़ी बुक करके चली थी। रास्ते में जितने भी रिश्तेदार थे, दूर के, पास के, जिन्हें मैं जानती थी, सबसे मिलने की योजना थी। सबसे पहले मौसी के यहाँ पहुँची थी।

यहाँ आकर मन बोझिल हो उठा था।

ऐसा नहीं कि हमारी ज़िन्दगी में कोई तनाव नहीं। या नगरों में सब ख़ुश रहते हैं। जितनी जटिल ज़िन्दगी नगरवासियों की है, ग्रामीण लोगों की क्या होगी। नगरों के दुख अव्यक्त होते हैं, गाँवों के दुख छलछला उठते हैं, वाचाल होते हैं। इतना अन्तर समझ में आया। ये लोग साथ रहने की पीड़ा झेल रहे हैं, हम लोग अलग रहने का सन्ताप झेलते हैं। यहाँ वक़्त ज़्यादा है, वहाँ दिन कम पड़ जाता है।

मौसी की हथेलियाँ सहलाकर मैं चुन्नी के पास अन्दर चली गई। अब मैं जल्दी यहाँ से विदा लेना चाहती थी। चुन्नी से मिलने के बाद चल दूँगी यहाँ से। यही सोचकर उसके पास गई। अब उम्र के जिस पड़ाव पर मैं हूँ,

किसी के दुख को सुनने की क्षमता ख़त्म हो चुकी है। दुख दूर करने की बात ही अलग। कोई किसी का दुख दूर नहीं कर सकता। सुनकर अपनी आत्मा को बोझिल बनाने से बेहतर, उस गली से मुड़ जाना। वैसे भी इन दिनों जिसे देखो, दुखों की, यातना की एक गठरी खोलने पर आमादा है। दुख को सुना जाना चाहिए...यह जानते हुए भी दुखों को सुनना बन्द कर दिया था मैंने।

लेकिन अभी अन्दर दुख या दुखों की एक गठरी बैठी मेरा इन्तज़ार कर रही थी, जाने क्या-क्या कहेगी। सुनना ज़रूरी था, शायद मैं दोनों के बीच कोई समझौते का रास्ता निकाल सकूँ। कोई एक पक्ष समझ जाए तो झगड़े ख़त्म हो सकते हैं। जहाँ दोनों पक्ष मोर्चे पर डटे हों, अपने को सही मान रहे हों, वहाँ तीसरे का हस्तक्षेप कई बार बेअसर होता है। ये दोनों दो मुल्कों की तरह अपने-अपने वर्चस्व की लड़ाई लड़ रही थीं और मेरी हालत उस भारतीय नागरिक जैसी हो रही थी, जो रूस और यूक्रेन की मैत्री में फँसा हुआ छटपटा उठा था।

चुन्नी कुमारी मेरे साथ अँगने में बैठी थी।

मौसी के कान इधर ही लगे थे। चुन्नी अपनी आवाज़ धीरे नहीं कर रही थी। वो जोर-ज़ोर से अपने जीवन के पन्ने का पाठ कर रही थी। मैं उसकी ज़िन्दगी की अनछपी, अनसुनी किताब की पहली पाठक थी।

"अलका दीदी, आपसे क्या छिपाना। माँ जी तो सब बताइए दो हैं आपको। हम अब क्या-क्या बताएँ आपको। इन बीस सालों में क्या हुआ। आप लोग तो चली गईं, हम यहीं रह गए, जीवन-भर इन लोगों की जी-हुजूरी करने में। अब हमसे ये न हो पाएगा। कह दीजिएगा...हमसे लड़ना बन्द कर दें। उम्र हो गई, तनिक भी लिहाज नहीं कि बहू से न झगड़ें, अब इनका राज थोड़े न रहा। बहुत शासन कीं हम पर...पाँव दबाते-दबाते हमारी उँगली टूट गईं। ये मत करो, वो मत करो। बाहर मत निकलो। सिर ढककर रखो। नाइटी मत पहनो, पहनो तो बाहर मत निकलो। दुरा (द्वार) पर मत बैठो। दिन-भर सबके लिए चाय बनाती रहो। इनके इशारों पर नाचते रहे। इनको न, बहू नहीं नौकरानी चाहिए थी। हमको ऊहे समझी थीं।"

"चुन्नी...तुम भी तो इनको क्या-क्या बोल देती हो...कि आपको नॉनवेज खाना बन्द कर देना चाहिए, उम्र हो गई है, पूजा-पाठ में मन लगाइए। उनका मन होता है तो खाने दो, खाने का उम्र से क्या सम्बन्ध..."

मेरी आवाज़ थोड़ी तल्ख़ थी जिसने चुन्नी को विचलित किया।

चुन्नी ने जो जवाब दिया, उससे साबित हुआ कि वो एक कुशल योद्धा है जिसे हर वार का ठोस जवाब देना आता है।

"क्यों, दीदी, खान-पान का उमिर (उम्र) से नहीं तो मुसमात (विधवा) से लेना-देना है? वो भी इस जमाने में?"

"मतलब?"

मैं चौंकी थी।

"आपको नहीं पता। चाचा जी के बेटे की डेथ हो गई तब मेरी देवरानी को सबसे अधिक आपकी मौसी सताई थीं। चाची जी इनके ऊपर आसरित (आश्रित) रहती थीं। ये इतना सताईं कि वो अपने बेटे को लेकर माँ-बाप के पास गई तो लौटी नहीं। रिश्ता ही तोड़ लिया। इनकी वजह से चाचा के परिवार का एकलौता सहारा छिन गया।"

"मौसी क्या करती थीं...?"

"देवरानी को मछली बहुत पसन्द थी। विधवा होने के बाद उसके खान-पान, साज-सिंगार सब पर रोक। उसका मन नहीं था, उसकी क्या उम्र हो गई थी, उसको क्यों पूजा-पाठ में झोंकने पर आमादा थीं। इनका मन, मन, उस 25 साल की लड़की का कोई मन नहीं...हद्द है...।"

मेरे पास चुन्नी की इस दलील की कोई काट न थी।

मेरी चुप्पी बढ़ती गई, चुन्नी का प्रलाप जारी था..."हम लोग तो सहर में डेरा लेकर रहने चले जाते, लेकिन बूढ़ा-बूढ़ी को गाँव में मरने के लिए कैसे छोड़ देते? सहर जाने को तैयार नहीं। हमको मन नहीं होता कि बेटा-बेटी को वहाँ रहकर पढ़ाएँ। इतनी दूर से रोज जाता है दुन्नो (दोनों)। केतना दिकत (दिक़्क़त) होता है, किसके लिए झेल रहे हैं हम लोग? इन लोगों को समझ में नहीं आता है...हाँ हम कड़वा बोलते हैं...बोलेंगे। हमेशा हम सहते रहेंगे क्या...

सबका समय आता है न दीदी...। कभी गाड़ी पर नाव, कभी नाव पर गाड़ी।"

ये वो चुन्नी नहीं जिसे मैं अब तक जानती थी, जिसकी एक छवि थी मेरे मन में। मेरी धारणा ग़लत निकली कि इनसान हमेशा एक-सा रहता है। एक जन्म में वह कई बार रूप बदलता है। चुन्नी का रूप बदल गया है।

"कह दीजिएगा...हमसे अब जी-हुज़ूरी नहीं होगी।"

मैं सबसे विदा लेकर लौट रही थी। मौसा जी निर्विकार भाव से कुर्सी पर बैठे भूँजा फाँक रहे थे। वे जानते थे कि अन्दर युद्ध का माहौल है, उनके चेहरे पर किसी के प्रति कोई सहानुभूति या क्रोध नहीं दिखाई दे रहा था। उन्हें देखा तो समझ में आया कि कैसे ताक़तवर सत्ताएँ ऐसे ही दो मुल्कों को लड़ते देखकर खैनी मलती हैं, फूँकती हैं और होंठों के निचले हिस्से में दबाकर चबा-चूस जाती हैं। दो छोटे-छोटे मुल्क आपस में लड़कर बड़े मुल्कों को ताक़त देते हैं। उनके दिमाग़ों में बारूद यही मुल्क भरते हैं कि तुम किसी से कमज़ोर नहीं हो, लड़ो। हमसे हथियार लो। हम हैं पीछे। पीछे नहीं हटना। कब तक धौंस सहोगे। मुझे मौसी और चुन्नी कुमारी बड़े मुल्कों के चंगुल में फँसे हुए दो छोटे लड़ाकू मुल्कों की तरह नज़र आ रही थीं।

सुशील लौट आया था। अपने पापा के कान के पास ज़ोर-ज़ोर से कोई बात कह रहा था। कई बार कम सुनना कितना सुखद हो सकता है, उनका आनन्द देखकर यही लगा। पाँव बोझिल, मन बिखरा हुआ-सा। उनकी व्यथाएँ बोझ-सी लद गई थीं। समझने-समझाने की सारी गुंजाइश दोनों तरफ़ से ख़त्म हो चुकी थी, दो देशों के बीच जारी युद्ध में, मैं संयुक्त राष्ट्र के पिटे हुए नुमाइंदे की तरह लौट रही थी।

मौसी लिपटकर रोने-रोने जैसी हो रही थीं। इस अन्तहीन लड़ाई में उनके ध्वस्त होते साम्राज्य को देख लिया था मैंने।

मैं मौसी को कहना चाहती थी, "आप दोनों लड़ेंगी, तभी आपके घर के पुरुषों की सत्ता क़ायम रहेगी और आप दोनों उन्हें ख़ुश करने की होड़ में, अपनी तरफ़ खींचने की होड़ में, अपने सुकून को नष्ट कर दोगी। इस लड़ाई ने ही तो एकता नहीं होने दी, ग़ुलाम बनाकर रखा है।"

मैं ठिठक गई।

मौसी इस समय जिस मूड में हैं, वे नहीं समझेंगी। वे आसानी से हथियार नहीं डालेंगी। चुन्नी अब पीछे नहीं हटेगी। मैं दोनों में से किसी एक के पक्ष में खुलकर बयान नहीं दे सकती थी। पराजित शान्तिदूत की तरह लौटना मेरी नियति थी।

तीखी, कड़वी आवाज़ों से बारूद की गन्ध भर जाती है। मुझे हवा में बारूद की गन्ध आने लगी थी। साँझ चौखट पर खड़ी थी, मुझे लौटना था।

मैंने मौसी के कानों में बस इतना कहा, "आपने जो दिया है, वही लौटा रही है आपको।"

['पूर्वकथन', 2025 में प्रकाशित]